出发

我的如谜人生

張兆之 著

时代出版传媒股份有限公司
安徽文艺出版社

图书在版编目（CIP）数据

出发/张芬之著. —合肥：安徽文艺出版社，2018.5（2018.11 重印）
ISBN 978-7-5396-5298-6

Ⅰ. ①出… Ⅱ. ①张… Ⅲ. ①回忆录—作品集—中国—当代 Ⅳ. ①I251

中国版本图书馆 CIP 数据核字(2018)第 051552 号

出 版 人：朱寒冬
责任编辑：周 康　　　　装帧设计：尚刘阳

出版发行：时代出版传媒股份有限公司　www.press-mart.com
安徽文艺出版社　www.awpub.com
地　　址：合肥市翡翠路 1118 号　邮政编码：230071
营 销 部：(0551)63533889
印　　制：安徽联众印刷有限公司　(0551)65661327

开本：700×1000　1/16　印张：19.5　字数：300 千字
版次：2018 年 5 月第 1 版　2018 年 11 月第 3 次印刷
定价：56.00 元

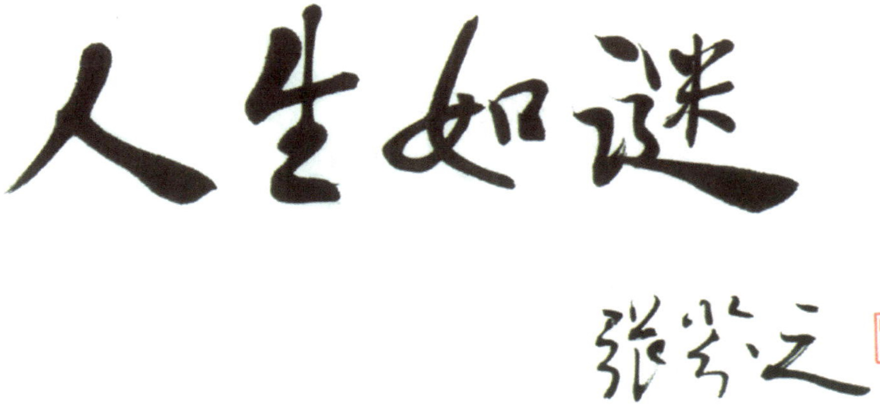

作者自书“人生如谜”。

作者 1996 年担任《新闻出版报》（后更名为《中国新闻出版报》）总编辑时留影。

作者出席中国新闻出版报社在人民大会堂举办的活动时，与时任全国人大常委会副委员长铁木尔·达瓦买提交谈。

作者（右）与中央宣传部原常务副部长徐惟诚（中）等同志的合影。

作者（左）与时任国家新闻出版署署长于友先（右）在一起。

作者（右三）参加新华社原社长穆青（右四）八十寿辰聚会时合影。

作者2004年访问意大利时与意记协主席合影。

作者（右二）1996 年随中国新闻代表团访问埃及时留影。

作者与中央电视台原著名播音员赵忠祥合影。

作者与中央电视台原著名主持人敬一丹合影。

作者与北京电视台原著名新闻播音员丛薇合影。

作者（左二）出席中国新闻出版报社承办的“全国著作权知识大赛”活动时，与当时的中央电视台著名主持人周涛（右二）等人合影。

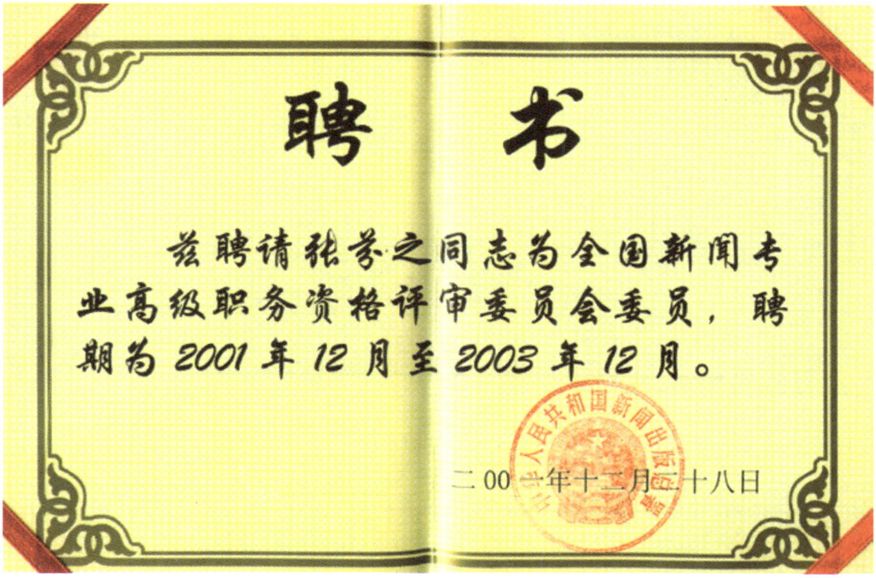

作者受聘担任全国新闻专业高级职务资格评审委员会委员。

作者受聘担任团中央新闻专业高级职务评审委员会委员。

作者受聘担任兼职博士生导师。

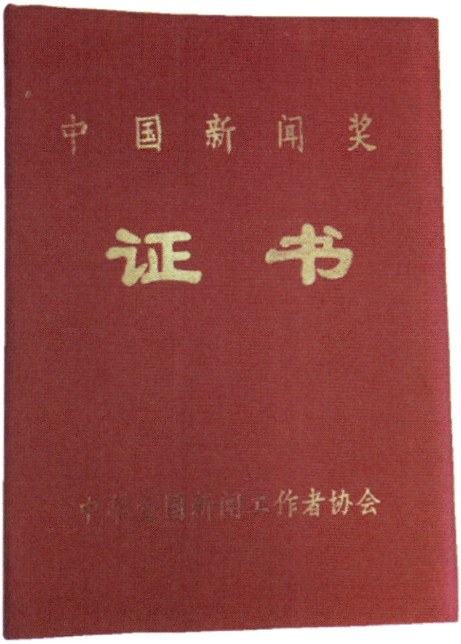
中国新闻奖
证书
中华全国新闻工作者协会

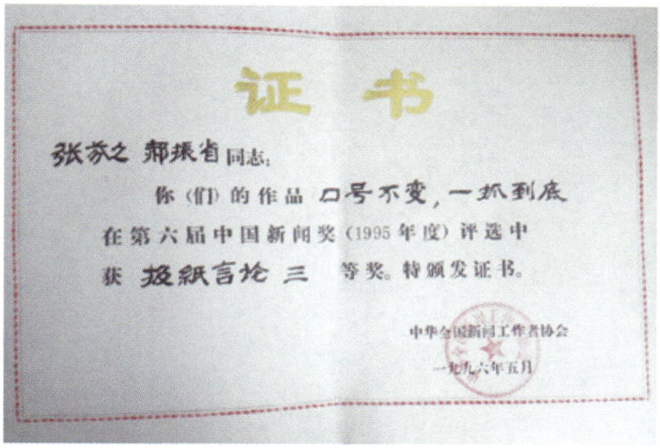
证书
张芬之 郝振省同志：
你（们）的作品 口号不变，一抓到底
在第六届中国新闻奖（1995年度）评选中
获 报纸言论 三 等奖。特颁发证书。
中华全国新闻工作者协会
一九九六年五月

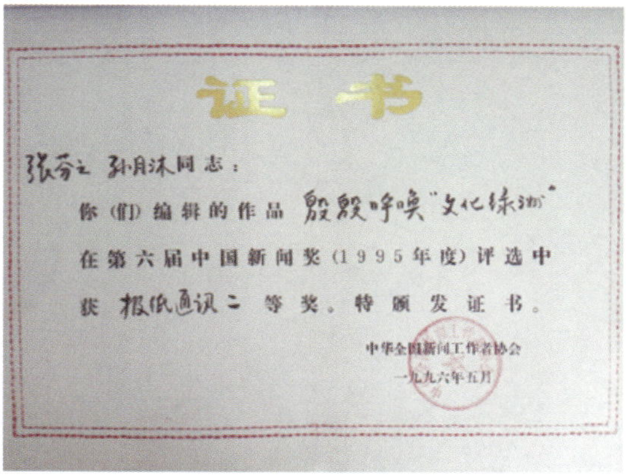
证书
张芬之 孙月沐同志：
你（们）编辑的作品 殷殷呼唤"文化绿洲"
在第六届中国新闻奖（1995年度）评选中
获 报纸通讯二 等奖。特颁发证书。
中华全国新闻工作者协会
一九九六年五月

作者曾获中国新闻奖。

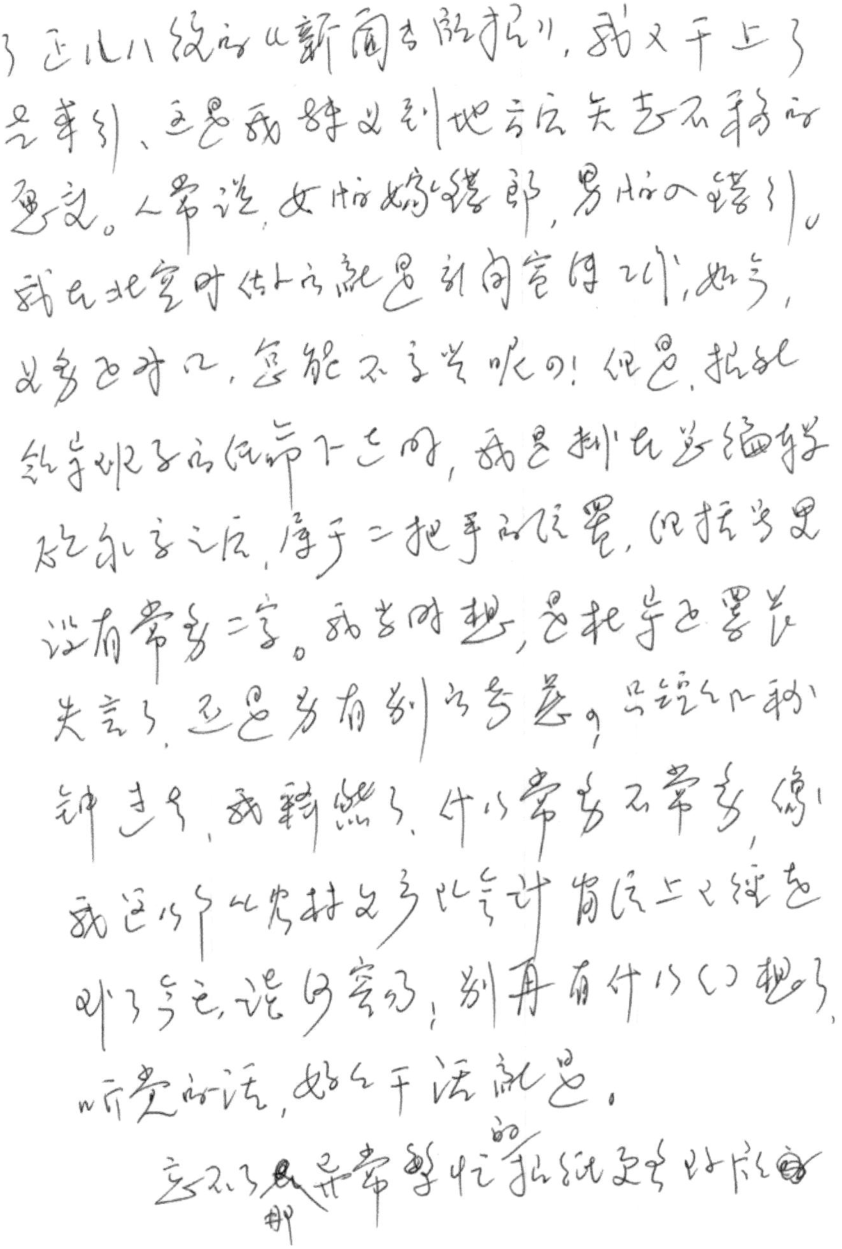
了正儿八经的《新闻出版报》，我又干上了
老本行，这是我转业到地方后失而复得的
愿望。人常说，女怕嫁错郎，男怕入错行。
我在北京时做的就是新闻宣传工作，如今，
又与老对口，怎能不高兴呢！但是，报纸
没有常务二字。
听党的话，好好干活就是。

作者手迹

读者点赞

1. 国家新闻出版总署原副署长杨牧之

读罢大作，颇为感慨。芬之兄率性坦诚，勤勉敬业，岁寒之后自清芬！祝贺大作问世。

2.《解放军报》原副总编辑刘书忱少将

读罢大作《出发》，吟得一首小诗奉上。

精彩出发一回回，择路奔驰欲有为。

蹄疾争先本性定，马到成功使命催。

敢想敢闯机缘赐，有德有才硕果堆。

不赖天分靠勤奋，古稀回首应舒眉。

3.《人民日报》原常务副总编辑李仁臣

热烈庆贺芬之，《出发》就在攀登，为奋斗的凯歌点赞！

《出发》的书名，写得遒劲有力，行文生动流畅，激励人们积极奋进！

4. 本书作者的空军老战友，《空军报》原处长、作家张聿温

冒着酷暑，刚刚读完《出发》，心情激动，不能自已。我要说，这是一本记录真历史、抒发真性情的好书，启人心智，发人深省，催人奋进。写个人奋斗，字字生风；写苦难岁月，句句泣血；写家庭生活，行行动情；写恪尽职守、励精图治，段段感人。总之是有血有肉，畅快淋漓！我们是几十年的老战友，但不读

该书，对芬之的认识和理解总是不够全面。这下，芬之在我心目中愈发真实、亲切而高大了。祝贺芬之写出了披肝沥胆之作，也谢谢芬之赐书有教于我。

5. 本书作者的空军老战友，《海内与海外》原主编、作家黄浪华

利用酷暑天气，一口气读完了大作，仿佛有一股清风吹入心脾。大概我与你有共同的出身和经历，读起来很有亲切感。不过，我没有你成就大，因为我的奋斗不如你。像我们这样的农家子弟，没有后台，没有靠山，只有靠自己砥砺前行。你用最质朴的语言，告诉了人们自己是怎样一步一个脚印地不断出发的。人们评价你这部大作是部励志书，实至名归。向你致敬！

6. 国家新闻出版总署离退局原副局级干部毛士彤

佳作《出发》不仅娓娓道来了您童年逆境、勤勉天成、弃笔从戎、厚积薄发、转业进京、峰回路转、临危受命与报社主政，也饱含对前妻的深情、与夫人的幸福良缘及对未来的憧憬……这本书荡气回肠、妙笔生花，植根热土又意境高雅。

此书不读则已，捧起就不愿放下。它书写了我的一位领导与良师的神奇、真实与善良，也映照了社会风云的变幻、进步和沧桑。

《出发》让我们牢记过去，又激励人们为迎接明天再出发……这样的书读一遍是远远不够的。

7. 国家新闻出版总署计财司原处长丁丽芳

《出发》一书感人至深，当读完最后一页合上书的时候，心绪久久难平，对原本崇拜的芬之兄更增加了满满的敬意，你的勤勉、敬业、真诚堪称人之楷模，我为你点赞！同时也为自己感到骄傲，因为有你这样的良师益友！

8. 原北京军区空军原党办主任邱胜东

才情齐子建，刻苦胜苏秦。

妙笔生隆誉，回眸堪自欣！

（注：苏秦刻苦夜读，以锥刺股解困。）

《出发》认真拜读一遍，受教良多，试作顺口溜以歌之！

9. 北京军区空军宣传部原退休干部宋德义

记忆力超强，故事特别精彩，读来热泪盈眶，励志感人，满满的正能量。

10. 中国新闻出版研究院原党委书记荣庆祥

大作一气读完，深为芬之兄如谜人生而叹服！

芬之兄是用心、用情记录了自己的前半生。有真情、有挚爱，有曲折、有平顺，有机遇、有天意，读起来令人爱不释手，欲罢不能！祝贺芬之兄大作问世，激励后人！

11. 教育部培训中心原副主任韩其周

娓娓道来叙人生，句句真切情意浓；

没有勤奋加清廉，何来丰碑竖京城！

拜读芬之兄新著《出发》有感，写于 2018 年 6 月 3 日晨。

12. 民政部正司级干部郭思锦

这些天我把《出发》这本 20 多万字的书原原本本、一字一句、认真仔细地看完了。能静下心来如此细心地读一本书，这在我的阅读中是少有的。这主要缘于作者芬之既是我的战友，又是我的邻居；既是我曾经的领导，又是我崇拜的人。如此我怎能不好好阅读他的这本著作呢！

读了他的这本回忆录，品味了他的人生故事，使我对芬之有了更加深刻的了解和认知。

他出身贫寒，是个苦孩子，但他有志向，勤奋好学，终于跳出龙门，向北方出发，获得成功，取得骄人的业绩。

他是一名孝子，人之行莫大于孝，他在“爹娘面前能尽孝，一孝便是好儿男”，他不仅做到了，而且做得很好。

他对党忠诚，始终坚持党的新闻路线，他发现、挖掘的新闻典型均充满正能量，具有时代性。他在每次政治运动中，都能站在党和人民群众的立场上，与党中央保持一致。他的行为印证了“家贫出孝子，乱世识忠臣”这一说法。

他思维敏捷，勇于创新。这在他的军旅生涯和地方新闻战线上的工作中表现的尤为突出。

他做人本分，为人善良，性格耿直，豪爽坦诚，是非分明，从不溜须拍马，阳奉阴违。

他对待心爱的事业尽心尽责，从不马虎，他对爱情、家庭忠诚有加，既浪漫，又负责，从不含糊。看了他书中写的与前妻王翠华生死离别和与现在的妻子高丽喜结良缘的章节时，既令人心酸，又令人感动，心想芬之虽然血气方刚，但也是有血有肉、有亲有爱、有责任心的好男人、好丈夫。

他虽然是一位唯物主义者，但他也偶尔抽抽签，算算卦，说来还真准，签里的、卦里的预言都实现了，这也许是他奋发图强，积德行善，上苍给予他的福报。

总之，芬之的故事很多，很精彩、很生动、很迷人，读后令人感动，令人振奋，令人向上，令人羡慕，确实是一本给人智慧和力量的好书。

13. 青岛出版社原总编辑高继民

故事有血有肉，情怀真诚爱仁。

励志鞭策后进，航标熠熠生辉。

14.《中国新闻出版报》原科长朱明芳

由于每天忙忙碌碌，所以没有整段时间在家里静静地读书。我是在往返的地铁里看完这本书的，当看到您母子情深及与发妻真挚的情感时感动地不停擦眼泪，感觉到旁边的乘客都在看我。您的文学功底深厚，行文流畅，是励志的好书，是精彩的传奇！

15. 上海《第一财经日报》原副总编辑张斌

您的《出发》一口气读完了。这是一位正直、勇敢、有能力、有担当的男人，面对命运的考题，毫不犹豫做出回答的故事！这种真男人在过去 30 多年来越来越罕见，也因而在当今愈发显得弥足珍贵，动人心弦！

16.《广州日报》驻京记者站原站长龙迎春

打开《出发》，《引言》中关于人生的第一声啼哭的解读，已经让我非常感动，而第一篇作者对自己上小学、中学的记忆，以及母子之间深切的情感，真是质朴却又感天动地。作者将个人的命运放置在大时代的背景之下，使得个人的书写，具有了更大的格局和视野，它既是作者，也是那一代人的命运写照。感谢作者，让我能了解到不曾了解的历史，并为作者的不懈奋斗所激励。

17.《人民海军》报社处长、作家秋水

看了一些片段，此书以一个奋斗者、成功者成长成才的视角，叙写了一个国家发展进步的历史，浓缩了时代变迁的风云变幻！一个人的历史也是社会的反映！祝贺张总！

18. 北京世界华人文化院院长、中国一级作家刘战英

芬之老友，大作收悉，读了几章，真挚而朴实，感人而精彩。

19. 本书作者上中专时的同班同学齐天荣

这几天我看了你的新作品《出发》，真佩服你的记忆力那么好，内容也是那么真实，也引起我回忆我们那个年代。也真是不容易，让我们好好地过好自己幸福的晚年吧。

20. 本书作者的女儿张迎辉，世界知识出版社编辑

《出发》看完了，写得很流畅，感觉一气呵成，可读性强，积极励志。

21. 北京联合出版公司编辑周扬

励志书籍的典范；亲历，传奇，感人，励志；2018 年最值得阅读的自传。

22. 北京时代华语国际传媒股份有限公司审读编辑许罡

《出发》是张总用一生真实传奇经历构筑的鸿篇佳作，既有生活里的柴米油盐，也有人生中的酸甜苦辣；既有仕途上的风雨兼程与进退得失，更有交往中的亲友情深与仁义礼智信。情真意切，感人至深，饱含励志，充满激情！

23. 大连读者宋波

真是一本有价值的好书。一是文字流畅，二是可育人，我感觉您在这方面有绝对的优势。

真好！对于同龄人是美好的记忆，对于年轻人是激励和借鉴。

24. 西安读者张玲

书写得非常好，刚看了开头，就催人泪下。

25. 硕士研究生、一位拥有双胞胎的全职妈妈李晓丽

《出发》感人至深，我看到凌晨 2 点，孩子哭了才释手。

26. 北京读者李秀群

这本书太好啦！青年人读后可励志，可学如何做人做事！老年人读后感到亲切！依稀看到自己的过去，引起共鸣，再次出发度过美好晚年。谢谢您在当今青年教育缺失的情况下奉献的可贵的精神食粮和励志榜样！

27. 安徽省灵璧县教育局关工委主任李华

张老的成功与辉煌必将指导更多的人学有榜样，赶有目标，示范更多的人走向成功；

张老的艰辛与磨砺必将激励更多人顶风傲雪，克服困难，走出困境；

张老的阅历与经验必将启人智慧，催人奋发，引领更多人踏上光明大道；

张老的宽厚与仁爱福泽社会，必撼动乡邻，芬芳人间！

28. 山西太原铁路运输中级人民法院副院长范世林

《出发》一书刚刚看了 20 多页，就感到充满正能量，越看越想看；就感到内容实实在在，经历非常丰富。全书引人入胜，给人鼓舞力量。的确是一本激励和鼓舞人们奋发图强、向上向善的良好教材。我为《出发》点赞！

作者小传

张芬之，男，1945 年农历七月二十七日出生，安徽省灵璧县下楼镇小圩村人。

1968 年 3 月从宿县应征入伍，曾任北京军区空军政治部宣传部新闻宣传科科长、北京军区空军某师政治部副主任。1984 年主动要求转业，历任《中国报刊报》常务副总编辑，《中国新闻出版报》副总编辑、总编辑。1993 年春，进中央党校地厅级干部进修班学习，同年被批准享受国务院政府特殊津贴。1997 年被评为高级编辑，同年加入中国作家协会，并被聘为中国传媒大学兼职博士生导师。曾被评为全国优秀新闻工作者、全国韬奋新闻奖提名奖，曾连续十六年担任中国新闻奖评委，连续八年担任首都国家部委新闻高级专业职务资格评审委员会委员。

从事新闻出版工作四十多年来，先后出版《笔耕路》《拾萃集》《报苑随笔》《人生是杯苦酒》《伏案拾萃》《生死一步之遥》《敬业走笔》《文海拾贝》《爱的心语》等著作十部，与人合作出版《做“四有”党员干部》《做最好的党员》《国学教你做人做官》等著作五部，曾多次获得中国新闻奖和中宣部繁荣出版好作品奖。

2006 年 7 月退休后，受聘担任《中国文艺家》杂志和《百姓生活》杂志半月刊执行主编和主编，曾担任北京时代华语图书股份有限公司总编辑，是一位才思敏捷、忠诚勤勉、待人宽厚、成就斐然的专业新闻出版工作者。

序

一本书写个人奋斗历程的好书

吴玉叶

如今的社会，你也出书，我也出书，只要有些知识、有些文化，愿意出、又有一定经济基础能出得起的，都可以出书。因此，我国每年均有大量的书籍出版。这当然能从一个侧面彰显我国在经济和文化方面的繁荣，还有言论方面的自由。不过，在每年出版的众多书籍中，品质不佳的确实还有一些。能不能把这些或这类书籍说成是“废品”呢？我想总是不能的，也是不行的，因为出版者和出版社是没有必要得罪的。总之，还是要多栽花、不栽刺，与人为善、一团和气的好。话虽然是这样说，理或许也是这个理，不过，对于品质不佳的书籍我是不感兴趣的，更不会也不敢向朋友和读者推荐的。我推荐的，都是好书。比如，芬之先生的《出发》。

书是人写的，人是书的根本和源头。因此在我看来，书好即人好，书不好即人不好。我这里所说的“好”与“不好”，不是指一个人或一个作者的道德人品，而是专指其文字功底和思想水平。这两个方面都很好的人，其书的品质就会很好；这两个方面都是中等的人，其书的品质也只能是中等；若在这两个方面都是很差的人，其书的品质一定不佳。

我们通过看一本书，基本上可以了解一个人或一个作者在写作方面的才能；也可以通过对其这方面才能的了解，便能知其会写出什么样的书。

其实，书之优劣关乎到一个人或一个作者在写作能力及其思想理论素质等方面的优劣。

我和芬之先生相识于 1997 年季夏。当时，我任经济快报社社长兼《安徽经济报》总编辑，他任《中国新闻出版报》总编辑。一晃，二十多年了。其间，我们的交往十分频繁和密切。由于这个缘故，我对芬之先生的情况，还是比较了解的——既“读”过他这个人，也读过他这本书的全部书稿。因此，我才敢说：这是一本好书，是一本由他自己来书写自己七十二年人生奋斗历程的好书，也是一本催人奋进、让人向善向上的好书。

他这七十二年的历史，其中的重要部分，包括了他从一个生产队会计，靠着自学，一路走来，担任了《中国新闻出版报》总编辑这段艰难坎坷的过程和最终取得的成功与辉煌。

他做事很有魄力，做人心肠很软；他学历不高，但文字功底扎实，又很有文采和思想。

就是这么一个人，写了这么一本书。

或许，他这本书里也有“千钟粟”，也有“黄金屋”，也有“颜如玉”呢。

至少，他的成功史可以启迪、激励无数个后生，从艰难困苦中寻找到自信与坚强……

果能如此的话，此书的价值大矣，芬之先生的贡献大矣！

是为序。

（作者系当代做人做官研究者、思想者、政治理论工作者、歌词作者，中国做人做官研究网总编辑。）

目录
CONTENTS

第三部分

第四部分

第五部分

第六部分

第七部分

第八部分

第九部分

引　言

人，不论是达官贵人，还是平民百姓，都是血肉之躯，都吃五谷杂粮，也都会有个三长两短、头疼脑热，概莫能外。

有时我想，人，每一个男人和女人，为什么从娘肚里生出来，发出的第一个声音都是哭呢？有的是轻轻地哭，有的是哇哇地哭，有的甚至是凄厉地哭。哭，是人投胎落地的第一声告白。这个普遍的生理现象告诉我，人，来到世上，不是让你来享福的，不是来歌唱和开怀大笑的，首先要会哭，能吃苦，起码要有吃苦耐劳的准备。吃不了苦，光想笑，不想哭，那是一厢情愿，也是不符合人间真情和事物发展规律的。俗话说，苦中有甜，甜中有苦，先苦后甜，苦尽甘来。又说，吃得苦中苦，方为人上人。苦读寒窗，金榜题名。这些老话古语，充满人生哲理，闪耀着真理的光芒。

我已是古稀之人，说不上是饱经风霜，历经磨练，但算得上风风雨雨，坎坎坷坷，吃尽了人间酸甜苦辣，也曾享受过风光体面。如今，从正局级领导岗位上退休十余年，回首过去的难忘岁月，总觉得有些往事需要回忆，有些道理需要诉说，有些教训需要记取，有些话需要写出来留给后来人。于是，我斟酌再三，决意以自传体的体裁、以回忆录的形式，将我自认为具有故事性或是富有传奇色彩的人生经历写下来、传出去，作为今生的回顾与纪念，亦作励志的苦口良言，就教于在阳光与风雨的人生之旅上行走涉跋的人们。但愿我的经历、我的故事，是可听可读可思可议且有滋有味的，而不是哗众取宠，无病呻吟。

是为引言。

出发

第一部分

最好的开始

遇见自己

遇见世界

人生中有许多事是变化多端、出乎意料的。

有一年夏天，皓月当空，月光如洗，爷爷很有兴致地给我讲古人寒窗苦读的故事。那年，我父亲刚去世不久，我只有八九岁，上小学二年级。爷爷对我说，书中自有颜如玉，书中还有黄金屋……

一转眼，爷爷去世两年多了，我也已经初中毕业，但爷爷在我小时候对我的教诲和嘱咐，我什么时候才能实现呢？

一 苦难的童年

听妈妈说，我是1945年农历七月二十七日夜里子时左右出生的。当时，狂风暴雨，电闪雷鸣，窗外忽明忽暗，老人们以为天降暴雨不吉利。爷爷按姓张的辈分给我取了个大名叫张粉之；因在半夜时分、雷声隆隆的时辰出世，所以小名取了个雷明，意即天打雷将天明。我的舅舅谢忠业在生产大队当治保主任，我记事后，老听他喊我雷子，也是打雷时出生的意思。张粉之的粉有粉碎之意，我觉得不好，上初中时自己做主，把名字改成了张芬之，取芬芳之意，一直用到今天。

后来，我查了下万年历，1945年农历七月二十七日，是阳历9月3日，恰好是日本鬼子投降的日子。习近平同志担任中共中央总书记后，将1945年9月3日定为中国人民抗日战争暨世界反法西斯战争胜利纪念日，以后每到这一天，全国都要举行纪念活动。想到这里，我就会半开玩笑地对亲友们说，怪不得我出生时电闪雷鸣，动静不小，原来是我的降生迎来了抗日战争的胜利，给灾难深重的中国人民带来了曙光和福音。我的小名雷明或雷子都吉利矣！

我家是贫农，土改时从地主富农那里分到十二亩地和一条驴腿，即四户人家共养一头驴，轮流用它推磨耕地。1946年，我父亲张芳钦当村长时，被国民党抓壮丁，不久被解放，即加入中国人民解放军第四野战军，在营部当文书。在解放海南岛的渡江战役中，父亲胸部被打进两粒子弹，一粒动手术取了出来，一粒未取出使整个肺部严重感染，致使其于1953年6月1日去世。那年我刚八岁，在小圩小学上二年级。只记得那天上午学校里在庆祝六一儿童节，锣鼓喧天，热闹非常，而与学校仅一条小河沟之隔的我的家里，家人却披麻戴孝，哭声动天，陷入了无限的悲痛之中。妈妈当时很年轻，我还有一个妹妹不满周岁，家里没有壮劳力，日子十分艰难，分来的十二亩地全靠爷爷、叔叔和外婆外公及舅舅帮忙耕种收割。家务繁重，日子清苦，但妈妈坚持不改嫁，一定要把我和妹妹拉扯长大。

记得有一年麦子熟了，别人家都是用镰刀割，速度快又省力。但妈妈想多留点柴火，便天不亮趁着有露水到麦田地里用手拔。不久，她的手上就被勒出了一道道血口子，起了不少血泡。但是，妈妈用破布包住手，仍然坚持用手拔。外公外婆赶着牛车来帮我们收麦子，外婆拉着妈妈满是血泡的手责怪她太傻，不知道爱惜自己，妈妈却苦笑着说，俺不是家里穷，想多留点麦茬当柴烧嘛。外婆呵斥妈妈以后别再用手拔麦子，缺柴烧下次让外公给拉一车麦秸来。

爸爸去世后，政府对我们很关照，每年都给补助，我上小学的学杂费都是用的助学金。那时，家里一年到头吃五谷杂粮和地瓜，只有逢年过节或是我和妹妹生病发烧时，才能吃上一碗妈妈做的麦面条，里面卧上一个荷包蛋。平常日子里，鸡蛋都是用来换盐吃的。只有外公外婆或舅舅来了，妈妈才舍得杀只公鸡，炒几个自家种的素菜，算是解一回馋。平时，我放学回来肚子饿了，经常是拿上一个玉米面窝头，到自家园子里摘几个青椒，拔一棵葱，连洗都不洗就当菜吃。那时候要想吃红烧肉，就盼着家里来亲戚，尤其盼着过春节。因为，过年了能吃到猪肉、饺子和妈妈用猪油炸的丸子与地瓜干，还能得到大人们给的几分一角的压岁钱。

1958年秋，我从小圩小学毕业，考取了安徽省灵璧县渔沟中学。当时，考取初中便享受非农业户口待遇，每月定量供应三十二斤口粮。考虑到我家的实际情况，学校每月给我七元助学金，除去伙食费六元八角，每月还剩两角零花钱，可以买牙刷牙膏之类的生活必需品。学杂费、书本费也让我免交，除了添件新衣服，上学基本上没有什么经济负担，我真切感受到了党和政府的关怀与照顾。学校离家十八公里，我通常周六下午五点多钟离校，晚上七点多钟到家。初中的第一学期过得愉快而又顺利。但是，由于当时全国普遍成立人民公社，搞“大跃进”、炼钢铁、“放卫星”，“跑步”进入共产主义，加上接连不断的严重自然灾害，安徽农村普遍刮起了浮夸风、瞎指挥风，亩产两三百斤的小麦，从生产队到大队，到人民公社，再到县里和地区，层层浮夸虚报，一厢情愿地“放卫星”、吹牛皮，说一亩地能产八百斤、一千斤。结果上交的公粮、购粮成倍增长，最后连老百姓的口粮和种子都硬逼着上交。一时间，农民口粮难以为继，生活十分艰难。虚报产量的不正之风不光是害苦了百姓，而且连累了学生。我们初中生的口粮由每月三十二斤逐步减少到二十八斤、二十二斤，而且还包括三分之一的粗粮和红薯干，伙食水准一落千丈。原来一个礼拜能吃到一次炸油条、炸丸子和红烧肉，慢慢地连豆腐和萝卜丸子也吃不到了。主食不够野菜凑，玉米、大豆供应不上不知从哪里弄来的橡子饼，看上去像饼干，泡在碗里便散了架，吃起来味同嚼蜡，吃头几顿还能将就，三五天下来便不想下咽，宁可饿着肚子去上课。不多久，许多学生就面黄肌瘦脸浮肿。给校长提建议也不管用，一气之下，一些学生和教师打了会计，砸了食堂，罢课罢教，闹起了“学潮”。我那时年纪轻，胆子小，不敢参与其中，只顾埋头读书，盼着风平浪静，寒窗苦读，修完学业，有一个好的前程。苦命的妈妈知道我在学校吃不饱，她在生产大队食堂做饭，也是吃野菜少见粮，没有办法，她便从洋槐树上拽下洋槐花，加上灰灰菜、苗扫帚两种野菜，放到锅里煮成八分熟，用手捏成菜团子，再炒上几两糊盐，配上一些煮熟了的土豆、红薯、胡萝卜，步行来回往返三十六公里，一次又一次地往学校里送。每次都是天不亮就起身，满天星斗才到家，路上饿了就吃点野菜，连个煮熟了的土豆（我们当地叫马铃薯）都舍不得吃。这是妈妈心疼儿子啊，真是可怜天下父母心！

有一天，我本村的同学张桂荃，按辈分叫我叔叔，我们俩在一个班，他回来告诉我母亲生病了，脸色蜡黄，让我回家看看。为了孝敬母亲，我和同桌的一位男同学商量，每天中午和晚上，我俩共吃一个用豆面拌着野菜做成的菜窝头或杂粮馒头，一天省一个留给妈妈和年幼的妹妹。大概省了有半个多月，我的脸浮肿了，眼睛都睁不开，看书都觉得模糊，但总算省下了七八个带点粮食的菜窝头。我怕回去妈妈看我饿得浮肿心里难过不放心，就托一个同村同学的父亲把这几个菜窝头带给妈妈。没想到，他路上饿急了，也顾不上许多，居然吃掉了五个。这是有一天我周六放学回家后才知道的。我当时很生气，想找人家理论。妈妈少气无力地劝我说，孩子，别跟人家一般见识，邻里乡亲的，也是饿极了，吃了就吃了吧。以后再也不要因心疼妈妈而克扣自己，你再这样妈妈可不依你。望着枯瘦如柴的妈妈，年幼的我能有什么办法呢？只好把怒气和泪水一齐咽了下去。还有一次，我从学校回到家，肚子饿得咕咕叫，一心想找点东西吃。母亲当时不在家，我一把推开茅草房的木门，进到屋里东寻西找也未找到能吃的东西。我伸手一摸锅盖还有余热，心想锅里一定有吃的。我揭开锅盖，一看锅里是一眼看到底的野菜汤，便拿起勺子端起来往嘴里送，没有想到汤里连一点盐味和粮食都没有。那一刻，我想起妈妈和妹妹，这日子该怎么过啊！我禁不住热泪像断了线的珠子滚下来。

虽连着三年严重的自然灾害，或许是上苍心疼老百姓，1960 年和 1961 年那两年，地里虽收不了多少粮食，但每家每户房前屋后的洋槐树枝繁叶茂，洋槐花一串串，长得白生生绿油油，可以当成杂粮，一时救了多少人的命啊！尤其令人奇怪的是，原本叶茎不高的灰灰菜和苗扫帚，居然长得像小树，有的有一人多高，小孩子可以爬到上面摘叶子。在那饥荒深重的年月，全靠这些天生的野菜和榆树钱子榆树皮，多少人硬挺着活了过来。还记得每到春天四五月份小麦灌浆只有八成熟的时候，那时候青黄不接，人饿得受不了，社员们等不到小麦割下来脱粒，便在夜里去偷割麦子，回到家里用柴火将麦穗烧得半生拉熟，就往嘴里吞，吃得满嘴是灰。有时，将嫩麦粒用石磨磨成垒垒（家乡语），吃起来可香甜啦！

我上初中的后两年，日子格外艰难。冬天穿的是旧棉裤，春天再把棉裤里的棉絮抽出来，当衬裤穿；夏天再把里面的一层揭去，当单裤穿。一条裤子缝缝补补，一个补丁压着一个补丁，厚厚的有点沉，真正是，新三年旧三年，缝缝补补又三年。一旦妈妈省吃俭用，拿卖鸡蛋的钱扯了几尺白洋布或是苏联的大花布，给我做件新衣服，我能高兴得跳老高，穿十天半月都舍不得洗，怕洗勤了洗坏了不禁穿。说起来不怕人笑话，那时候上学我根本不穿袜子，连像样的布鞋都很少穿。如果妈妈纳了厚厚的鞋底给我做双新布鞋，我基本上舍不得穿，学校来回三十六公里的石碴路上，我扛着鞋，赤脚走，快到学校时才穿上。冬天，下起鹅毛大雪，积雪深过脚踝，我穿着妈妈用芦苇编的草鞋（老家叫毛翁），把脚后跟磕破了皮流了血，走起路来生疼生疼，我就干脆脱下草鞋，赤着脚踏雪窝，那情景跟当年红军爬雪山过草地差不多。说起来奇巧，1960 年 9 月的一个周日的下午，我从家里赶回学校。傍晚时分，离学校几里路的光景，夕照正好，秋风习习，突然间一阵急促的旋风围着我团团吹过来。按乡间的说法，走路遇上旋风不吉利，要对着旋风吐唾沫以避邪，我赶忙照办。结果，一阵旋风过去，居然在我面前飘落一些红红绿绿的钞票。有一元、二元的，有一角、二角和一分、二分的，我急忙抓起来数了数，一共十六元八角六分钱，真是喜出望外。按理，我应当学雷锋或者找警察，把这意外得来的钱交上去，可当时还没有“学雷锋”之说，我也没有拾金不昧的觉悟和境界，看看前后无人，我竟悄悄把钱装进了自己的裤兜，你说害羞不害羞？！如今想来真觉得神奇与好笑。实际上，当时一元钱也买不来多少东西，但这一阵旋风刮来的钱，让我用了好长时间。我是共产党员，党龄至今已四十八年，我向党和人民保证，这是不可思议的事实，绝不是我编造的神话，信不信由你。写到这里，我暂时避开悲惨的童年和那不堪回首的少年时光，再给大家讲另一件我亲身经历的飞来之财的事情吧。

那是 2001 年的秋天，我担任《中国新闻出版报》总编辑，随中国出版代表团去德国法兰克福参加国际书展。休会后，代表团一些成员顺便到法国巴黎罗浮宫和埃菲尔铁塔去游览。当我乘电梯上到埃菲尔铁塔顶层参观完毕后，觉得铁塔不过也就几十层楼高，便突发奇想一层一层地走下去，可以顺便看看外面的风景。因为一晃十六年过去了，我记忆中好像是这样的。当走到第三层的时候，只听得耳边一阵风响，从满是钢架编织的铁塔外，啪的一声飞来一张折叠着的绿纸。我以为飞来的是绿色糖果纸片，赶忙伸手揭开一看，十分惊奇，原来是一张半折着的绿色的二十马克。这意外的飞来之财让我不禁想起了四十年前的往事，心中顿觉神奇。我把这神奇的二十马克一直装在票夹里带在身上好久。后来，马克要换成欧元，我也不换，一直当宝贝留着。回想五十余年前后，我亲身经历的两次意外飞来之财，至今仍百思不得其解。这纯属偶然，又好像是神话，却偏偏发生在我的身上。我思忖，是不是我过去吃的苦太多，老天爷要奖赏我一下呢。

动荡、饥饿、艰难的三年初中生活，1961 年 7 月结束了。真正像我这样拼死拼活咬牙坚持到毕业的，全班原有的四十二位同学只剩下二十七人。由于家境贫寒，妈妈又患有风湿性心脏病，实在无力供我继续上学，我决意回乡务农，挑起家里的生活重担，让苦命的妈妈不再那样辛劳。

20 世纪 60 年代初毕业的中学生，在村里算是秀才。那时候家乡的生产生活状况比起 1960 年已有了明显改善。我回到小圩村后，先是担任生产大队敬老院会计，后来到第四生产队当会计，主要是给生产队社员记工分。记得那时的壮劳力，每天记工十分，每个工分大约值人民币两分钱。一年到头风里雨里，辛勤劳作，仍是半年糠菜半年粮。到了第二年春天二三月里，冰雪未化，寒意未消，又在准备春耕，可几乎家家吃了上顿无下顿，家里

16 年前，作者在法国巴黎拣到的飞入埃菲尔铁塔里的 20 马克。

法国巴黎的埃菲尔铁塔。

只吃两顿饭，肚子常常饿得咕咕叫。实在饿得受不了，我这个大小伙子也只好厚着脸皮，到村里豆腐坊赊豆腐吃。至今，我还清楚记得，冒着热气刚出锅的热豆腐，切上一块有一斤重，在黑瓷碗里用刀切成小方块，倒上两汤匙酱油，再加上一点葱段和蒜泥，有时还能滴上几滴小磨香油，吃起来热乎乎的、软软的、嫩嫩的，解馋又解饿，算是当年农村的一道诱人的美食。我先赊了一斤豆腐自己吃了，再赊一斤，拌好作料带回家给妈妈和妹妹吃。这时，妈妈既心疼钱，又心疼我，总要叮嘱几句："儿子，宁可饿点肚子，也要忍住少赊账。欠人家那么多钱，不光面子不好看，以后也得你想法还，妈妈不想让你作难啊！"说着说着，我看到妈妈眼里闪动着泪花。那一刻我真抱怨自己没本事，十几岁的小伙子了，当个生产队会计也养不了家。

那时，我突然想起在1960年的冬天，被饥饿和疾病夺去了生命的爷爷。爷爷叫张玉叶，人长得高高大大，足足有一米八二，黑红的脸膛、宽宽的肩膀，为人实诚，手脚利索，种田活计样样精通。由于爷爷在张姓集中的小圩村辈分高，年纪大，再加上他小时候念过几年私塾，满肚子装着古圣先贤刻苦读书的故事，村子里的一些晚辈都称呼他为"小西天"爷爷（意指辈分太高，又有点文化），在村子里颇受人尊重。有一年夏天，皓月当空，月光如洗，爷爷很有兴致地给我讲古人寒窗苦读的故事。那年，我父亲刚去世不久，我只有八九岁，上小学二年级。爷爷对我说，书中自有颜如玉，书中还有黄金屋。古时候有个圣人叫孔子，博学多识，有弟子三千。其中有一个得意门生叫颜回，他家里很穷，但很聪慧，学习勤奋，成绩在学堂里数一数二。因此，有些富人家的孩子嫉妒他，也看不起他，老是到孔子那里告黑状，说颜回偷拿他们的东西。孔圣人知道颜回的品德好，为了证明他这个得意门生被人诬告，他特意在颜回来回上学的路上，放置一堆新土，里面埋了一锭金子。而后，他特意让几个告他状的富人家子弟在颜回的后面悄悄跟着。当颜回走在路上看到这堆新土，感到有点奇怪，便用手把土扒开，发现有一个纸包，里面包着一块亮晶晶的金子，纸包外面写着一行字：“天赐颜回一锭金。”颜回看了一下，随即掏出笔来，在上面加写了一句：“外财不发命穷人。”随后，他把金子用纸包好原封不动地埋了进去，头也不回地走回了家。孔圣人利用这件事证明了颜回的清白，并用戒尺狠狠地打了那几个告刁状的弟子的手心，从此他们谁也不敢再欺负颜回。爷爷讲到这里，指着满天星斗对我说：“孙子，你看那天上的星星，明亮的是大官，只准州官放火，不准百姓点灯。那些不大明亮的星星是小官，起码是个七品知县，是地方的父母官，掌有生杀之权。爷爷希望你像古人那样头悬梁锥刺股，发愤读书，将来争取做个县官，光宗耀祖。”一转眼，爷爷去世两年多了，我也已经初中毕业，但爷爷在我小时候对我的教诲和嘱咐，我什么时候才能实现呢？想到这里，我心生内疚，觉得辜负了爷爷的厚望，心中慢慢盘算：像我这样天天在农村种地“修地球”，年年连肚子都填不饱，何时才能跳出农门出人头地呢？！

二　命运的转机

毛泽东主席曾教导我们，穷则思变。在我的人生实践中，有许许多多的往事让我真切地感悟到这确是一句至理名言。

1963 年 4 月的一天上午，艳阳高照，春风拂面。为了给妈妈和妹妹用布票买布做新衣服，我和侄子张桂荃两人骑着一辆自行车，驮着一口袋绿豆去一个叫作楼湾的农村集市卖，卖了十八元零几角钱。在回家的路上穿过一片郁郁葱葱的麦田地时，只见一个七八岁的小男孩用竹竿牵着一位四十来岁的算命盲人，从麦田的羊肠小道上向我们迎面走来。桂荃说，小叔，人们都说瞎子算命准，咱俩初中毕业在家种地也不是长久之计，要不你让他算算咱们什么时候能时来运转？侄子的话提醒了我，心中满腔的委屈和期望蠢蠢欲动。我俩在齐腰深的麦田中间的人行道上把算命先生拦住，说明了来意并给了他两分钱。盲人让我报了农历的生辰八字，就很认真地给我算起命来。他首先问了问我家庭的情况，然后用两只手把我的五官仔仔细细地摸了个遍，突然略有所思，微笑着对我说："这里不是你的久留之地，你要远走高飞。"猛一听，我俩都不太相信，都认为一个初中生，家里穷得叮当响，族中也无人做官，一无钱财二无背景，往哪里远走高飞？说句实话，那时候我们俩除了农村的小集市，连灵璧县城都没有去过呢。侄子对算命先生说，你算的有没有准头，你说俺小叔要远走高飞，方向是哪里？盲人不假思索，脱口而出：“正北方。”我俩听了虽半信半疑，但毕竟从他的嘴里听到了希望，有了盼头。我本来就对在家务农不安心、不服气，认为自己有文化，怎能心甘情愿憋在地里“修地球”呢。现在听算命先生这么一算，那真是心潮澎湃，格外兴奋。我让侄子再给算命先生两分钱，算是图个吉利，而后便哼着家乡小调蹬上自行车，兴冲冲地回家了。

穷则思变，变则思进。那时我思想有点儿迷信，对算命先生挺崇拜，加上他又说到自己心里去了，一时半会怎能忘了呢？我连着好几天心里都美滋滋的。妈妈见我特高兴，以为有了心仪的对象，便问我女孩是哪里人，长得怎么样。我说，妈你想哪里去了，在家劳动连个像样的房子都没有，上哪找漂亮媳妇去。于是，我便把算命先生的话说给她听。妈妈听了很开心，也满有信心地说，瞎子算命就是准，说不定俺儿子真有出息呢。

说来也巧，仅仅过了两个月，村里开始收麦子，交公、购粮。公社要生产大队每天向他们报出工人数及收割、脱粒、交粮进度。大队会计谭俊章知道我的钢笔字写得好，便把我叫到大队部，天天在那里用钢板刻蜡纸，画报表，然后油印上报。有一天，我们村所在的王集公社党委秘书张耿信在大队党支书张茂德的陪同下，到大队检查工作，了解夏收情况。在大队部的办公室里，他看到我正在刻钢板，发现字迹和表格都有模有样，很是高兴，便对张茂德书记说，这小家伙钢板刻得好，我那里正缺文书，让他去吧。

张支书与我父亲同辈，按辈分我喊他大爷，他当然高兴我能去公社。他马上让谭会计另换他人刻钢板。我第二天就带着铺盖卷到离我家六里地的公社报了到。张秘书给我安排了住处和办公室，并交代公社信用社陈主任，我每月二十二元五角钱的工资从公社信用社支付。短短两天，我就由一个生产队会计变成了不脱产拿工资的公社文书，你说是不是有点范进中举的味道，有点神乎其神、喜出望外呢？！

王集公社分管十八个生产大队数十个村庄，且每十天在王集区所在地的王集有三个农村集市。生产大队的干部每逢集市都到公社转转，有的汇报请示工作，有的顺便找公社干部套套近乎唠唠嗑。我的工作基本上是向区里和县有关部门报报表，有的妇女怀了孕要补助半斤红糖票，有的贫困家庭要领点救济粮票，都到我这里按批件领取。男女结婚离婚办证，包括谈话做调解工作有时也做一些。总之，公社管委会印章我管着，还管着公社干部每月八元钱的伙食，工作多而杂，但对我的锻炼却很大。赶巧了，公社团委新来了一位团委副书记叫韩效惠，此人三十多岁，长得很帅气，能写一手好文章，地区报社、县和省里广播电台，经常给他寄一元钱、五角钱的稿费单。公社管委会刘主任有时喊我，小张，去拿稿费买两斤驴屎蛋（指红糖裹着的花生豆）来，咱们晚上喝点酒。于是，这引起了我的兴趣，便拜韩效惠为师，请他教我如何选择新闻素材，如何给报社和广播电台写报道。这些为我后来自学新闻写作，走上艰辛而又成功的新闻之路，打下了初步的基础。

转眼间，我在王集公社已工作一年多，各方面的关系也处理得比较好，心情是舒畅的，工作也挺认真卖力。但是，我从信用社陈主任那里了解到，我每月二十多元的工资是从公社信用社发放农业贷款的利息中支付的，长期下去也不是办法。要想成为国家在编的正式干部，继续求学深造才是唯一的出路。

陈主任的话深深触动了我的心灵，甚至感到眼下的工作是临时性的、不稳定的，如果和公社领导关系处不好，或者是某项工作、某件事情没做好，随时都可能被别人替换掉。一股莫名的不安全感像一块沉重的石头压在心头，我有时睡梦中醒来仍觉得有点惶恐。同时又想到，算命先生说我远走高飞的方向是正北方，而公社在我家的西南方，方向不对头，也谈不上远走高飞。公社文书的工作只是暂时的，在我的面前可能还有新的机遇，必须紧紧抓住，到那时才是堂堂正正的国家干部，也才有可能实现爷爷对自己的期望。想到这些，我一方面继续努力工作，一方面注意留心一些信息。真是想瞌睡就有枕头，想跳槽就有来由。1964 年，全国开展第一次全国人口普查。王集区下辖除了王集公社，还有另外三个人民公社，区委书记年凤尧要求四个人民公社的人口普查数据进行统一核实汇总，最后由我到县统计局报送最终的报表。记得那是 1964 年 7 月，骄阳似火，十分闷热。我坐公共汽车到达灵璧县城时，已是下午。我到县统计局送完报表，想到县委招待所登记住宿，当走到县城的大街上，却发现到处张贴着中专学校的招生简章。我认真看了一下，有安徽蚌埠水利电力学校、安徽凤阳农业专科学校、安徽宿县农业专科学校，还有畜牧兽医医药学校。这四家中专学校既招收当年应届初中毕业生，也招收历届具有同等学力的初高中毕业生。尤其是宿县农业专科学校，属省农业厅主办，设有会计统计专业，生活、学习费用全免，一共统考四门课程：政治、语文、物理、数学。学校在津浦铁路线上的符离集镇，距我家一百多里。看到这些，我眼睛一亮，顿觉眼前铺展开一条宽广的人生大道。我决意暂时瞒着公社领导，谎称感冒发烧要在县医院住院输液治疗，抓紧补习功课。我当时的想法是，如果如实把情况向张耿信秘书报告，他会说我工作不安心、不踏实，起码印象不好；再就是，我又是个失学三年的往届初中毕业生，与应届毕业生和往届高中毕业生同场应试，肯定差距很大，如果录取不了，在领导和同事面前会很丢面子。所以，我采取先斩后奏的办法，临时借住在本村初中同学薛爱莲的哥哥薛廷相在灵璧服装厂的家中，并把侄子张桂荃也叫来住在一起，请正在灵璧一中上高中的女同学薛爱莲帮助我俩日以继夜地恶补功课。说实话，我失学务农三年来，虽然在家种地，但继续求学的梦还在做，原来学过的课本在农闲时还翻一翻，多少还有印象。另外，由于自己当了多年生产队会计，在公社又做了一些统计报表的工作，考会计统计专业，自以为比应届初中毕业生还有些优势。因此，我在复习报考前心里有点自信，加上薛爱莲同学连着七天的当面辅导，我进入考场时从容不迫，毫不紧张。更幸运的是，薛爱莲帮助我们重点押宝的几道数学题和物理、化学题，居然与试卷上的考题几乎一样；再加上我平时关心政治时事，语文写作的能力又比较强，所以在三个半考生录取一个的竞争下，我居然被宿县农业专科学校会计统计专业录取。可是，与我一起恶补复习的侄子张桂荃却名落孙山，他只能继续回家种田。我作为比他小一岁的小叔和曾经的同班同学，很是为他难过。

三　师生眼中的佼佼者

秋阳高照，秋风送爽，淮北大地一片金黄。1964 年秋天，当勤劳善良的淮北人民满怀喜悦收获丰收果实的时候，我也如获至宝地收到了安徽省宿县农业专科学校的录取通知书。王集公社的领导们向我表示祝贺，还摆了一桌酒席为我开了欢送会。公社党委秘书张耿信和夫人孙淑英为我在中断学业三年后考上中专，将会有一个好的前程很是兴奋，两口子轮流与我用筷子敲碗行酒令。我和淑英嫂子不会划拳，就用“杠子打老虎、虫蛀杠子、老虎吃鸡、鸡吃虫”来论输赢，谁输谁喝酒。结果淑英嫂子喝多了，满脸通红流着汗，一直呵呵地大笑着，引来了满屋子的笑声。如今，我人生之旅中的恩人张耿信和亲爱的嫂子孙淑英前些年已先后去世，我再也看不到他们亲切慈祥的面容了，今日想来还十分悲痛，愿他们在天堂安好。

公社开完欢送会的下午，我拿着录取通知书，到王集区委保卫部办了非农业户口转移手续，和一些同事一一告别后回到家里。我与妈妈、妹妹高高兴兴地吃了一顿团圆饭，便于9月2日下午赶到宿县农业专科学校报到，开始了紧张而又充满青春活力的校园生活。

校园是整洁美丽的，四座红色砖墙的三层教学楼格外显眼。校园内的两条主要人行通道的两旁，栽着清一色的法国梧桐树，宽大嫩绿的叶子在微风吹拂中沙沙作响，给人一种清新活泼、意气风发的感觉。学校有三个专业，一是植物保护专业，二是会计统计专业，三是畜牧兽医专业，全省统一招生，有师生员工一千二百多人。学校的师资力量十分雄厚，由于还有两个大专班，教师普遍来自北京、上海、浙江、山东等地的名牌大学。

校长黄维华德高望重，和蔼可亲。我们的班主任薛兆普是本校毕业生留校担任政治课教师，兼任校团委书记，他当年三十岁，待人亲切坦诚，与我们很亲近。语文教师全世鉴，华东师范大学中文系毕业。数学老师张公寓，高高瘦瘦，目光如炬，是学校有名的才子。教我们会计学和统计学的教师已五十多岁，据说是民国时期的会计师，讲起课来轻声细语，条理清晰。我们会计统计专业的主课有四门：一是政治经济学，二是哲学，三是会计统计学原理，四是珠算加减乘除混合运用。因为我是公社文书入学，老师和同学对我格外看重，一入学便当选为班级宣传委员，每逢五一、十一、元旦节假日等，我便参与学校的办墙报、搞文艺汇演等活动。1965年4月，《安徽日报》发表了一个整版的长篇通讯，叙述为保护集体财产而壮烈牺牲的林公俭烈士的先进事迹。我看罢通讯十分激动，连夜写了一篇题为《林公俭烈士教育了我》的读后感，以张艺的笔名刊发在《安徽日报》第三版上，报社给我寄来四元钱稿费，此事一下子轰动了学校。紧接着在学校举行的演讲比赛中，学校女广播员获得第一名，我获得第二名，学生会主席获得第三名。在全校作文比赛中，我获得第二名。在珠算比赛中，我荣获第一名。黄维华校长在学校大礼堂召开的全校师生大会上，先后三次为我颁发了获奖证书。这在当时算是露了脸，有了点名气了。尤其值得一提的是，在1964年全校文艺汇演中，我改编了独幕话剧《红管家》，并担任导演和演员，与同班同学，后来成为我夫人的王翠华同台扮演男女主角，受到好评。记得当时话剧里有一句丈母娘夸女婿的台词：“这真是打着灯笼也难挑的一对儿哟。”正是这句话，促成了我俩当年在学校里的地下恋情。1965年，我与数学老师张公寓合作创作了四幕歌剧《红日初升》，我在剧里扮演生产队长管得宽，王翠华扮演女主角——生产队会计全心红，无论是地方泗州戏的唱腔，还是剧情变化的多样性以及临场发挥表演上，都达到了一定的水平，一时间轰动了整个学校。尽管五十二年过去了，但整个剧本的剧情结构、舞台美术设计，包括一些重要唱段，由于我都亲自参与并动笔修改过，直至今天，我不仅记在心头，而且张口能唱。记得第一幕开场，从农校会计统计专业毕业的学生全心红决心返回家乡为乡亲服务，她唱道：

> 全心红农校毕了业，离也嘛离校门，迎东风阳关大道奔前程。喜鹊枝头喳喳叫，杨柳弯腰来欢迎。两年前，公社里送我把学上，现如今，犁锄耙拉样样通，此一去农村扎下根，广阔天地炼红心。

在歌剧的第三幕《偷钥匙》中，富农出身的会计贾有才对全心红回乡当会计恨之入骨，阴谋偷钥匙盗钱粮嫁祸全心红，结果被人发现并撤了职，此时他悔恨交加，唱道：

> 贾有才，眼望会计恨在了心，小丫头，好像我眼中钉一根。我也曾，当过会计五年整，有吃有喝穿得新。愧不该，贪污盗粮两桩事，做得

不慎走了风声，干部会上做检讨，社员们开会要斗争。俺只说，检讨斗过算拉倒，当会计，依然是板上钉钉。没料到，小丫头全心红农校毕业归了队，她理论好技术精，犁锄耙拉样样通，因此上，社员们一脚蹬了我，小丫头砸我的饭碗将俺坑。风里来雨里去天天劳动，累得我，腿也疼腰也酸忍气吞声。因此上，俺夫妻二人把计定，准备着摘掉这颗对头星。无奈何，时间过去三月整，总是那无空难插针。

我在戏里担任生产队长，名叫管得宽，在第四幕里对会计全心红也有两段唱词，一是：

昨晚上，你记罢工分又记账，那支笔无尖划纸张，自来水金笔买一杆，写起字，又圆又方又成行。

二是：

昨晚上，你记罢工分又记账，小猫扑鼠鼠发慌，打破油灯全泼光，玻璃灯罩买一盏，算起账来亮堂堂。

由于我表现优异，校长和班主任对我厚爱有加，连知道我和同班同学王翠华谈恋爱，都未找我谈话。而是由第二学期的班主任老师许自荣找王翠华谈话后我才知道的。那时候学校不准谈恋爱，发现后要严肃批评，如果不改要勒令退学。但我们俩一直悄悄恋爱着，从学校毕业分配到宿县地区新汴河工程工地工作后便喜结良缘。记得在我毕业分配即将离校时，学校教务处资深教职工徐家祥老师特意用一张红纸给我写了一首意味深长的藏头诗：

芬芳本质最清香，
芝兰入室堪赞扬。
同筹建设革命业，
志大胸阔放海量。
青春少壮须勤勉，
云际试翼任飞翔。
直情径行康庄道，
上游争得不傲强。

徐老师以“芬之同志青云直上”的藏头诗深情寄语，既表达了师生之间的亲密友谊，同时也表达了对我的赞赏和厚望。如今五十一年过去了，回首往事，我对当年的校园生活记忆犹新，许多老师的音容笑貌依然清晰地活跃在面前。五年前，我回家乡灵璧县向一百一十八所中小学赠书时，还专门去渔沟初中和原来的宿县农业专科学校拜访当年的老师们。尽管他们中许多人已去世，但他们的职业操守和谆谆教导将永远铭刻在我的心头。

四　不平凡的“文革”经历

20世纪60年代中期，“无产阶级文化大革命运动”在1966年的6月，已波及原本平静祥和的校园,我所在的宿县地区农业专科学校也未能幸免。

学校“文革”的第一把火，向资产阶级反动学术权威开刀，理所当然地就烧向德高望重的老校长黄维华。一些不明真相又充满造反夺权心理欲望的学生，受北京大学和清华大学个别所谓革命造反派学生的串联煽动，一时间各种污蔑攻击，形形色色的大字报贴满了校园，学生罢课，个别心怀不良的教职工煽动罢教，把斗争矛头集中指向我们一直敬重的校长黄维华。我作为在学校较有知名度的学生代表，旗帜鲜明地写出长篇大字报，历数黄校长的丰功伟绩，批驳一些学生造谣中伤、恶意诽谤的不良行为，扮演了“保皇派”的重要角色，使黄校长及其家人免受了不少谩骂与冲击。但“文化大革命”的主旨是打倒自上而下的所谓走资本主义道路的当权派，尽管有我们一大批忠诚正义的“保皇派”师生声援与支持，老校长黄维华依然无法行使正常的教学管理的权力。学校内的师生一时间分成好几派，开始写大字报互相攻击对垒，原本平静的校园陷入了一片混乱。

为了转移一些师生对黄维华校长和数学教师张公寓的攻击与冲击，我作为学校红卫兵大队长，一方面贴出一批大字报反驳我和张公寓老师联合创作的歌剧《红日初升》是株“大毒草”的诽谤，把主要责任揽到了自己的身上。另一方面我带领数百位红卫兵到学校附近农村搞“破四旧，立四新”活动，把地主富农家里翻了个遍，找出一些旧时的字画衣物放在打谷场上付之一炬。我们又把当时村子里的地富反坏右分子，集中到打谷场上集体训话，警告他们只准老老实实，不许乱说乱动。现在想来，当时的行为很幼稚、很盲目、很冲动、很荒唐，还自以为响应了毛主席的伟大号召，干的是无产阶级专政下继续革命的正事好事，实际上却是盲从盲动，干了一些傻事错事，给党和人民的事业造成了不好的影响和危害，我后来时时感到后悔和痛心。好在当时学校的运动并不惨烈，也没有发生各派师生之间的武斗，在农村“破四旧，立四新”活动中，我们也没有打人骂人等恶劣行为，这使我多少感到有一点庆幸与心安。

学校在“文化大革命”的初期是开展全国革命大串联。我们本想组织一些学生到革命圣地延安和井冈山去串联，但由于学校开始选派师生代表到北京参加毛主席接见红卫兵，加上我们六四届的学生即将毕业分配，于是我动员大家放弃去外地的念头，只去首都北京做最后一次革命大串联。记得当时是五十名学生选一个代表赴京，而实际上是各遂心愿自由行动。我和同班同学齐天荣、潘祥珍、邵长静等一起乘坐从上海到北京的直快火车，一路上人山人海，拥挤不堪，有时要睡在座位底下，气味难闻，闷热难当，一时深感无助与无奈。我们带着红卫兵袖标，打着小红旗来到北京后，被首都红卫兵接待站安排住进了北京天安门附近的西廊下小学。男女生在学校教室里打地铺住宿，吃的是学校提供的饭菜，日子过得新鲜而平静。1966 年 10 月 18 日，毛主席与党和国家其他领导人接见红卫兵，我们被安排在长安街的路边。我们高举《毛主席语录》，在热烈的欢呼声中，看见毛主席、周总理、林彪和刘少奇等中央党政军领导人，乘军用敞篷吉普车，从我们面前飞驰而过，心里感到无上荣光和骄傲，激动的心情久久难以平静。当天晚上，我与班上的一些同学一起，来到天安门前的金水桥上，扶着冰凉的汉白玉栏杆，凝视着天安门城楼上的毛主席画像，默默地深鞠躬。我在心里暗自思忖，好好地看看天安门，好好地再端详一下毛主席的慈祥面容吧，今生今世可能就这一次了，应当好好地珍惜。但哪里料到，仅仅过了一年多之后，我就应征入伍来到了北京通县机场，成为一名光荣的人民空军战士。在 1969 年中华人民共和国二十周年大庆的日子里，我还代表人民空军在北京南苑机场紧张训练三个月，组成八十人一个排面的威武方阵，经过一次又一次的反复演练，最终在 10 月 1 日上午，随整个人民解放军的阅兵方阵，以雄壮的正步快速通过天安门广场，接受毛泽东主席的检阅。当我正步走到金水桥前，随着指挥员一声“向右看”的口令，我十分惊喜地看到天安门城楼上的毛主席和周总理正亲切地挥着手向我们微笑。啊！这是我人生中第二次见到毛主席和周总理，心中溢满了喜悦和幸福。

五　参加新汴河工程建设

人生中有许多事是变化多端、出乎意料的。当我们1966年10月18日在北京大串联接受了毛主席等党和国家领导人的接见后，原准备接着去井冈山、延安等地串联，突然接到学校通知，经宿县地区革委会研究，我们六四届会计统计专业的毕业生全部被分配到宿县地区新汴河工程指挥部和所属各县水利工程总队毕业见习，如果出去串联不回学校将取消分配资格。说心里话，我们这届毕业生都是工农子弟，家境普遍一般，之所以考中专，就是为了不增加家庭经济负担，而且希望毕业后能有一个稳定的工作和稳定的收入，帮助改善家庭生活。特别是在“文化大革命”动荡的日子里，能按时毕业分配已十分难得。所以，我们打消了全国串联的念头，很听话地迅速从北京返回学校。

可能与我在学校的出色表现有关，也可能与校方的推荐有关，我和我们班的班长齐天荣、团支书朱云珍、生活委员邵长静被宿县地委组织部直接分配到宿县地区新汴河工程指挥部政治部工作。我被分在政治部宣传教育科，参与创办《新汴河战报》；他们几位与团地委宣传部部长孙扬秀及孙德文等团地委的同志一起，在政治部青年科做团的工作。我们宣教科科长叫王光寅，三十多岁，高高的个子、白白净净的脸膛，会写简报和文章，是宿县地委宣传部的老科长、笔杆子，待人热诚，工作认真，与大家相处得很好。其余几位像陈勇、张飙、孙以淮等人都是来自地委和专署的“秀才”，干工作雷厉风行，写文章各有千秋，我从他们身上学到了许多优秀的品质。我对毕业分配十分满意，认为业务和兴趣对口，又有这么多有才华的老同志传帮带，政治思想和业务能力一定会有提高。

新汴河工程是经时任水利部副部长钱正英实地考察并报毛主席和周总理批准的当时国内最大规模的人工造河工程，是淮河流域跨豫、皖、苏三省大型的根治淮河水患的骨干工程，兼有防洪、排涝、灌溉、供水、航运等综合效益。新汴河工程地处安徽省宿州市西北戚岭子截沱河，在津浦铁路东截濉河，向东至江苏省泗洪县入洪泽湖，工程全长一百二十七公里。河道底宽九十米至一百一十五米，堤高四至五米，两堤距三百五十至五百六十米。古时因河道临近淤废，由隋炀帝下令开挖汴河（通济渠）故道而得名。因主要工程在宿县地区，当年曾动员九个县三十二万民工在冬闲期间参加工程建设。

工程开工初期，“文革”的影响不大，进展顺利。随着“文革”大潮风起云涌，原宿县地委书记孟亦奇被打倒，地委和专署机关处于半瘫痪状态，工程建设受到严重影响。为了保障工程按国务院的要求保质保量按期完成，经安徽省军管委员会报中央批准，新汴河工地不搞“四大”，即：不搞大鸣大放大字报大辩论，集中财力物力人力搞工程建设。同时抽调宿县军分区政治部主任李大涓，组成了以宿县地区专员、地委副书记郑淮舟为主要负责人的宿县地区新汴河工程革命生产委员会。当时，工程指挥部机关由于“文革”的影响已分成三派，在推荐机关人员加入革命生产委员会时产生了分歧。经三派革命群众组织商量，最终将我推荐了进去，担任革命生产委员会委员并兼任《新汴河战报》办报领导小组副组长。我当时心里明白，大家之所以推荐我，并非是我才华出众，而是因为我刚中专毕业，在机关无后台，也无什么对立面，推荐我完全是历史背景的产物。但既然进入了革命生产委员会，人家就把你当个人物看待。委员会开会通知我，红头文件发给我，我还经常跟着郑淮舟和李振兴两位主管工程的副主任，到各县水利工地检查工作。郑淮舟是1938年参加革命工作的老同志，个头高大，待人厚道，作风朴实，文笔颇佳。但由于处在动乱时期，他处事稳重，比较低调，陪同他到灵璧县和泗县出差时，有时他会让我出来讲话。他认为我是革命群众组织的代表，又是学生刚毕业，言轻言重关系不大，我与他也因此建立了深厚的革命情谊。一年后，我意欲报名参军时，他表示支持。入伍后与他通信，他用清秀的字体亲笔回信，头一句总是："芬之同志，我的年轻的战友。"五年前，我去合肥参加捐书仪式时，曾去他家里看望。那时郑老已九十六岁，从安徽省人大常委会副主任岗位离休多年，躺在床上行动不便。但看到我之后，他紧紧握住我的手，很激动地说："我的年轻的战友来了。"他马上要老伴华云飞给在上海出差的儿子、省政协副主席郑牧民打电话，要他务必赶回来请我吃午饭。郑牧民立即从上海回来和夫人一起陪着我和他爸妈用了午餐。当时，郑老行动不便，仍不顾年高体弱，坚持坐轮椅到饭店作陪，使我十分感动。

我之所以与郑老有如此亲密的忘年交，与当年和他在一起工作时，建立起了深厚的革命情谊有关。记得当年我每次陪他去泗县、灵璧县或其他县水利工程总队检查工作，只要他出面讲话，讲话稿通常都是由他口授我写，打印出初稿后他再仔细斟酌修改。郑老的文字能力很强，毛笔字也写得飘逸苍劲有力。短短一年多时间，我从郑老身上学到了许多优秀品德，也学到了一些咬文嚼字和处理事务的能力，对于我以后的成长进步起到了潜移默化的作用。1967 年 11 月初，宿县地区新汴河工程革命生产委员会在专员公署办公室召开全区区委书记以上干部的直通电话会议，郑老和李大涓、李振兴副主任讲话后，让我代表工程革命生产委员会的革命群众组织发表讲话，我呼吁广大干部排除干扰，坚持"四不"政策，积极动员广大民工按时奔赴工地，坚持抓革命促生产。有一次，郑老对我说，有的县工程总队向上面虚报民工人数冒领国家发放的口粮，但民工还来信反映吃不饱肚子，到底实际情况如何，让我下去了解一下，写个调查报告。我把此事向团地委宣传部部长孙扬秀同志汇报后，他立即率领我和齐天荣、邵长静等同志组成工作组，到宿县和砀山县水利工程总队民工工地搞调研。当时，工程指挥部规定，上河民工不分男女，每人每天定量口粮两斤半，按说应该够吃。机关人员每天口粮才一斤多一点，一般都吃不完，民工比机关人员每天口粮多一倍，怎么还喊饿肚子呢？县工程总队有关人员和民工向我们反映，民工劳动强度大，每铲一锹土七八斤重，再用力往车上抛，很费力，加上伙食油水少，民工一顿要吃七八个粗面馒头，算下来一天要吃五六斤，两斤半怎能够呢？所以工地上普遍虚报人数冒领口粮。为了证实民工的说法，孙扬秀带领我们上工地挖土方推斗车，才干了两天，我们的饭量明显增加，一开始，一顿吃一个馒头、一碗稀饭，再吃点大锅菜就饱了，两天后，一顿要吃三个馒头。实践证明，民工们高强度的体力劳动，每天两斤半肯定不够吃，下面虚报冒领情有可原。于是，我们如实写了调查报告，提出给民工增加口粮。经报上级批准果然增加了粮食供应。我向郑淮舟同志当面汇报了调查情况。他说，干工作办事情，一定要实事求是。以后每人每天增加一斤口粮，我们已经尽力了，实在不够下面虚报一点人数，就睁一只眼闭一只眼吧。郑老的话让我记忆犹新，至今想来仍心生敬意。

这里，我还要特别写到这样一件事，尽管已过去五十年，但今天写起来仍让我悲痛万分。因为这件事不仅与郑淮舟同志有关，与我母亲的病故也有关。

事情的原委是这样的。1967 年 1 月，我母亲当年四十六岁，由于长时间的劳累和营养不良，得了严重的风湿性心脏病，腿肿得很厉害，用手一按一个窝，久久起不来，走路气喘吁吁，脸色蜡黄。我得知后，向郑老和科长王光寅请假，回去给母亲看病。当时我每月工资二十多元，除去生活费和日常开销所剩无几，回去手头没多少钱怎么办？想到我父亲是从第四野战军复员回乡的，过去县民政局按政策给过我家一些帮助，这一次母亲病重，找他们说明情况，民政局多少应该会给予支持。果不其然，我到民政局见了局长，他马上批了一百元。我到王集区委见到区委书记年凤尧，他又批了五十元。我到家见到大队书记张荣怀，他又给了我四十元。加上我自己的二百八十元，我便和姨哥张明祥一起，用平板车拉着母亲，冒着飘飘扬扬的小雪，走了七十多里路，把母亲送到徐州市人民医院诊治。经过验血、胸透，医生发现母亲的心脏已经肿大，治疗只能缓解病情，没有希望治愈。我坚持让医生治疗一段看看效果，开始几天还有好转，母亲的饭量有所增加，脸色比原来也好看一些。但治疗二十多天后，病情出现反复，医生告诉我再治下去也是白花钱，让我有思想准备，随时准备为母亲办理后事。我一听，如五雷轰顶，悲痛欲绝。母亲才四十多岁呀，一辈子几乎没享过什么福，甚至连一顿像样的饭菜都没吃过，现在眼看要离开我，我一时心如刀绞，泪如雨下。妈妈看我心神不定，吃不下饭，觉得事情不妙，反复问我怎么了。我看实在瞒不下去，便哭着把医生的话向她说了。母亲听了一愣，半天才含泪对我说，儿子，刚来时我还抱有希望，我这个病在徐州这么大的医院看，还有治好的可能，让你受点难、多花点钱也值得。现在医生说了没法治，咱再治下去不也是白搭钱吗？孩子，咱快出院吧，反正我这病也治不好了，再住院还得让你东挪西借，我也不忍心。咱们多拿点药回家吧，我能撑到哪天算哪天。的确因为无力回天，也因为我身上的钱不多了，我只好强忍悲痛，听了医生和母亲的劝，给她拿了近百元的药物，买了两斤鸡蛋糕，让姨哥张明祥用平板车把我母亲送回了家。

当天，我从徐州乘火车回到单位，方知郑淮舟同志已失踪三天。指挥部没有了主要负责人，各项工作都受到影响。郑老的夫人华云飞，当时任地区妇联主任，看到我回来，十分焦急地说，这可怎么办呢，很可能被造反派扣到哪里去了，你赶快帮我找找，真是急死人了。我劝慰了她几句，答应马上去找。经过分析，郑老很可能被我老家灵璧县的造反派“请”去了，虽然不至于有生命危险，但工程指挥部不能群龙无首啊！经向宿县地区革命造反司令部了解，郑老确被灵璧县朝集区革命造反派扣押了，要他交代所谓地委“九顶黑会”的内幕。得到确切消息，经与宿县县长、工程指挥部副总指挥李振兴和宿县军分区政治部主任、工程指挥部副总指挥李大涓商量，决定由我从地区造反派司令部开一封介绍信，由军分区作训科陈参谋和我一起坐分区吉普车，速去九顶乡把郑淮舟同志接回来。接受任务后，陈参谋带上一把手枪，与我乘车迅速奔往灵璧县朝集区九顶乡。当我们上午10点多钟到达时，当地造反派看了介绍信，便与我们谈判，但坚持不同意放人，理由是郑淮舟同志拒不交代“九顶黑会”问题，不交代不让走。我向他们宣读了省军管会生产组的电话回复记录，要求他们立即放人，否则影响新汴河工程进度，由他们承担一切责任。造反派一听省革委会有指示，有点慌神，加上造反派有一个小头目是我们村里的亲戚，他也认识我，便劝头头与我们签订协议，等他们需要时，再把郑老送回来。我和陈参谋看事不宜迟，便假意同意了他们的要求，并在协议上签了字。这一折腾就到了晚上，草草吃了晚饭，他们领我和陈参谋来到一处石头房内，总算见到了郑老。当郑老看到我们时十分吃惊，问我怎么知道他在这里，又急切地询问了工程指挥部和家里的情况。然后告诉我他是去工程指挥部上班的路上被“请”走的，但造反派对他还不错，吃的睡的都可以。就是这里是山区，晚上黑乎乎的。门口造反派拿着木棍站着岗，哪里也不让去，白天逼着交代所谓地委“九顶黑会”的问题，实际上什么问题也没有，他也没有什么可交代的。天色不早，郑老很感激地与我们拥抱了一下，便与我们一起乘吉普车连夜赶回了宿县。当我把郑老送到专署他的家时，已是夜里1点多钟。华云飞同志非常激动，连说谢谢。

可是，等我回到办公室，突然发现桌子上摆着两封加急电报。打开一看，上面写着：母病危，速回。打开第二封电报，是：母已故，速回。听到这个噩耗，我失声痛哭，久久也止不住悲伤的泪水。后来，我默默地想了想也想通了，古往今来，忠孝不能两全。为了新汴河工程建设我付出了自己的努力，做了我应该做的事，也没有什么可抱怨的。第二天一上班，郑老让工程指挥部补助了五十元钱，并让齐天荣陪我一同回家料理母亲的后事。王集公社领导和生产大队在我家门口搭起了灵棚，举行了隆重的追悼会。在通往墓地的路上，村民们一路相随，坟地上摆满了花圈。

事后，叔叔告诉我，妈妈是在2月16日早上去世的，临终前还喊着我的小名想见我一面。他们到王集发了两封电报不见回音，问我跑到哪里去了。我对叔叔说，妈妈病危时，我正在离家十八里路的九顶乡处理公务，哪知道妈妈病危呢。叔叔知道我忙于工作，也不再说什么，只是说，你母亲走后，家里只有一个十几岁不识字的妹妹，他要我放心，他和婶子会照顾妹妹，让我安心工作，不要惦记家里。

我和齐天荣回到指挥部，向郑老汇报了母亲后事处理情况，并说了我妹妹的事。他想了想说，你写个报告讲明家里的实际困难，看人事局可否能解决你妹妹的非农业户口，如能解决，再请劳动局给你妹妹找个工作。我万分感谢，立即写了申请报告，他在上面批示："拟同意，请人事局研究。"由于当时正值"文革"动乱时期，地直机关干部又分成两派，郑专员的批示已不像往常那么有权威，最后此事我也没再多问，主要考虑妹妹斗大的字不识一个，就算户口解决了，工作怎么安排呢？多事之秋，就别给郑老添麻烦了。后来，我参军了，此事也就没了下文。但是，不管怎样，几十年来我一直记着郑老的恩情。他到省里工作后，有时来京开会，在京西宾馆约我见面，还邀请我到他在北京工作的大女儿郑效民家里吃过饭。我在北京空军政治部工作时，每逢回乡探亲，也一定要去郑老家里看望，华云飞主任亲自做菜热情招待。当时的情景，我至今难以忘怀。

1968年3月，我从新汴河工程指挥部应征入伍后，三十二万民工和工程技术人员又经过近两年的艰苦奋战，终于在1970年7月胜利完成了开挖新汴河的宏伟工程。《人民日报》在第四版发表了新华社记者采写的长篇通讯，题目是《团结治水的颂歌》。我看着通讯，回想起当年在新汴河工程指挥部的工作历程，心里分外激动。因为，我在毛主席批示的“一定要把淮河治好”的伟大号召的指引下，在我的青年时期曾经为新汴河工程建设出过力流过汗。即便在母亲去世时，我因工作未来得及见母亲一面，虽然留下了终生遗憾，但这也是值得的。

出发

第二部分

最好的开始

遇见自己

遇见世界

人们常说，人生是短暂而又漫长的。

我在心里暗下决心，入伍，是我的正确选择；北京，才是命运转折的新起点。我要在“正北方”扎下根来，辛勤耕耘，忠诚勤勉，收获丰硕的果实。

六 “动乱”中报名参军

说起我的应征入伍，颇有点传奇色彩。1968 年 2 月，“文化大革命”已实现全国“一片红”（指革委会普遍成立），但“文攻武卫”的混乱现象依然屡有发生。在当时的一次“两派”武斗中，拂晓报社就有员工伤亡。

作者 1968 年 3 月从宿县地区新汴河工程政治部入伍时的欢送留影，前排左一为作者，前排中间为作者前妻王翠华。

当时，我刚从宿县农业专科学校中专毕业不久，分配在宿县地区新汴河工程指挥部政治部宣教科工作，而且由机关三派革命群众组织联合推荐加入了新汴河工程指挥部革命生产委员会任委员，经常跟随宿县地区革委会副主任兼宿县地区新汴河工程总指挥郑淮舟到工地开会，检查工作。按说，寒窗苦读十二载，刚拿薪水一年半，加之新婚燕尔，妻子怀孕在身，我又是家里的独生子，眼下工作也相对稳定，说什么也不该报名参军。即使自己报了名，超龄且结了婚，部队也不会要啊！但是，当空军的接兵人员到宿县后，我还是神使鬼差地瞒着远在百里之外的妻子王翠华，偷偷地到征兵站报了名，独自做起了“从军梦”。值得庆幸的是，北京空军来宿县带兵的罗副政委看了我填写的履历表后，似乎一开始就对我另眼相看。于是，体检、面试、政审，一路“绿灯”。等到我所在单位的政治部主任张南萍（宿县地委党校原校长）找我谈话，郑重地征求意见，并讲了许多我当兵的难处后，我才意识到确有不少困难，有点犯起愁来。我有心投笔从戎，又担心家人反对，爱人抱怨；有心说声不去，一怕失去到人民军队“大熔炉”锻炼的良机，二怕别人说三道四，坏了自愿报名应征入伍的声誉。最终还是人民空军那身上绿下蓝的军装深深感召和吸引了我，我毅然决定应征入伍。记得是 3 月 19 日下午 4 点多钟，我接到了入伍通知书，并被告知 3 月 20 日下午 2 点集中，3 月 21 日将离乡远行。此时，我的第一个举动就是风风火火骑上自行车，赶到邮局给爱人拍了封“兵验上，速回”的加急电报，而后恋恋不舍地与同学、亲友告别，并准时到宿县军分区指定的地点集中。或许是我的入伍太突然了，或许是新婚不久分别就在眼前，远在固镇县湖沟区水利大队当会计的爱人王翠华接到电报后，心急如焚，因当时已赶不上公共汽车，怀着近五个月身孕的她居然坐拖拉机急如星火地赶往宿县，前来为我送行。见到妻子时，已是20日傍晚时分，我已穿上了新军装。带兵的罗副政委念我们新婚夫妻，破例给了半天假，让我们有机会单独说说话，商量下家里的有关事宜。记得那天晚上刮大风，春寒袭人，妻子把我拉到面前，左看右看，尚未开口，泪水便夺眶而出。她哽咽着抱怨我，不该瞒着她，不该告诉她那么晚。她还对我说，坐在拖拉机上一路颠簸，路上还掉下来一次，肚子至今还有点疼痛。末了，她又说，你别那么小看人，早知道你想当兵，不瞒着也会同意的。说罢，她坦然地帮我戴正军帽，拉拉衣角，含泪咯咯地笑了起来。那笑声，清亮亮的，如泣如诉，四十九年过去，至今忆起，犹在眼前，响在耳边。那分明是一首送夫参军的壮行歌，是我走上军旅生涯的北进序曲。

3月21日晚上，宿县军分区和宿县人武部在宿县工人体育场，为应征新兵开欢送会。罗副政委指定我代表三百九十六名新战友向父老乡亲讲告别和表态的话，我的讲话赢得了一阵热烈的掌声。当晚9点多钟，在妻子和岳父以及王集公社党委秘书张耿信依依不舍的送行下，我挥泪告别家乡和亲人，登上了直达北京的运兵专列。

1968年3月22日晚上，在北京空军独立第七团举行的欢迎新兵仪式上，罗副政委又让我这个新兵班班长代表新战友讲话，同样获得了雷鸣般的掌声，从此开始了我的军旅生涯。

此时，我猛然想起五年前，那个盲人算命先生对我说过的话：“这里不是你的久留之地，你要远走高飞，方向正北方。”是的，1963年到王集公社当文书，1964年考上宿县农业专科学校，虽说命运有了转机，但这两

1970 年，在北空通县机场当兵时，作者于天安门广场留影。

个变动，都是西南方，唯有这一次参军入伍，才是正儿八经的“远走高飞，正北方”。我在心里暗下决心，入伍，是我的正确选择；北京，才是我命运转折的新起点。我要在“正北方”扎下根来，辛勤耕耘，忠诚勤勉，收获丰硕的果实。

七　辛勤笔耕　破格提干

三个月的新兵连集训，紧张而又艰苦。每天天刚亮便紧急集合，要求五分钟之内打好背包，带上步枪，立即出发。当时的北京虽是阳春三月，但积雪尚未消融，还是寒风刺骨。我担任班长，班里的一位小战士与我同时入伍，但比我小七岁。我们在老兵的示范下，练擒拿格斗，练步枪刺杀，练投掷手榴弹，练步枪和冲锋枪射击。可吃的是“二米饭”（指糙米和小米混蒸的主食）、大锅菜，只有一点肉星，生活十分艰苦。三个月新兵集训结束，我被编入地勤机务中队当歼五飞机机械员，学习航空知识，学习修飞机发动机。我当时所在的部队是八一飞行表演大队，天天与蓝天“演员”们打交道，每天在机场跑道上看着他们威伍雄壮地登上战鹰呼啸着直上蓝天，很是自豪和羡慕。有时看到自己和战友们精心护理的飞机，为周总理和外国元首进行四机六机九机编队飞行表演，心里充满了骄傲和喜悦。那时空军地勤吃二类灶，飞行员每天伙食费二元七角钱，我们地勤灶是每天九角八分钱，比空军后勤部队多不少。因此地勤灶的伙食天天像过节，早上有牛奶、面包、油条，中午和晚上是四菜一汤，每三天中午发一次水果或糖果，生活严肃紧张又愉快活泼。然而，“好景”不长。因为我是招来的文化兵，不会让我一直当地勤，加上我到部队三个月就在《空军报》发表了新闻稿件，所以团里很快便安排我到训练股当标图员，不久又调我到团报道组当组长。当时我还不是共产党员，却经常列席团党委常委会，给团政委赵文斌写讲话稿，了解全团重要中心工作，以便组织采写新闻报道，算是新兵中的特殊一员。这里需要说的是，在我参军三个多月后，1968 年 6 月 24 日，我的大女儿张迎辉出生，名字是我特意取的，寓意迎接人生灿烂的光辉。团参谋长毛国庭了解到我的实际情况，破例批了十五天探亲假，另补助五十元，让我回家看望妻子和女儿。这在军队历史上是少有的。为了表示思想先进，对部队忠诚，我回家探亲提前三天归队，受到参谋长的表扬。

在团报道组工作的日子里，我带领四位兵龄比我长又是党员的报道员，夜以继日地采写稿件，并以“红鹰文”和“长空”的集体笔名，频频见诸报端。有时同一天，在《空军报》《北京日报》《解放军报》都刊登了我们采写的稿件，大家高兴得拍手叫好。为了提高报道员的写作能力，从开采访座谈会到搜集素材、提炼题材、确定标题和整个稿件谋篇布局，我都手把手地传帮带。为了从报上学习编辑的经验，我要求报道组每写一篇消息、通讯或言论，一般要起两至三个标题，每篇稿件要复印五份并留底稿，等到稿件登报，便把大家召集在一起，对照原稿回顾总结，看看编辑选用了哪个标题，再看看消息的导语、正文和结尾，编辑改了哪些，保留了哪些。这样前后对比，集思广益，从中学到了不少学问，采写能力明显增长。1968 年 9 月，我在《人民日报》四版发表了《马大嫂当了队长的参谋》的通讯，在《空军报》《战友报》《北京日报》《光明日报》《解放军报》等报刊发表了数十篇稿件，受到团领导的表扬。那时写稿基本上无名无利，一不给稿费，二稿件发表时通常署集体笔名，极少时候署真名。稿件登了报，报社大多是赠给作者一个采访本、几本稿纸，最高级的是赠几枚毛主席像章，发一个优秀通讯员证书。尽管如此，凭着对新闻事业的执着，凭着风华正茂的拼劲，我和报道组成员每天没日没夜地采访写作。有时《空军报》来电话约稿，晚上写着写着稿子营区突然停电，我们不是点上蜡烛，就是打着两个手电筒，继续加班赶写，常常忙到凌晨两三点钟，甚至通宵达旦不合眼。第二天早上带着稿件登上赶往北京的公共汽车，到多家报社送稿，被《空军报》的编辑笑称为“及时雨”“灭火队”。就这样 1968 年一年下来，我们“红鹰文”报道组在首都报刊、电台被采用稿件一百余篇，被评为北空优秀报道组，我被《空军报》评为优秀通讯员。

1968 年 9 月，我在《解放军报》的《理论战线》专版发表了一篇《牢牢掌握对阶级敌人的镇压之权》的署名文章，可能被北空机关发现了，打电话问团里张芬之是不是干部，干部股回答不是，是刚入伍的新兵，对方指示要下放锻炼，尽快提干。于是，团政委赵文斌找我谈话，要我到通县场站警卫连去当兵。1969 年 3 月，我从空军地勤变成了空军普通士兵，伙食费由每天九角八分变成六角四分，食堂饭菜一下子大变了样。指导员马文祥、连长梁海波认为我曾是团报道组组长，要把我分到一排一班当副班长。审批表报到团里，参谋长毛国庭不同意，他对指导员说，张芬之是下去锻炼的，不能当副班长管内务卫生，要不当战士，要不当班长。这一来，连队为难了。因为一班班长叫张玉奎，1962 年入伍，比我早六年，有现成的班长怎么办？连长、指导员考虑再三，破例动员张玉奎改当副班长，由我当班长。没料到淳朴憨厚的张玉奎欣然同意，在军事训练中对我支持帮助很大。或许是好人有好报，正因为张玉奎在这件事上表现出有胸怀、思想好，本来当年要安排他退伍回乡务农的，结果在当年9月他被提为排长，很快在农村的老婆和孩子也高高兴兴地随了军。

那时，部队正开展“学哲学”活动，我们连队院里有两棵苹果树，一棵枝繁叶茂，但只长枝条、树叶，很少结果，另一棵树长得并不茂盛，叶子不多，但果实累累。马指导员把全连集合到苹果树下，联系两棵苹果树的现状，从植物栽培的原理到通风坐果和修枝打杈的技术层面，给我们上了一堂轻松活泼的哲学课。我听后感觉很新鲜，也富有哲理，便连夜写了篇小故事，题为《苹果树旁讲哲学》，投给了《解放军报》，很快在军报头版右下方的《学哲学的小故事》专栏中发表。或许是这篇文章又引起了领导机关的注意，他们让我去北空宣传部参加新闻报道骨干培训班。回连队后，紧接着有一件让我吃惊的事情发生了。1969年6月28日晚上，指导员马文祥找我谈心，要我积极靠近组织，争取早日入党。我一听觉得不可能，我把入党看得很神圣。我对指导员说，我距党员的条件还差得很远，再过一段时间考虑吧。马指导员笑笑说，那你先表个态，写个入党申请书吧。我说好的。当天夜里，我肩背冲锋枪从机窝和弹药库查岗归来后，便在连队值班室很认真地写了入党申请书，早上便交给了指导员。当天下午，连队召开党小组和支部大会，由连长梁海波和张玉奎担任入党介绍人，郑重讨论吸收我为共产党员。事后我才知道，那时候是“吐故纳新”，入党没有预备期，一批准就是正式党员。因为正赶上党的七一前夕要补充一批“新鲜血液”，我就这样入了党。7月1日下午，连队党支部召开会议，选举我为宣传委员，我成为同年入伍的老乡中任班长最早，也是入党最早的人。

有一天晚上，我执勤查岗归来，在连队值班室看到《北京日报》一版有一篇长篇通讯，表彰北京大白楼生产大队党支书王国福一分钱掰成两半花的勤俭作风以及带头参加集体生产劳动的先进事迹。读后我心潮澎湃，十分激动，马上连夜写了一篇《“万年劳”精神赞》的评论寄给《北京日报》，一周后《北京日报》在第四版刊发。或许与我的稿件不断见报有关，也或许考虑到我中专毕业已在地方工作过的关系，我当兵一年入党，刚刚满两年多即提干。1970 年 6 月把我提为干部的时候，连队排职干部满编，要安排没有位置，团党委决定把我提为团政治处保密室保密员，括号内正排职，准备让我在团宣传股当团政治处书记。不承想，当时，因为还有三位同时提干的战友的海外关系未查清，暂时任职命令还未宣布，北京空军政治部宣传部已打电话，要求我提前办理提干手续去北空报到。团王副政委对我说，小张，你已经提干，但命令还未来得及宣布，北空宣传部要调你，我们想留你也留不住，祝贺你到北空工作。说罢，他便让团干部股长给我领来了干部服，又补发了两个月的工资一百零四元。当天，便派小车把我送往北京军区空军。途中经过通县时，我让司机停车，特意在百货大楼花了一百零八元，买了块瑞士产的尼维达牌手表。那是我人生第一次那么“大方”消费，也是我头一回戴上进口的名牌手表。

八　采访著名女记者王金凤

人们常说，人生是短暂而又漫长的。这里有两层含义，一是说，人生就那么几十年，与浩瀚的历史长河相比，只是森林中的一片树叶、大海里的一滴水、长江里的一朵浪花，所以短暂而又渺小；二是说，人生虽然短暂，但生存不易，处世亦难，而且人生之旅曲曲折折，阴晴常变。你可能刚刚收获一份喜悦，马上就可能遭遇一场灾难，正是从这个意义上说，人生又显得艰辛而漫长。

人们又说，人生像个万花筒，五光十色，多姿多彩。这里也包含两层含义，一是人各一面，人生各异，林林总总，千差万别。同乡、同学、同等学力，却有着不同的人生、不同的结局。二是人生虽然不易，虽然苦短，但吃尽苦中苦，会尝苦中甜，甜甜苦苦，苦苦甜甜，千变万化，色彩鲜艳。所以，又有人生如谜、人生如梦、人生如画、人生如诗之比喻。

这是人生的现实，亦是生命的辩证法。

回首往事，我从 1961 年初中毕业回乡务农，那年月连吃饱肚子都是件幸福的事，哪里能想到会到公社当文书，后来会上中专，又会应征入伍提拔为团职干部。也更没有想到，转业进京后，会当记者，会当作家，会当《中国新闻出版报》总编辑。可以说，我的人生之路是曲折多变的，亦是多姿多彩的。用我自己的话说，我是从田野里走出来的总编辑，是在勤勉奋斗中成长为正局级干部的。只不过，我的人生总体上把握不错，大方向基本正确，也总体上顺风顺水，充满了传奇色彩和正能量。

从 1967 年在宿县地区新汴河工程政治部参与创办《新汴河战报》，到我 2006 年 7 月退休，可以说，在这三十九年间，我基本上从事的都是新闻出版工作。近四十年来，我踏遍祖国的山山水水，采访了上千个各种各样的典型和人物，写下了一千余篇各种体裁的报道文章，真实记录时代风云，热情讴歌英模人物。这里，谨把我采访《人民日报》著名女记者金凤的两篇专访附录于后，以飨读者，并以此作为我近四十年新闻生涯的一种纪念、一个缩影。

作者当年采访王金凤时，她送给作者的照片。

附录一

博学·勤奋·泼辣

——《人民日报》高级记者金凤印象记之一

盛夏的一天下午，我轻轻叩响了《人民日报》著名记者金凤的家门。她，中等身材，神采奕奕，穿一件乳白色的半袖衬衣，戴着眼镜，带着和蔼的笑容，让我这个陌生人进屋、落座、饮茶，热诚而谦逊，丝毫没有名记者的架子。我应《新闻与成才》编辑部之约，请她谈谈她的经历、成长和生活的道路。她略思片刻，不无感慨地说："现在有不少年轻人以为当记者很简单，其实，当一个不大合格或不怎么称职的记者容易，要真正做一个正直的、出色的、党和人民信得过的记者绝非易事。记者是时代风云的记录者，是党和人民的喉舌和耳目，要成为像邹韬奋、范长江、斯诺那样的当代'太史公'，实在难得很啊！"

一

金凤说：根深才能叶茂。农民种庄稼，要上足底肥，反复耕耘，才可望获得好收成。当记者、写文章，要广识博学，注重知识积累。只有头脑中澎湃着知识的海洋，才能够激扬文字，写出名篇佳作。

金凤出生在江苏省宜兴县城一个书香门第。她五岁上学，课堂上常“吃不饱”，便大量地读课外书，看《三国演义》《水浒传》《聊斋志异》《红楼梦》，凡是能搜求到的书，她都借来“啃”一遍。除中国古典文学著作外，她还大量阅读现代文学作品，如茅盾、冰心、老舍、巴金以及其他五四以来中国作家的作品。1940 年，金凤小学毕业，母亲给她一块钱做零用，她舍不得花，买了一本《鲁迅小说杂文选》。鲁迅的著作一下子提高了金凤的精神境界。她说，正如生活在平原的人，登上了一座山峰，眼前豁然开朗，促使她开始思考许多严肃的人生问题。在乡下，鲁迅的书很不好找，她把父亲看的《纲鉴易知录》也拿来读。她 15 岁那一年暑假，听说小镇上一个男青年从上海带来一套《鲁迅全集》，金凤不顾自己是个女孩子，径直闯入人家里，把那一套《鲁迅全集》借来读了一遍，重点章节还做了笔记。上初中、高中时，她还读了不少外国文学名著，如高尔基、巴尔扎克、托尔斯泰、狄更斯、莎士比亚、普希金、契诃夫等人的作品。回想起这些往事，金凤颇为动情地说：“那时候读书的条件很差，昏暗的豆油灯，火苗儿一闪一闪，看得你头晕目眩，眼睛也近视了，但怎么也按捺不住读书求知的激情。尤其是读了鲁迅的书，大有‘一览众山小’的感觉。在一定的意义上说，是鲁迅的著作给我指明了人生的道路，是少年时读的近千部中外文学名著给我铺下了写作的基础。”金凤的这番话引来了我的感慨：我们如今的学习条件比金凤当年不知要强多少倍，图书馆藏书浩瀚，日光灯亮如白昼，但我们看的书屈指可数。长此以往，仅凭肚子里“库存”的那点“水”忙着赶稿，岂不要坐吃山空，江郎才尽！

金凤不只是爱读文学作品，而且很注意阅读历史和政治理论书，这与她后来成为名记者，具有敏锐的政治眼光大有关系。她早在十一二岁时就对“二十四史”有了一些较为系统的了解。上中学时，她又看了威尔士的《世界史纲》，还阅读了明清的大量笔记、野史。1946年，金凤在上海交通大学上学时，作为地下党员和学生运动的骨干分子，她想尽办法读到了《共产党宣言》《反杜林论》《资本论》《国家与革命》《新民主主义论》等书，只不过外面包上一层《七侠五义》或《施公案》的封面而已。

后来，金凤投身于北平的学生运动，马列主义著作成了她行动的指南。“文革”期间，金凤惨遭迫害，被关了禁闭。在那长达5年的孤苦忧愤的日子里，她失去了笔，要不来纸，便一次又一次求看守找来马列著作，痴情地通读了马恩全集，至今《资本论》的一些章节她仍能背诵。

我下意识地环顾了一下金凤的会客室，6个大书橱塞满了马恩列全集、“二十四史”和古今中外名著，除了一台彩电之外，我仿佛置身于书的海洋里。我问金凤：“现在年过半百，写作任务又这么重，还坚持读书吗？”她笑了笑说：“要做一个合格的、出色的记者，坚持不懈地读书要像一日三餐一样不可中断。因为，时代在前进，观念在更新，满足于已有的知识，每天只是‘支出’而断了‘收入’，思想就可能落伍，即使有才华，手中的那杆笔也难以拨动时代的琴弦。”停了一会儿，她又说，“作为一名记者，最可怕的莫过于无知和落后。如果不想让自己从昨天的‘有知’变为今天的‘无知’，就必须勤奋学习，天天读书。只是天天读的不应当是一本书，而应当破万卷书，加上行万里路，才是当一个合格记者的必要条件。”

二

金凤原名蒋励君。金凤是写文章时用的笔名。说起她的名字，还颇有意思。

1948 年 10 月，辽沈战役已经展开，清华大学地下党组织选派一批党员和进步同学去解放区。金凤早就想去解放区了，那也是她北上求学的一个主要动机。为了顺利通过国民党军队的封锁线到华北局城工部所在的河北泊镇，金凤和北京大学的一名男学生、上海医学院的一名女学生，结伴演出了一出“三人行”。刚满 20 岁的蒋励君化名王金凤，一身村姑打扮，扮演丫头，另外两个扮作夫妻，金凤称他们为表兄表嫂。由于三人来自三个省，说话南腔北调，动身前，他们精心编了一套“情节”，购置了“道具”，进行了“彩排”，果然巧妙地骗过了敌人的耳目。金凤拿着假通行证上的名字“王金凤”到城工部报到，从此这便成了她的正式名字，伴她走上了新闻之路。后来她随大批学生行军到了良乡，被分配到新华社北平分社当记者。说实话，她当初并不愿意当记者。她在所写的自传上明确写明她的志愿：第一，到部队；第二，到工厂；第三，到农村！她那时虔诚地相信，知识分子如果不与工农相结合，将一事无成。但是，服从组织分配是共产党员的职责。她想，只要献身革命，救国救民，干什么都可以。

尽管金凤 15 岁就写过短篇小说，那是一篇作文《富人与穷人》，国文老师给了 105 分，但她毕竟没有学过新闻业务，甚至连消息和通讯都分不清，采访也坐过不少冷板凳。但是，她认准一条：只要干的是革命工作，就要不讲价钱，全力以赴。当时，生活条件很差，一天吃两顿小米饭，外出采访都是步行，每天迎着朝阳出发，繁星满天归来，路上饿得饥肠辘辘，晚上还常常加班写稿到深夜，但金凤从来不叫苦。有一次，她去采写全国学代会召开筹备会的新闻，因为她搞过学生运动，提起笔来，激情满怀，洋洋洒洒，一口气写了2000多字。没料到，社长韦明同志大笔一挥，压缩成200字。晚上召开述评会，这篇稿子又被当作典型，“解剖”了一通，简直令金凤无地自容。当天夜里，金凤失眠了，耳畔回响着韦明的话：“一篇稿件用什么体裁、写多少字，要从工作需要出发，不能凭个人兴趣爱好从事，千万别当‘记者油子’。”

或许这个钉子碰得太重了，金凤至今讲起还很动情。她说：“碰上了韦明这样的严师，才能催你发愤，促你成才。我永远忘不了韦明对我的帮助。”

三

从那以后，金凤变得更加勤奋了。她不会骑自行车，影响采访，她就找来一辆旧车练习，三天便上了马路。可她一上路就撞上了三轮车，车摔坏了，腰也扭伤了，硬是咬牙坚持。她还是20岁的小姑娘，采访领导干部时，有些胆怯拘谨，碰了不少“软钉子”。于是，她要求跟韦明“跟班见习”，采访了平津卫戍区司令杨成武将军，并把学来的“窍门”运用于实践，很快见了成效。有一次，她去采访北平团市委书记李昌同志。李昌说忙，不愿见，秘书也“挡驾”。金凤硬是闯进李昌的办公室，非让他接见不可，还振振有词地说了一通全党办报的大道理。李昌说：“你这个小姑娘大有进步，像个记者的样子了。”没过多久，她又采访了粟裕、胡耀邦、李立三、冯文彬、谢觉哉等领导同志，一点都不紧张。为了锻炼自己泼辣大胆、紧张艰苦的采写作风，1951 年，她去朝鲜战场采访，写了一系列通讯。1955 年，她要求去浙江前线采访，和 6 位男记者一起坐船、爬山、露宿，冒着随时可能踩上国民党军队布下的地雷的危险，随我军先头部队率先登上硝烟弥漫的大陈岛，写下著名通讯《大陈在控诉》。接着，她又身穿军装，奔上一江山岛，同华东军区和浙江军区敌工部的同志一道审讯俘虏，找俘虏和国民党官兵谈话，连续写出了《西方公司冒险生意的失败》《不给蒋贼和美帝国主义卖命》和《团圆》三篇通讯，发表了“独家新闻”。那年，胡志明主席来我国进行国事访问，周总理陪着到长城游览。金凤赶去采访，表现得泼辣而又机敏，周总理很高兴。胡志明主席还特意在金凤的采访本上写了“工作好、学习好、进步好”九个字，表示赞赏。

在那青春似火的岁月里，金凤曾给自己“约法三章”：每天采访写作不得少于 16 个小时，不白白浪费一寸光阴；当天采访，当天写稿，宁可熬通宵，也不推到明天；十八般武艺样样学，做到一专多能，成为新闻“多面手”。结果，仅仅在 10 个多月的时间里，她就在报上发表了 100 条新闻，30 多篇通讯、特写、专访，成为当时《人民日报》小有名气的女记者。

从这里我们可以看到，一个人能否成才，勤奋是决定因素，泼辣是重要的前提。勤奋加泼辣，可以增智慧、长才干、出成果，打开工作局面，送你走上成功的阶梯。

（原载解放军报社《新闻与成才》杂志 1982 年第三期）

附录二

刚直不阿　真理在胸

——《人民日报》高级记者金凤印象记之二

早就听说《人民日报》有位名叫金凤的女记者，刚直不阿，才华出众，而且在“文化大革命”中还有一段颇为奇特的经历，但始终不了解详情。盛夏的一个夜晚，我再一次轻轻叩响了金凤的家门。我开门见山地请她谈谈在“文革”中的经历及她的采写经验。她呷了一口凉白开，感慨尤深地对我说：“毛泽东同志不是提倡‘五不怕’吗？实际上除了杀头，其余的坐牢、罢官、开除党籍和离婚，我都品尝了一遍。当记者的确是个担风险的差事，没有忠诚、正直和无私的品德是当不好的。”接着，她有点激动地站起来，用手捋了捋黑白参半的齐耳短发，给我讲起了“文革”中那三篇鲜为人知的“情况反映”。

第一篇“情况反映”，引起了毛泽东的注意。1967年1月，当时，上海“一月风暴”夺权风靡全国，转眼间全国“一片红”，工农业生产陷入半瘫痪。金凤眼看着国家遭殃，人民受难，忧心如焚，夜不能寐。她想，作为一个共产党员和人民的记者，应当发挥自己的作用，哪怕杯水车薪，也要有所奉献。她不参加报社的“造反”组织，而是和报社的一位女同志一起来到北京市郊怀柔县，了解农村春耕生产的情况。她深知，一年之计在于春。10亿人口的大国，如果春耕这一环抓不住，后果不堪设想啊！一位副县长和几位科长、局长忧心忡忡地对她说：“正值春耕大忙季节，县委、县人大瘫痪了，指挥调度失灵，生产无人安排，到秋后饿肚子的还是老百姓，这可怎么办呢？”他们想成立一个“抓革命促生产火线指挥部”专门抓生产，不知道行不行，“造反派”会不会说他们企图“反夺权”！

金凤望着这些对人民怀有赤子之心的领导干部，仿佛在暗夜里看到了曙光，禁不住泪水盈眶。她肯定地说：“根据我了解到的情况，你们的想法是符合‘十六条’精神的，‘造反派’的工作我去做。”大概《人民日报》的记者还有一定的威信，“造反派”居然被金凤说服了。怀柔县迅即成立了“抓革命促生产火线指挥部”，农业生产有了转机。金凤和那位女同志连夜把这个情况写成“内参”报送党中央。毛主席看了，一个字未改，便发表在《人民日报》一版头条。很快，全国县以上单位相继效法，纷纷成立“抓革命促生产火线指挥部”，工农业生产这事关亿万人民温饱的庞大机器总算能勉强运转了。

第二篇“情况反映”，党中央专门下发了文件。金凤采写的头一个“情况反映”对动乱的时局不无小补，使她内心稍有宽慰！1967年2月，金凤顾不上在家过春节，提着挎包，先后来到湖南和湖北。一天，在汉口大街上，她看到许多人身上挂着牌子，头上戴着高帽子，低头弯腰地被游街示众，心里不由得一阵酸楚！一打听，原来游街的有“走资派”，更多的是劳动模范和普通工人积极分子。她冒着早春的寒风，站在那里用心数了半个多小时，高帽子竟有六千顶之多！金凤回到住处，眼含热泪，展纸挥笔，一气呵成，很快一篇题为《六千顶高帽子游街》的情况反映到了中央。文中疾声呼吁："戴高帽子游街一定要制止，劳动模范应当受到尊重和保护！"毛主席、周总理圈阅后，一个保护劳模、禁止游街的"红头文件"像长了翅膀一样很快飞遍了大江南北。如今，当年的劳模和众多的"走资派"，还有那饱尝十年浩劫之苦的人民大众，要是想起了昔日戴高帽游街的那一幕，能不感谢金凤同志吗！

第三篇"情况反映"，金凤被关进了"牢房"。前两篇"情况反映"起了些"稳定时局"的作用，使金凤感到，即使在动乱年月，作为一名党员记者，还能用手中的笔向党传递真情，替百姓诉说苦衷，心里升腾起希望之光，"为民请命"的使命感更加强烈。1967年10月，金凤去上海采访。驻沪空军某军的一个宣传处长找到她，请她去参加军里召开的"学毛著积极分子代表会"。那位处长向金凤绘声绘色地介绍了会议的主旨：提倡和推广用语录指挥飞行员飞行。金凤想，一来，这样的会多得很，不值得发消息；二来，用语录代替飞行指挥用语弄不好要机毁人亡，这是开科学的玩笑，是拿国家财产和飞行员的生命开玩笑，她断然拒绝前往采访。

1968年1月，空军要开"学毛著积极分子代表会"，让《人民日报》派记者去采访，还说要送给每个参加会议的记者一套精装《毛选》和一枚纪念章。金凤了解到这个会是上海会议的"翻版"和升级，深感不安，经再三考虑，提笔写了第三篇"情况反映"。文中一针见血地指出：空军把学习毛主席著作庸俗化，用语录指挥飞行，违反科学，搞形式主义；空军动用大量航空器材制造毛主席像章，有的部队甚至要动用白银和黄金，这不符合勤俭建国的方针；空军有骄、娇二气。这篇"情况反映"一写，给金凤带来了很大的麻烦。1968年5月15日凌晨，北京卫戍区来了两个人，把金凤带走了，一关就是5年。

5年，1800多个日日夜夜，对于金凤来说，真乃度日如年。但她凭着坚定的信仰和一颗坚贞的心，终于熬到恢复自由身的那一天。1973年6月，周总理亲自过问了金凤的冤案，使她重新回到了记者的行列。

这里还有一段插曲。金凤是被北京卫戍区关起来的，公安部根据周总理的指示负责复查。结果在没有掌握片纸只字的材料的情况下，给金凤写了个结论："1968年5月15日，奉党中央命令，金凤因为政治历史问题被监护审查。1973年6月21日，奉党中央命令，金凤政治历史没有任何问题，回《人民日报》妥善安置。"金凤看到这个莫名其妙的结论，很生气，不签字，明确提出，她根本就不存在所谓政治历史问题，应当改成"受资产阶级反动路线迫害"。但公安部负责办案的同志不愿意改写，并且向金凤拍桌子。金凤不买账，硬是不签字。直到粉碎"四人帮"后，人民日报社人事部让金凤自己写了个结论，盖上公章，装进了档案，才算了结了这桩历史冤案。

我问金凤："在那个年代，你咋有那么高的'路线觉悟'！"她谦虚地说："要说什么路线觉悟，我也没有那么高。只是多年来已养成了习惯，就是凡事要问几个'为什么'，然后对人对事做出判断，标准就是它符不符合人民的根本利益，符不符合马克思主义的原则，符不符合社会发展的客观规律。"停了一会儿，她又语气坚定地继续说，"我向来不写八面玲珑的'跟风'文章，尽管有时也奉命作文，但我时刻想到要奉人民大众之命，写自以为有道理的文章。那些在脑子里转个圈就觉得不对头的东西，我硬是一个字不写。如果说写过，那是'大跃进'时写过宣传'卫星田'的文章，至今想起来还很惭愧！"

当我问她怎样才能做一个合格的、出色的记者时，金凤说：“当记者固然要有才华，要会写文章，但是，更重要的是要有刚直不阿的骨气。无论何时，都不能看来头，当‘风向标’，也不要贪小利，搞‘版面交易’。”36年来，金凤始终信守一条原则：每写一篇文章，都要想一想是为公还是为自己。对党和人民有利，确实需要采写的对象，纵有千辛万苦，她也要去。不应该采写的对象，宁可“得罪”人，遭冷遇，也不勉强成篇，违心作文。因此，有人跟金凤开玩笑，说她“死心眼”，是个正统的马克思主义者。

“文革”初期，《人民日报》的一位负责人让金凤到北京大学采写“文革”给北大带来的新变化。她奉命到北大待了一个礼拜，看到“变化”确实有，但这种“变化”不对劲。忧党忧国的金凤一个字未写就回来了。金凤是位名记者，许多年来，她不论到哪里采访，那里的干部都对她格外热情。金凤明白“热情”里面的含义，但她更懂得，记者手中的笔是党和人民给的，不能当商品出卖，不能搞“版面交易”。金凤说：“国有国格，人有人格，记者有记者的职业道德。我无论何时都坚持两条：不因为情面，写自己不情愿写的东西；不看到一点就写，写一个字要有十个字做根据，写那些‘看透’了的、能‘站得住’的东西。”1981年，金凤回到阔别十几年的家乡，县委领导陪她转了几天，给她介绍不少情况。她本来也想写点东西，但考虑再三，她认为家乡的变化是很大，工作也不错，但家乡的自然条件好，现有的变化还有许多不尽如人意的地方，与其写文章替家乡“鼓吹”，不如明确指出其不足，促使家乡更快地进步，这才是真心实意地爱家乡。县委领导明白金凤的用意，没有说什么。但是在通常情况下，这样做就可能“得罪”一些人，对你的接待也由“热”变“冷”，骤然“降格”。每当发生这种情况，金凤不是迎“冷”而上，下决心蹲下来，搞调查研究，写出对中央有参考价值的内参，就是常常不等人家下“逐客令”，自己就主动撤离。她的主张是，中国之大，人口之多，要写的东西多得很，不必给自己留“后路”。守株待兔，不只是愚蠢，而且也永远抓不住“活的”。

采访将要结束时，我请金凤谈谈她对自己36年记者生涯的感受。她饱含深情地说:“36年不算短，弹指一挥间。从少年时代历经亡国之苦，到‘文革’中又遭磨难，虽说国家和个人的道路都很坎坷，但我始终怀有为人类解放、为实现共产主义不懈努力的崇高理想。小时候，我很崇拜岳飞、花木兰和秋瑾，后来，又崇拜刘胡兰和张志新。归根结底一句话，做人要正直，胸中要有理想。理想是灵魂、是力量、是坚不可摧的精神支柱。有了它，干什么事情都有信心，当记者才可能成为人民的‘太史公’。”金凤的这番话，情真意切，充满哲理，值得我们细细地咀嚼和品味。

（写于1982年3月，刊于解放军报社《新闻与成才》杂志）

注：采写《人民日报》著名女记者王金凤的这两篇专访，是在1982年，距今已三十五年，当年刊发时，曾被近百家报刊转载。

王金凤一生坎坷，成就卓著，她是《人民日报》著名的高级女记者，写了大量精品佳作。金凤在采访空军一级战斗英雄赵宝桐时，与其相识，后来结为夫妻。赵宝桐在抗美援朝空战中，英勇顽强，沉着机智，驾驶战鹰击落敌机7架，击伤2架，创造了志愿军飞行员击落敌机的最高纪录，成为中国空军历史上的“空战之王”。“文革”中，王金凤被诬陷为“特务”，惨遭迫害，被隔离审查了5年之久。赵宝桐因是军人被迫与尚在监禁中的金凤离婚，但金凤对此并不知晓。后经周恩来总理干预，金凤被无罪释放，恢复了工作。虽然此时的赵宝桐已再婚并有一子，但金凤忠实于自己的爱情，坚持与赵宝桐复婚，历经波折，破镜重圆，一时在空军中传为佳话。赵宝桐时任北京空军司令部副参谋长，金凤与赵宝桐就住在北京军区空军的军职干部楼内。我当时任北空宣传部新闻宣传科科长，于是，慕名采访了金凤。

九　唐山地震改变了我的抉择与命运

1976年1月8日，我们敬爱的周恩来总理为全国人民鞠躬尽瘁操劳一生后，不幸在北京逝世。噩耗传来，山河呜咽，举国悲痛。尽管当时上面通知不准送花圈，不准设灵堂，不准举行悼念活动，但连日来，以首都高校师生为主体的人民群众，仍冒着凛冽的寒风，自发地举着周总理的遗像和花圈、松柏、白花，纷纷拥向天安门广场。一时间，人民英雄纪念碑四周成了花圈和白花的海洋，数以万计的男女老幼源源不断地到天安门广场送花圈、抄诗词，场面悲壮，声势浩大。我当年在北京军区空军宣传部教育科当干事，内心充满着悲痛和愤怒。悲的是我们敬爱的周总理突然离开了我们，中国失去了擎天柱，亿万纯朴善良的老百姓在动乱的年月该怎么办？怒的是敬爱的周总理去世了，上面却不顾民意下达“三不准”，不让举行悼念活动，真是违背党心民愿，岂有此理！由于穿军装，由于是干部，我们宣传部住在一起的四个“光棍汉”（指家属未随军），大概是朱经通、王中兴、侯锡荣和我，背着领导在我们住宿的房间里为周总理布置了灵堂。从报上剪下来周总理的遗像，并在遗像旁放上松枝和白花，每天回到宿舍就对着周总理的遗像，肃立默哀，眼里滚动着泪花，心里装满了悲痛和忧虑。转眼间，到了4月4日晚上，天安门广场自发悼念周总理的人流如潮，越聚越多，似江河湖海汹涌澎湃，汇聚成了一股强大的力量，大有摧枯拉朽之势，令人激愤，势不可挡。在这样一种悲壮氛围的带动下，我们宣传部的几个干事不约而同地冒着风险，到天安门广场送鲜花、抄诗词，沉痛悼念周总理。4 月的北京，深夜里还有点寒冷，但我被广场上的悲壮场景紧紧吸引住，久久不愿离开。直到夜里 1 点多，我突然想起第二天早上 7 点钟，要坐北空崔文斌副政委的小车，去通县北空独七团搞“批林批孔”试点。军令不可违，我这才匆忙收拾好抄写的诗词，快速步行走回到北空的宿舍。万万没有想到，4 月 5 日首都各大媒体宣布了一条震惊中外的决定，将天安门广场人民群众悼念周总理的活动定性为“反革命”事件。可想而知，我们当时的处境艰难了。

北京通县，北空“批林批孔”试点工作组。说起天安门广场的情景，宣传部隋一阶部长不说话，把从家里带来的饺子推给我：小张吃点饺子吧，家里包的，味道不错。听说天安门悼念周总理的活动被定为“反革命”事件，我哪还有心思吃饺子，写简报也有点敷衍了事，更谈不上写什么“批林批孔”经验了。回京后，清查工作已开始，科长戴学诚让我写去天安门广场的经过材料。我天真地认为，去天安门广场悼念周总理，天经地义，有什么错，坚决不写交代材料，弄得戴科长心有同情也无奈。当时北空流行着这样一个不成文的规定，叫“三会三不会”，“三会”即会办事、会写文章、会出点子。“三会”的干部是优秀的，可作为提拔的后备干部培养；“二会”干部属于一般，不是下部队，就是继续留机关考察使用；“三不会”的干部基本上安排转业回老家。不谦虚地说，我当时属于“三会”干部，所以从文化科干事调教育科当干事，进行所谓的全面锻炼。我当时很年轻，可谓血气方刚，无所畏惧。因为，我是参加工作后入伍，心想，不让当兵大不了回到原单位，还照样吃商品粮，拿工资。甚至想到如果4月5日晚上，上级命令我去天安门广场清场，作为军人我该怎么办？一想到这，真是万箭穿心，不能自已。于是，我在内心里做出了一个果断的决定，毅然要求转业回乡。科长、部长都劝我不要头脑发热，写个检讨就可过关，仍可留在宣传部里当干事。此时的我倔得很，谁的话也听不进去，一心一意要转业，最终宣传部领导经过慎重考虑，还是批准了我的请求。至今回想起那一刻，我没有丝毫的后悔，也没有对军营丝毫的留恋。我很快回乡安排转业事宜。因为我入伍前已参加工作，加上地方上也有一些人脉关系，很快决定回安徽宿县县委办公室当秘书，还号了三间瓦房当居所。过去因为工作忙，北空只要有重要会议，我不是给领导写讲话稿，就是在会议秘书组写简报，妻子来京休假根本没时间陪她去公园逛逛，甚至连北海公园和颐和园都没去过。这回要转业回老家了，怎么也得带老婆孩子好好逛逛北京城。然而，天不遂人愿。就在我妻子带着孩子来京城的第二个月，1976年7月28日，历史上罕见的唐山大地震发生了。这是一次异常严重的自然灾害，也由此改变了我的抉择和命运。唐山地震后，中央军委决定，全军转业推迟，全力抗震救灾。正是在这样的背景下，北空宣传部领导决定，让我妻子和孩子离开北京，派我奔赴唐山机场，参加北京军区空军唐山抗震救灾指挥部政工组，写抗震救灾简报。一到唐山机场，地震后的悲惨景象呈现在眼前，北空空六军所在机关大楼像叠煎饼一样整体倒塌，我们科原副科长、空六军宣传处副处长张日暄和妻子及儿子被砸死，仅有一个八九岁的女儿因被母亲用身体护住幸免于难。真是人算不如天算，正是这次强烈的唐山地震让我不再转业，又开始了新的军营生活。真可谓，世事难料，柳暗花明又一村。

百年不遇的唐山大地震，给唐山人民造成了深重的灾难。当时正值盛夏，许多人在睡梦中遭此劫难，还来不及穿衣服，有的已经身亡，有的被倒塌的房梁或钢筋压住动弹不了。而侥幸爬出残墙断壁的人们，眼看着亲人在流血在呻吟，心在滴血，泪在横流，也无计可施，无法救援，只能为亲人送一口干粮、一碗凉水硬撑着。但是，老天爷不同情伤者、弱者，三至四级的余震不时来袭，使原本有希望被施救的伤残者彻底失去了生存的可能。由于道路堵塞，大型抢险机械进不来，从四面八方奉命而至的人民子弟兵，只有冒着生命危险，在残墙断壁里，用手扒、用肩扛、用铁钎顶，千方百计争分夺秒与死神抗争，尽最大可能抢救伤员，然后用汽车或手抱肩扛把伤员送到唐山机场，再由飞机送往附近或北京等地医院抢救。我到唐山机场的第二天，机场跑道尽头的草地上已堆起了上千座坟头，有的插个木牌，上面写着亡者的姓名，更多的是无名氏坟墓，一个挨着一个，一片连着一片。我站在老领导、空六军宣传处副处长张日暄夫妇和他们儿子的坟头前，眼含热泪，默默地鞠躬默哀，内心充满痛惜与无奈。

为了安全起见，也因为已无房可住，北京军区空军唐山抗震救灾前线指挥部政工组所有工作人员，搭起军用帐篷，每天忙着了解抗震救灾进度和情况，向北空、军委空军和北京军区汇集编写简报，汇报最新动态，忙得脚不沾地也不觉得疲劳。卫生防疫人员天天喷洒防疫药水，但苍蝇仍在乱飞，有的长得像指甲盖那么大，看着令人恶心。为了不得痢疾不闹肚子，每顿饭我都得吃几粒大蒜，夜里被一次次余震震得从铺上弹跳起来，心里并不畏惧，只是担心余震会使死伤者更多，也担心救灾官兵的人身安全。现在回想起当时的情景，依然像过电影一样，一幕幕清晰地浮现在眼前，令我久久不能平静，也永生难以忘怀。

出于干新闻工作的政治敏锐性，也出于对自己政治生命和未来生活的关注，在严峻紧张和异常繁忙的抗震救灾中，我特别留意《人民日报》和《解放军报》上的一些时政新闻，特别是那些措辞不同的本报评论员文章。我逐渐感到中央的政治气氛有变化，某些论点和提法有新意，心里也慢慢有了点底，殷切地期待转机的到来。

大约是1976年10月4日上午，北空唐山抗震救灾前线指挥部接到空军命令，说是中共中央政治局委员、北京军区司令员陈锡联要来唐山视察，并看望各大军区在唐山参与抗震救灾的指战员，让我们唐山机场做好陈司令专机的起降接待任务。原通知，陈锡联司令员要在唐山待两至三天，除召开师以上干部大会发表重要讲话，听取抗震救灾情况汇报，还要到下面去看望广大抗震救灾的指战员。记得当时流传出来的消息，陈司令对师以上领导干部说，现在党和国家已经到了一个关键的时刻，叶剑英元帅特意派我来看望慰问大家。军队一定要听从中央军委和党中央的指挥。叶帅要我特别告诉大家，军队要团结，现在团结比什么都重要。我当时听了陈司令这个主旨讲话的传言，内心里一阵激动，对天安门“反革命”事件的认定产生了新的怀疑与猜测。正在此时，北空负责专机保障任务的同志接到命令，说陈锡联司令员患感冒，要下午3点赶回北京，要求机组人员尽快升空试飞，随时做好应急起飞的准备。据说，按当时的规矩，中央政治局委员的专机在正式起飞前，飞行员要驾机在空中试飞十五分钟，检查飞机各种性能安全完好后降落，才能让中央首长登机。那一天，可能情况特殊，专机在空中试飞大约五分钟即降落，相关保卫人员便马上护送陈司令员登机。早点知道信息的军以上干部乘小车火速赶到机场与陈司令在专机旁合影送行。而知道消息晚一点的军首长，直到专机已经升空，仍坐着一辆又一辆军用小车仍陆续飞速奔赴唐山机场停机坪。

事后得知，陈锡联司令员可能是奉令回京商讨紧急事宜。果不其然，经过华国锋主席和叶剑英元帅的周密部署，1976 年 10 月 6 日晚，中央办公厅警卫局在汪东兴等人的指挥下，干净利索地未动一粒子弹便顺利抓捕了“江青反革命集团”，为党和人民除了心头之患，使我们的党和国家获得了稳定与团结。

以华国锋主席为首的党中央一举粉碎“江青反革命集团”，人心大快，举国欢腾。据说，北京城里的螃蟹和二锅头白酒一时间被老百姓争相抢购。没过几天，中共北京市委开会，决定为天安门事件平反。新华社著名女记者郭玲春以简短的消息，向全国和全世界庄严宣告，天安门广场群众悼念周总理的活动，是革命行动。这一震惊中外事件的拨乱反正，使无数因此遭到歧视和迫害的人扬眉吐气，挺直了腰杆。我闻此喜讯，热泪纵横，高兴得跳了起来。10 月 10 日，我圆满完成了在唐山机场的工作任务，向英雄凯旋一样回到北京，揭开了军旅生涯的新篇章。

从唐山回到北空，军以上机关揭批“江青反革命集团”的“大鸣大放”运动逐渐开展。由于原来因天安门事件已确定我转业，尽管所谓的“反革命”事件已平反，我仍然不改初衷，继续要求转业。一是转业后的工作基本落实，还算符合心愿；二是铁打的营盘流水的兵，除了当上将军可以终身生活在军营，其余百分之九十九以上，都要哪来哪去，想留在京城安家落户一辈子，除了是北京的儿子和姑爷，几乎不可能；三是我有三个儿女，妻子在地方供销社当营业员，儿子迎军刚刚半岁，家属随军进京遥遥无期，考虑到家里的实际困难，我信从了“老婆孩子热炕头，三十亩地一头牛”的俗话，执意要求转业，求得一人安定全家安定。然而，这时北空已撤销了让我转业的决定，要我继续在宣传部服役。为此，我去找刚从空军文化部副部长任上调任北空政治部副主任的尚贝同志，向他说明了家里的困难和坚持转业的愿望。尚副主任是延安抗大时期的老干部，听了我的想法，明确指示，军人以服从命令为天职。部队现在需要你，你要安心服役，努力工作，个人的事交给组织处理。领导的话斩钉截铁，几乎没有回旋的余地，我只能坚决服从，彻底打消了转业的念头。

北京军区空军当时属于正兵团建制，下辖三个军十几个师一百多个团级单位。军区机关开始动员写大字报，揭发批判与“江青反革命集团”有牵连的人和事，有的领导干部已陆续被空军和中央军委批准隔离审查，一时间各种各样的大字报贴满了机关办公楼，有些人心里惶惶不安起来。我因为入伍才七八年时间，对机关的一些人和事也不很了解，谈不上检举和揭发什么像样的事，想了一下还是围绕天安门事件写了张四百多字的大字报，算是投入了机关的“大鸣大放”。随着揭批“江青反革命集团”运动的深入开展，机关里的大字报内容也五花八门，林林总总。有的揭发他人，说得有鼻子有眼，有的检讨自己也顺带揭发他人。我总的感到，运动既轰轰烈烈，又有点“雷声大，雨点小”，大字报的数量虽不断增加，也有所翻新，但还是缺乏实实在在的内容，有点应景和凑数。

不久，我由教育干事提升为宣传科副科长。当兵近九年，成为副团职干部，这在北京空军政治部，我是第一个。我们科里的干事个个比我入伍早、资历深，有的甚至比我早入伍十二年。由于是副团职干部，家属和孩子也有资格进京落户了，我也就此安下心来投入繁忙的工作中，暂时放弃了转业的念头。仔细想想，此乃天意啊！要不是唐山发生强烈地震，要不是天安门事件的性质翻了个儿，我不早就解甲归田，回安徽老家了吗？！

1977 年，作者由正连职教育干事升任副团职宣传科副科长，这是次年换发的工作证。

十　一篇内参引来胡耀邦的批示

人的一生就是那么几十年，但在短暂的一生中，能在军营摸爬滚打十六年，而且在自己所挚爱的新闻宣传工作中，不只是采写发表了多种体裁的众多稿件，还能因为自己的一点点努力，为国家和人民做了一件值得回味的好事、实事，这着实让我欣慰、让我自豪。

这里，有一件曾轰动全国的新闻报道不能不提。那是1979年12月8日下午3点多钟，在北京龙潭湖，北京市一〇八中学学生鲍文利在冰面滑冰时不慎掉入冰窖，但龙潭湖岸边有数百人围观见死不救。当时驻守在龙潭湖附近的北空气象勤务站指战员在教导员张福阁的率领下，与龙潭湖公园的工人相配合，趴在冰冷的冰面上，用绳子把有生命危险的鲍文利成功救上岸来。可是，当张福阁和乔晓亮、刘顺义他们奔跑救人时，站在岸上看热闹的人却高喊："大兵快跑啊，立功受奖的时候到了！"冷嘲热讽不绝于耳。当时我不在现场，我们宣传科的干事孙英奎了解到这些情况向我报告时，我们立刻意识到，这不仅是子弟兵破冰救人的英雄壮举，要大力宣传，但同时也反映出民风社风不正，亟须教育引导。于是，我和孙英奎一起研究写了一篇描述事情经过的内参，标题是《中学生掉入龙潭湖冰窖，岸边数百人围观见死不救》。该内参很快被《人民日报》在来信摘编上刊发，上报中央领导人。胡耀邦当时任党中央秘书长，他立即在内参上批转北京市委书记林乎加和总政治部主任余秋里，要求总政和北京市委抓住这一典型事件在全国开展“学雷锋树新风”活动，严肃整治不良社会风气。总政治部和北京市委十分重视，马上派市委副秘书长贾星五来北空气象勤务站送锦旗并看望慰问破冰救人的张福阁等指战员。接着，《解放军报》《北京日报》又派记者和我们一起在部队座谈采访，《解放军报》在一版除发了两个头条新闻突出报道外，还连续发表三篇评论员文章，大力弘扬“学雷锋树新风”活动；《北京日报》配短评刊发长篇通讯，对子弟兵的英勇事迹给予歌颂，对不良社会风气进行抨击，一时间在全国引起了强烈反响，一个“学雷锋树新风”的口号在全国叫响。为此，中央军委为北京空军气象勤务站记集体一等功，为张福阁和曹怀良、乔晓亮、刘顺义等四位见义勇为的战士也记了功。北空和北京市委在首都联合召开了表彰大会，《人民日报》在头版作了报道，新华社向全国发了通稿。此后的三年间，我抓住被救学生鲍文利光荣入伍和气象勤务站不骄不躁再立新功等时机，连续跟踪采写稿件、宣传报道，受到广泛好评。北京空军政治部下发通报，对宣传科进行表扬，我也被评为先进个人。回想起来，在我从 1977 年至 1984 年任北空宣传部宣传科正、副科长八年间，北空新闻宣传报道工作每年在军委空军评比中总是第一或第二名，我本人获得空军新闻宣传一等奖，在我火热的十六年军旅生涯中留下了终生难忘的印象。

十一　下连代理指导员

事情从1982年3月说起。当年，我在北空宣传部宣传科任科长，已三十七周岁，来机关也十多年了。有一天，宣传部领导告诉我，说我缺乏基层工作经验，让我到高炮二师五团九连当代理指导员半年。听到这个消息，我有点意外，便去找政治部分管宣传部工作的尚贝副主任。他微笑着很亲切地告诉我，让你到基层锻炼，是政治部领导决定的。你还年轻，下去当半年指导员，了解基层的实情，学习带兵的本领，再回机关，对你的工作有好处。听话听声，锣鼓听音，从尚副主任的谈话中，听出了领导对我的关爱与信任。于是，我愉快地服从了领导的决定，安排好家里的事宜，迅速到五团九连当代理指导员，并暗下决心借此机会悉心实践，切实提高做基层工作的能力。

当年，部队从城镇招来一批城镇兵，有的好吃懒做，很不好管。连里有个战士从广州入伍，叫什么名字已记不清了，他舅舅是某市公安局副局长。入伍后自以为有来头，在家里吃香喝辣的，哪里吃得下连队里的“二米饭”和大锅菜，因此，他总是头疼脑热泡病号，赖在床上不训练、不出操。食堂给他做了病号饭，他吃了把碗往床下一塞，倒头便睡。连排长安排他去团卫生队看病，他说肚子疼、脑袋疼，弄得医生也哭笑不得。我到连队后，首先从他下手，到床头给他讲道理，做思想政治工作。他听说我是从军区下来的，开始有点胆怯，勉强起来参加训练。但过不了几天就旧病复发，又泡起了病号。我知道他是装病，便决定拿他当典型，一抓到底。我让战士把他抬到训练场，自己不训练，要看别人训练。烈日当头，汗流满面，实在坚持不了，他居然在一个下午偷偷逃跑。我派排长和三名战士去追，追了好几里路才追上，战士们把他的手脚捆起来，用一根木棍抬回连队。我和连长商量关他的禁闭，并向团里做了报告。团长担心班里有枪怕他报复出事故，命令连长在我的宿舍门前派战士带枪站岗。就是这么一个出了名的后进战士，经过我耐心细致、坚持不懈地做思想政治工作，最终使他彻底转变了过来，积极参加军训，主动要求种菜喂猪，很快入了团，成了一名“五好”战士。

我刚下连代职时，是团政委和干部股股长陪我去九连宣布任命的。全连四个排十八个班一百二十多人，主要武器是高射炮，一发炮弹有十几斤重，战士们训练个把小时便累得汗流浃背，腰酸腿疼。当天晚上，连队为了欢迎我，包了猪肉韭菜馅的包子，煮了一大锅红豆稀饭，吃饭时列队整齐，连泡病号的两个城镇兵也来了。虽说是肉包子、稀饭就咸菜，但战士们吃得很开心，饭前拉歌也很踊跃。第二天吃早饭时，炊事班把头天晚上吃剩下的一盆包子往食堂的桌子上一放，战士们蜂拥而上，用手去抢包子，只顾自己大口大口地吃起来，全然不顾连排干部。看到这里我很生气，心里也很不是滋味。我把司务长和炊事班长找来了解情况，他们都说连队伙食费少，除了买口粮和油盐酱醋所剩无几，加上训练强度大，有的战士体力不支，练着练着就晕倒了，因此泡病号的多，个别战士还企图跑回家去。

1982 年，作者（右二）在高炮二师五团九连代理指导员时留影。

了解到这些情况，我一方面给战士们讲政治课，讲红军长征时煮皮带、吃野菜，讲朝鲜上甘岭战斗中一个苹果、半壶开水传全连的动人故事，教育大家发扬我军官兵一致、相亲相爱的光荣传统。我还就包子事件写了篇小言论，起了两个题目，一个题目是《包子剩了让着吃》，一个题目是《莫忘战友情》。结果，《解放军报》在《并非闲话》专栏、《空军报》在一版同题发表，在战士中引起一些反响。不少战士对我说，指导员你讲的大道理都对，我们也听得进，但就是连队伙食太差，我们一进食堂就皱眉头。战士们的话深深地打动了我，我找连排干部商量，如何改善连队的伙食。经过分析，一是连队副业生产一般化，补助食堂的菜肉少；二是炊事班人员工作不积极，认为当伙夫低人一等没出息，连父母都不愿意告诉；三是连队伙食费少，无钱来改变现状。摸清了底细，我立即采取了四条措施：一是向团长报告申请汽车连支持十辆解放牌大卡车，把战士分成两队，一队在阵地搞训练，一队由我和连长带着去芦苇地里割草晒，然后卖给北空军粮城造纸厂，一个礼拜卖了两千多元。二是派人跟天津公路局联系，连队抽人帮助他们伐树以拓宽公路，树干给公路局，树梢和树根归连队，让战士们晒干，劈成木柴卖给饭店，一下子挣了七千多元。三是召开连队士兵代表大会，让大家投票选“五好”战士当炊事班长和炊事员，并选派两名战士去饭店学习粗粮细做和烹调技术。四是用一千多元买来一千多尾草鱼及一口母猪和三口五六十斤重的猪仔精心饲养，接着辟出两亩菜地，带领战士挑灯夜战挖鱼塘。这些措施落实后，连队的腰包宽裕了，伙食明显改善，由原来每天的馒头、“二米饭”和咸菜及一个少肉的大锅菜，改为粗粮细做，摊煎饼、炸油条、蒸发糕，中午和晚上两荤两素，四菜一汤。每到周六晚上破例每桌八人上一瓶红葡萄酒，让战士们聚餐热闹一番。就这样，连队的伙食改善了，战士们的精神面貌发生了喜人的变化。泡病号赖床不起的没有了，积极参训争当“五好”战士的多了，关心连队、乐于助人的多了，上政治课认真听讲、踊跃提问的多了。连队被团里评为“四好”连队，发了锦旗，我被评为优秀指导员，到团里和师里其他连队介绍经验，我讲的题目是“炊事班顶了半个指导员”，受到好评。

转眼间半年过去，在我要离开连队返回北京的前一天，除了团领导为我在下午 4 点设宴送行外，当天晚上，连队杀了一头猪，宰了一头羊，还从鱼塘里捞上来已长成半斤多重的草鱼。十八个班做了十八个菜，每个班除班长外派一个战士代表陪我吃饭喝酒，为我送行。俗话说，人生能有几回搏，人生能有几回醉。那天下午和晚上，我喝了白酒喝红酒，接着又喝啤酒，连排干部和班长及战士代表的敬酒，我来者不拒，一饮而尽，光白酒连干带洒有一斤多，真可谓酒逢知己千杯少，一醉方休不知多。吃罢晚饭，我兴奋得睡不着觉，干部、战士纷纷和我拥抱道别，有的甚至失声痛哭。一晃三十五年过去了，至今想来那场面、那情景，依然活灵活现，让我异常激动。这是同甘共苦、情同手足的战友情，这是官兵团结克敌制胜的法宝，今天的人民军队更要发扬光大。

出发

第三部分

最好的开始，遇见自己，遇见世界

人生苦短，人生如梦，有时人生又如诗如画，如酒如歌，让你久久难以忘怀。

转业，我毛遂自荐，一没有送钱送物，二没有托关系走后门，而是靠四十万字的作品剪报，硬是闯进了首都新闻界。这在我的人生旅途上是一个重大转折，也是一次正确的选择。

十二　毛遂自荐　转业进京

回首十六年的军旅生涯，有喜悦、有忧愁、有成长、有停顿，基本称得上一路顺风，春风得意，但也曾有不测，甚至风暴雨狂。因此，人要学会以平常心、平和的心态去对待人生中的欢乐与挫折，做到忠诚勤勉，与人为善，心静似水，顺其自然。

人生苦短，人生如梦，有时人生又如诗如画、如酒如歌，让你久久难以忘怀。

从 1970 年下半年起，我在北京军区空军政治部宣传部工作了十四年，1985 年年底，我脱下军装正式转业。十四年在历史的长河中只是短暂的一瞬，但在我的人生旅程上，却是值得回首与品味的。

在北京军区空军宣传部的同事中，我兵龄短，资历浅，能力也不算最出色。但我在某些方面也比较突出，那就是勤奋正直，与人为善，文字和办事能力比较强。至今回首当年的北空岁月我无憾无悔，没有得罪过一位领导和一位同事，也没有一个永不来往的仇人。就是在揭批“江青反革命集团”那段大鸣大放大字报的动荡日子里，军区空军党委成立干部审查材料组，让我当副组长，和邱颂东、丁悦时、滕业宣等同志在核实整理军区空军和宣传部一些领导同志的材料时，我们也依据当时的政策和事实，力求严谨细致地核准材料，绝不跟风趋势，违背良心。至于某些同志由于当时的历史背景，可能处理得重一些，也与我们无关，这是当年的运动和政策使然，有的后来也做了某些纠正。我们作为具体工作人员来说，是实事求是、尽力而为的。

我属鸡，出生在安徽农村，自认为秉性耿直，能吃苦耐劳。所以在北空宣传部的十四年，我开始进步较快，得到领导的赏识，曾作为后备干部在宣传部三个科调岗锻炼一遍。初进北空宣传部，我在文化科当干事四年，其间去张家口东高山雷达连当兵锻炼一个月。后来，我调教育科当干事，一年到头到部队搞试点搞调查，摸情况写经验。每逢军区空军开党委扩大会，我不是在秘书组与刘宪振、王福文等人给领导同志写工作报告，就是在会议简报组写简报。我平时在部队总结的典型经验材料，也常在政治部《政工通讯》转发，有的还被空军和北京军区转发。可以毫不夸张地说，在宣传部的干事和科长中，我算得上是一支笔杆子。所以，我在 1977 年入伍第九年时便被提拔为副团职干部，以后又当了宣传科科长。我以为，我在北空的成长与进步，对于我后来转业进入首都新闻界，能够如鸟放飞，如鱼得水，很快成为正局级专业新闻出版领导干部，是有着直接的历史渊源的。

说起我的毛遂自荐，转业进京，既是天意，也是自愿，在当年的北空机关曾传为美谈。

前面已说过，1982 年国庆节前夕，我从高炮二师五团九连代职回到北京。由于饮酒过量，加上休息睡眠不足，我在家里几乎昏昏沉沉睡了三天，直到吐了酒才勉强能喝一点稀粥。等节后到宣传部上班后，方知这时选干情况有变。空军领导说，当前提拔干部要坚持“四化”，即革命化、专业化、知识化、年轻化。师团领导班子成员规定了平均年限，特别要求大专以上文凭要占多少百分比，否则不予审批。

我中专毕业入伍，其间忙于工作，没有机会深造进修拿文凭。正由于这个缺陷，我代职半年指导员的“镀金”纯粹成了过场，我被排除在提拔重用之列，反而将具有大学本科文凭的我的副手提为宣传部副部长，还直接分管宣传科，这对我来说极不公平，且思想打击极大。实际上，这位副科长还是我提议提拔的，他比我入伍早三年，人品、文品都不错，与我的私交亦好，讲“四化”提拔他也是对的，但我还在宣传部又直接领导我，真让我一时羞愧难当、无地自容。当时，如果领导考虑得全面一点，把我的副手提拔到政治部其他部门，我绝对无意见，也不觉得难堪，更不会一气之下动了转业的念头。因为人家比我入伍早，又有北京名牌大学文凭，时势造英雄，我又有什么想不通的呢？至今我与这位曾经的上下级还年年会面，关系如同兄弟。只是当时的那种背景、那种安排让我很难心悦诚服。于是，过了一段时间，我向北空政治部主任赵炳耀明确提出转业的要求。但他不同意，并告诉我，这可能是暂时的情况，以后会有变化。为了缓解这种不好工作的尴尬局面，北空政治部决定派我去北空导弹五师政治部任副主任，因该师四十二岁的政治部主任还在空军指挥学院学习，并已安排转业，实际上就我一个副主任，由我主持师政治部的日常工作，待有机会重回机关。但是，我到师里后正赶上百万大裁军，师政委四十六岁即确定转业，而我这位正团职干部已经三十八周岁，还能有多大奔头？！

真是计划赶不上变化。我到师政治部仅仅上班三个多月，我的妻子王翠华因洗浴时滑倒，严重骨折，生活不能自理。当时，我有三个儿女，一个上小学，两个上初中，经济不宽裕，又无钱雇保姆，只好我自己请假照顾妻子和孩子，师政治部的工作我临时指定组织科长代理。俗话说，伤筋动骨一百天，老这么凑合下去于心不安。恰在这时，我看到邮电部人民邮电报社在《北京晚报》的中缝位置刊登广告，公开招聘编辑记者，条件是：北京户口，大专以上文凭，四十周岁以下。这三个硬件我只够一条，年龄三十八周岁，但我正在参加北京市高等教育自学考试，十二门课程已拿下七门，尤其是我当宣传科正、副科长八年间已发表近四十万字的各类作品。考虑再三，我试探性地给人民邮电报社写信，提出了解决北京户口即转业的要求。真乃天赐良机，天遂人愿。信发出一周后，人民邮电报社主持工作的副社长刘祖佑亲笔给我回信，让我带作品去西单六部口报社驻地面谈。记得当时北京下大雪，天寒地冻，我带着三个剪报本，挤公共汽车到了人民邮电报社。副社长刘祖佑、总编辑孙士修、副社长边平楚，每人一个剪报本，仅仅看了十多分钟，便商量了一下对我说，你的情况符合我们的需要，你回去就写转业报告，户口由我们解决。这让我颇为惊喜，又有点意外。因为，那时候进京落户，拿二十万元也买不来一个进京指标，真比登天还难！我问道，你们解决进京户口就那么容易吗？如果我写了转业报告，万一户口批不下来怎么办？刘副社长哈哈大笑着说，你放心，我们邮电部是全国调干，别说你在廊坊，就是在新疆和西藏，邮电部一纸调令就可以把你调进北京，不用担心，户口包在我身上。

吃了定心丸，决心便好下。我回到家里与妻子王翠华商量，她开始不同意，认为在部队的条件好，待遇高，领导又答应可以回机关，为啥急着要转业呢？我说，部队要裁军百万，铁打的营盘流水的兵，只要不当将军，迟早要转业，何必敬酒不吃吃罚酒呢？妻子知道我决心已下，九头牛也拉不回来，只好勉强同意，并要我和领导好好说。我马上回到师部，把想法向师首长做了汇报。而后返回北空机关，向政治部主任赵炳耀再次提出转业的要求。他依然不同意，还有点生气地说，不是和你说过了吗？你在师里待一年，就可能把你调回机关，你怎么不听劝呢？我看赵主任态度坚决，不好说话，便在晚饭后敲开了军区空军政委许乐夫的家门。因为，我当宣传科正副科长八年间，每到春节与崇文区区委机关搞军民联欢，司令员或政委的讲话稿通常都由我写，而且有时也跟着许乐夫政委或刘玉堤司令员出差搞调研、写简报，军区空军领导对我比较熟悉，所以我才敢登门造访。许政委和蔼可亲，在听了我的汇报后，也劝我不要转业，还说部队培养一个新闻宣传干部不容易，军区空军党委也曾研究过我的工作问题。可是，我已经铁了心要转业，并当面说明，邮电部解决进京户口，过了这个村就没有这个店。现在我妻子摔伤了，生活不能自理，还希望领导能体谅我的难处，让我转业进京吧。许政委沉思了一会儿，说我讲的也有道理，便当着我的面给赵炳耀主任打电话，让他同意安排我转业。

此时，人民邮电报社的领导比我还着急，刘祖佑副社长听了我与许政委的谈话后，索性给我下达了《中国报刊》报编辑部副主任的任命，带着我坐着小车，拿着任命到北空要人。北空政治部副主任陈潜（后任空军副政委）接待了刘副社长，当着我的面说了句让我终生难忘的话：“小张，你是铁了心地要转业，许政委和赵主任都对我说了你的想法，我们理解你。现在报社又坚决要你，那你就在部队拿着工资先到地方上班，户口批下来你就转业，户口批不下来，回来我们欢迎。”陈副主任的话似一阵春风，温暖了我的心，感激的泪水禁不住在眼眶里直打转，只是强忍住没有掉下来。我换上便装，到《中国报刊》报上班五个月后，国务院军转办和人事部进京落户的批件才下来。我拿着批件到北京市公安局办了相关手续，又到龙潭湖派出所落上户口，并于1985年12月回师部办了转业手续，成了名副其实的北京人。

当时，我在部队是正团职干部，每月工资一百四十多元，按行政二十级转到地方后，每月工资只有八十元。邮电部领导考虑到我的工资降得太多，破例将工资定为每月一百元。过不多久，地方上也按职务拿钱了，我的工资调为一百二十二元，享受正处级待遇。

转业，我属于毛遂自荐，一没有送钱送物，二没有托关系走后门，而是靠四十万字的作品剪报，硬是闯进了首都新闻界，这在我的人生旅途上是一个重大转折，也是一次正确的选择。如今想来，虽往事如烟，但仍然有点激动，难以忘却。值得欣慰的是，就在几个月前，一个偶然的机会，我通过原北空曾副司令的夫人徐同联，与空军原副政委陈潜同志通了电话，向他讲起了当年我要求转业的事，向他表示了由衷的谢意。至今，每想及此，我对许政委和陈副政委还充满感激之情。然而，岁月无情，脚步匆匆。赵炳耀主任和许乐夫政委已先后去世多年，这就是人生苦短、人生如梦啊！

十三　艰苦自学　拿到大专文凭

小时候，受爷爷的熏陶和老师的教诲，我懂得万般皆下品，唯有读书高的道理。所以，我从上小学开始，虽然也曾贪玩逃过课，受到奶奶的训斥，但学习一直比较努力。记得一次逃课在家门口的炮楼旁边捉蟋蟀，被奶奶发现了，她扭着我的耳朵围着炮楼转了三圈，问我以后还逃不逃课。我说，课本上都是看图识字，什么鸡狗羊猫，一看就会，还学个啥劲。奶奶听了更生气。恰在这时，一个老汉背着粪筐在拾粪，正汗流满面地向炮楼走来。奶奶指着他，狠狠地对我说，你要不好好上学，长大了没出息，要像他一样去拾大粪。奶奶的话太实际、太深刻了，这一幕让我终生难忘。打那以后，不要爷爷奶奶督促，更不让妈妈费心，我一直做个乖孩子、好学生，常常受到小学老师张铭阁的表扬，再也没有被他拿着戒尺打手心了。上小学三年级的时候，爷爷给我找来许多古书，像《金镯玉环记》《杨宗英下山》《薛平贵征东》《王三姐思夫》《彭公案》《七侠五义》《花木兰从军》等等。这其中，有的是唱书，可以边读边唱。爷爷听我声音清脆，童声童气，唱得蛮好听，一到冬天农闲时，就让老少爷们聚集在堆满铡草的茅屋里，中间烧个火盆，围在四周听我唱书。现在六十二年过去了，我仍然清晰地记得在《花木兰从军》的唱书里，有这样一段场景和唱词：

花小姐，凄凄惨惨将头低，倒把个公主闷得着了急，问将军，什么屈情难出口，现如今，洒泪湿透素罗衣。莫不是，高堂悬挂父和母，莫不是，元帅情义理无知。

紧接着，花木兰对公主唱道：

奴本是，家住山西汾州府汾阳县，俺本姓花叫木兰。为只为，平天大王下反表，奉圣旨，挑选人马往北番。奴的父，年近七旬难出马，奴的那，妹妹兄弟皆幼年。奴疼父，出于无其奈，替父从军昆龙山。两军阵，刀枪剑戟血成河，难比在家绣阁鸾，耿军帅，刀压着脖子提亲事，强迫俺，来与公主结凤鸾。

上面这些古语唱词，可能个别字词与原文有点差异，但整个段落几乎是完整的，不会错。有心人如能找到原书核对就一清二楚了。记得当年，农村里就流传着这些古书，还有《施公案》《包公案》什么的。书是竖排字，从右往左念，书页黄黄的已磨破了皮。老少爷们很有兴致地听我唱上两三个时辰，都夸我聪明，长大一定有出息。现在回过头想想，还真是让他们说对了。

然而，人的命天注定，不是你拼命苦读寒窗，金榜题名，就能办得到的。由于八岁丧父，家境贫寒，母亲多病，妹妹幼小，我这个聪明好学的孩子，初中毕业后，只能心怀委屈，眼含热泪，放下心爱的书包和课本，回家种地。这一种就是三年，要不是1964年恶补七天参加中考，我可能至今还是一个农民。真是天无绝人之路，就看你有没有志气，有没有毅力，能不能吃苦。

1982 年，我以团职身份下连代理指导员半年，本来为的是下去锻炼镀金，回来提拔重用，结果遇上唯学历唯文凭的一阵风，给了我当头一记闷棍，使我清醒地认识到，无论在军营还是在地方，没有大专以上学历吃不开了，站不住了，中专学历不顶用了。你能力再强，思想再好，也算不上“四化”干部，在事业上顶多原地踏步，弄得不好还得带着老婆孩子回安徽，哪来哪去。我的一位副科长叫法宝钧，回族人，副团职，比我入伍早四年，不就是转业回郑州了吗？这说明，你就是一条正儿八经的东北虎，如果头上不贴着大专或大学文凭，那你顶多算条狼，甚至被当作羊，连一点进步的希望都没有了。

我生性耿直，不愿意轻易服输，加上老婆孩子当时已随军，在北京落了户口，难道只因为是中专毕业就得跟着别人后头转业回乡吗？不能，坚决不能。那怎么办呢？大专文凭偷不来抢不来骗不来买不来，天上也不能掉下来，到哪里去弄一张大专的文凭呢？！

正在我怀着焦急的心情苦苦思索时，北京市举办的高等教育自学考试给我打开了一扇窗，吹来了一股清新的风。对，参加自学高考，无论有多苦多难，也要咬牙坚持，不达目的不罢休。下班后回到家里，我把想法向妻子王翠华和盘托出，讲清了利弊得失。妻子虽然知道我边工作边参加自学高考不容易，但她也知道如果我不拿到大专以上文凭，就可能要转业回安徽，便表示坚决支持，并说，从今以后在自学考试期间，你除了上班干工作，家务活不要沾手，集中精力自学考试，我苦点累点也心甘情愿。因为，你的自学高考不仅关系到你的前途，也关系到全家的安定与幸福啊。

妻子的话深深地感动和激励着我。于是，我赶忙去订了《北京自学考试报》，并根据自己的实际情况，选报了党政干部大专基础课。同时，按照考试的课目，我一次又一次去新华书店买来了哲学、政治经济学、科学共产主义、自然科学概要、国民经济管理概论、法学概论、文学概论、语文、政治、形式逻辑、世界地理等十二门课程的考试读本。

那是1983年的春天，当时我在北京军区空军政治部宣传部当新闻宣传科科长，除了参加军区空军的重要会议，写简报写讲话稿外，还要随时准备跟随军区空军或政治部领导下部队搞试点、做调研、写材料。平时，整个军区空军的新闻宣传工作任务繁重，既要搞培训，培训北空所属部队的新闻干事和通讯报道员，又要下部队亲自采写重大典型。空军每年都要搞新闻报道评比，那真是，两眼一睁忙到熄灯，一年到头，风风火火，忙忙碌碌，压力非常大，哪里有像样的整块时间来自学高考呢？！

俗话说，时间像海绵，压一压挤一挤，体积就变小了，水分就出来了。又说，时间像弹簧，你懒它就短，你勤它就长。这话来自实践，不无道理。

十二门自学考试课程，其中自然科学概要、世界地理，不上考场，只要五千至八千字的学习笔记，经大学老师审读符合要求后，即算通过。其余十门课程都要到考场笔试，考一门是一门，最低六十分算通过，通常一年内分上半年和下半年，春秋两季考试，一年可以考四至五门，上午考一门，下午考一门，根据自己的学习情况报名，一次考不取，可以一而再再而三地考，直到十门笔试课程都拿到六十分以上，才能获得由中国人民大学和北京师范大学联合颁发的大专文凭，国家教育部按同等学力予以承认。这个政策是我们已失去考大学上大专宝贵光阴的中年人最实际、最有效的深造之路，也是取得“四化”，即知识化、专业化、革命化、年轻化资格的必由之路。

我确立了志向，坚定不移，瞄准了目标，咬定青山不放松。我在完成异常繁忙的工作任务的前提下，为自己量身定做了参加高等教育自学考试的时间表和顺序表，决心用三年左右的时间，完成自学考试任务，拿到梦寐以求的大专文凭，为自己的未来仕途垫上一块铺路石。

本着先易后难、实事求是的原则，我首先认真阅读自然科学概要和世界地理读本，按要求工工整整写了七八千字的读书笔记，经审读顺利通过，在通往大专文凭的道路上迈出了第一步。其次，把自己在上中专时学过的课程以及自己比较有基础的五门课程——哲学、政治经济学、政治、语文、科学共产主义，列入 1983 年年内的必考课目，力争一次通过。据我了解，参加自学考试的考生，绝大多数都要花钱参加各类各种形式的补习班，有的到高校旁听，有的请家教辅导，那考起来把握就比较大。而我工作忙、任务重，根本不允许脱产听课，只能全靠自己用正常工作外的业余时间，啃课本，拟题目，背提纲，死记硬背名词解释。我只有根据课本归纳整理出来的思考题、论述题的答案，然后像蚕吃桑叶一样，一口口一片片全部吃光并消化掉，才能口吐锦丝，获得成功。可想而知，我的自学考试之路有多艰难。

好在上中专时，哲学、政治经济学是我的主课，政治、语文是必修课。在北空宣传部从当干事到任副科长和科长的八年间，分别当过文化、教育、新闻宣传干事，上述课程的基本内容已有基础，加上当教育干事时，经常到部队宣讲“共产主义在前进”，所以参与科学共产主义的笔试并不十分费力。正是靠着基础、勤奋加天赋，我在 1983 年间考一门过一门，五门课程全部一次通过，而且分数较理想。

记得在考语文时，作文占六十分，名词解释和古文翻译等占四十分。有一些名词解释和填空题未押对，我开始有点紧张，丢了不少分。但当我看到作文题《足迹》时，突然来了灵感，文思泉涌起来。我开篇写到，一个人活在世上，无论是男人还是女人，无论是高官达贵，还是一介平民，在你长大成人之后，总是要走过许多路，跨过一些桥，留下这样或那样的足迹。有的足迹深一点，有的足迹浅一点，有的足迹是闪光的，有的足迹是肮脏的。但不管怎样，你都要走过人生这条路，留下这样或那样的足迹，这是不依人的意志为转移的。

接着我写了残疾人中的佼佼者张海迪的足迹，写了雷锋同志的足迹，写了县委书记的榜样焦裕禄的足迹，赞颂他们的足迹是踏实的、勤奋的、闪光的，值得人们学习效法，甚至值得人们景仰。

紧接着在第三自然段与其相对应，我写了“江青反革命集团”的足迹，指出他们的足迹是反动的、反人民的，是肮脏的，也是卑鄙的，我们要唾弃、要鄙视、要与其划清界限，永远不与他们为伍。

最后一段我写到，足迹啊足迹，你是我人生中一道严肃的课题，也是我一道不容回避的必答题。愿我们用自己的智慧、知识和力量，学楷模、赶先进，走好自己的人生路，留下一串又一串踏实闪光的足迹。

或许正是《足迹》这篇作文夹叙夹议，结构完整而又首尾照应，颇有文采，语文这门课程就顺利地被我拿下了。

1984 年 12 月，经北京军区空军领导批准，我不脱军装在部队拿工资，在国务院军转办和人事部还未有批下北京户口的情况下，到邮电部所属的《中国报刊》报编辑部任副主任。1985 年下半年，《中国报刊》报从邮电部划归中国记协主管，在没有总编辑的情况下，中国记协党组任命我为副总编，主持报社日常工作。报纸另立门户，独立核算，自负盈亏，我肩上的担子和责任更重了。在这种情况下，要不要坚持自学考试呢？我权衡再三，毅然决定，不动摇、不松劲，办报、经营和自学考试一肩挑。原先比较容易的七门课程通过了，剩下的都是较为难啃的硬骨头，尤其是法学概论和形式逻辑，开始犹如看天书，死记硬背也搞不懂、记不住。头一次报考形式逻辑，费了不少劲，结果考了五十八分，只差两分未通过。为了不被这一门功课拖后腿，我又跑到天津武清考了第二次，得了六十三分，这是我参加自学高考感觉最难的一门课程，也是考分最低的一门。但毕竟过关了，心中感到无限的欣慰与轻松。

后面的国民经济管理概论、法学概论、文学概论等课程，每本书都有二三十万字，难度也越来越大。在那异常艰苦的日子里，每天从报社下班后，我就抓紧一切时间编论述题、背名词解释，甚至连上厕所也要拿着课本看，常常熬到深更半夜。第二天清晨，趁着头脑清醒，我又拿着自己整理的思考题，到龙潭湖的假山后面默默背记一小时，几乎天天如此。妻子怕我累倒了，千方百计变着花样改善伙食。有时，她拿着名词解释和填空题，让我口答她检验，对了，笑一笑，不对指出重来，像一位认真辅导的老师。说来也巧，考试前一天晚上，她陪我复习的法学概论的几道题，无论是名词解释还是填空题，都与试卷一模一样，我暗自窃喜，真是天助我也，妻

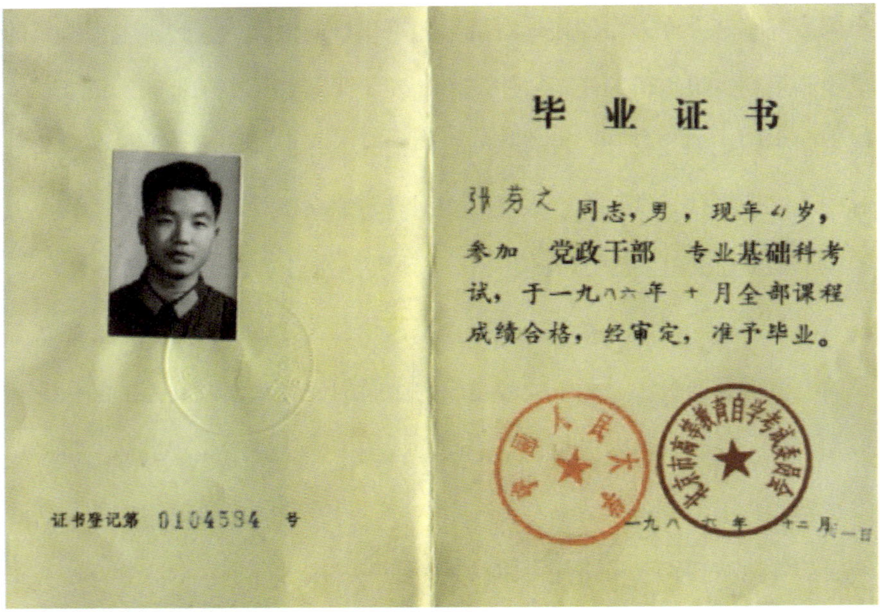

毕 业 证 书

张芳之 同志，男，现年41岁，参加 党政干部 专业基础科考试，于一九八六年十月全部课程成绩合格，经审定，准予毕业。

北京市高等教育自学考试委员会

一九八六年十二月一日

证书登记第 0104594 号

1986年12月，作者经参加北京市高等教育自学考试获得大专毕业证书。

助我也。结果，我考了六十七分顺利过关。

就这样，一天又一天，一年又一年，寒来暑往，花开花落，我经过坚持不懈的努力，于1985年年底全部通过自学高考的十门笔试课程，并于1986年12月，顺利如愿地领到了鲜红的大专毕业证书，为后来担任《中国新闻出版报》总编辑并被聘为高级编辑打下了必要的基础。

十四 《中国报刊》悄悄地变化

事物总在发展变化中，有的是内因起作用，有的则是外因和内因联合起作用。我 1984 年年底到邮电部所属的《中国报刊》报上班，此后仕途轨迹所发生的一系列变化，无不验证了这一朴素的道理。

在我未脱掉军装，转业进入人民邮电报社之前，人民邮电报社已为我下达了《中国报刊》报编辑部副主任的任命。到任不久，原编辑部主任郑德海到龄退休，便由我担任编辑部主任，在人民邮电报社资深副社长刘祖佑的领导下，开展日常的采编工作。《中国报刊》报 1983 年创刊，原为报刊发行人员所办，主要业务是围绕报刊发行做宣传。我在北京军区空军宣传部当了八年新闻宣传科正、副科长，职业习惯和我的个人爱好还在新闻宣传上，对报刊发行业务一不熟悉，二无兴趣，甚至觉得办这样的报纸权威性差，有点“低人一等”。所以，我便向刘副社长建议，报纸要加大对新闻舆论的引导，不能单纯办成报刊发行报，以提高报纸的知名度和权威性，借此扩大报纸的发行。老社长欣然同意我的建议。于是，报纸的“面孔”悄悄地发生着变化。过去，报上发言论，不是谈报刊要及时送给客户，微笑服务，确保供应，就是讲邮政报刊发行要加强零售，开展多渠道发行。报上发消息和图片，也多是宣传报刊发行中的好人好事，或介绍开展报刊零售的典型经验，办报办刊的人基本上不订这份报纸。我担任编辑部主任后，由老社长刘祖佑带头，经常在报上撰写短论，对办报办刊的导向、对报人的职业道德、对各级党委加强和改善对报刊社的领导等话题，都有了观点鲜明的议论；在消息和通讯的报道上，也增加了关于报刊采编业务的宣传。《中国报刊》报版面上的这些变化，逐步引起了邮电部领导和中央宣传部新闻局的重视。邮电部有关领导认为，我们分管邮政报刊发行业务，报纸不能离政治太近，老讲新闻舆论和如何办报办刊，这不是邮电部管得了的事，弄不好还会惹麻烦。中宣部新闻局局长钟沛璋、副局长王福如则认为，现在全国有那么多报刊，还没有一家是专门指导和宣传办报办刊的，中宣部也不好自己主办这样一张报纸，让《中国报刊》报来履行这样的职责不正好吗？于是，他们将这个想法向时任中宣部常务副部长的郁文同志汇报，郁文部长同意新闻局的意见，还在一张《中国报刊》报上批了这样一段话：建议中宣部新闻局、出版局、中国版协、国家出版局及邮电部报刊发行局、中国记协派人参加编委会，把《中国报刊》报办成对全国报刊起指导作用的报纸。郁文同志的批示像一缕春风温暖着我们的心，也很快得到了落实。经过中宣部新闻局和邮电部及人民邮电报社协商，《中国报刊》报于1985年下半年正式脱离邮电部，划归中国记协。此时，老社长刘祖佑已退休，只在报社做“扶上马、送一程”的传帮带的工作。1985年11月22日，中国记协党组正式任命我为报社副总编，在没有总编辑的情况下，主持报社日常工作，并由中国记协书记处书记唐非分管《中国报刊》报。当时，中国记协主席是吴冷西。根据郁文部长的批示，中宣部新闻局局长钟沛璋、副局长王福如，中宣部出版局一位处长，中国版协主席王子野，国家出版局副局长刘杲（后任国家新闻出版署副署长），邮电部报刊发行局副局长王家瑞（现为全国政协副主席），人民邮电报社社长孙以修和中国记协书记处书记唐非等同志，联合组成了《中国报刊报》编委会，决定每个月的最后一个星期六下午2点，在中国记协开一次编委会会议，由我汇报办报的有关情况，听取编委会成员对当月报纸宣传工作的意见、建议，并为下个月的报纸采编工作提出任务、规划蓝图。这使《中国报刊报》（1986年1月，《中国报刊》改名《中国报刊报》）真正成了报中之报、刊中之刊，有了一定的权威性和指导性，也使我既对办好这张报纸充满了信心，又深感肩上责任重大。

十五　一篇消息引起轩然大波

俗话说，一石激起千层浪。这句话的含义及其所产生的巨大冲击波，如果不亲身经历一次，你是难以充分感悟和理解的。而我一旦亲历了，至今想来还令我不寒而栗。

那是1986年8月，中共中央宣传部在哈尔滨市北方大厦召开全国省报总编辑会议，我作为《中国报刊报》负责人，经中宣部新闻局同意列席了这次会议。会上，中宣部分管新闻宣传工作的副部长滕藤同志根据时任中共中央政治局常委胡启立同志的指示精神，主持会议并做了关于新闻宣传改革的主旨报告。报告的基本内容吸收了省报总编辑们对当时新闻宣传工作的强烈意见。记得《人民日报》副总编辑陆超祺、上海《文汇报》总编辑马达、《沈阳日报》总编辑刘黑枷、《贵州日报》总编辑刘学洙等同志，在会上有理有据，慷慨激昂，历数新闻宣传工作中的弊端，发出了各级党委要改善对新闻单位的领导，大力开展新闻改革，今后报纸登什么不登什么，报社在坚持四项基本原则的前提下，应由报社自己决定的强烈呼吁。所以，滕藤同志当时讲话的主要精神，就是谈新闻宣传如何进行改革。他说，在坚持党的领导的前提下，新闻改革的天地是广阔的。各级党委要加强和改善对新闻宣传工作的领导，今后报纸登什么不登什么，应由报社自己定，不要再像往常那样，由上面统一定调子、定版面、定字数，各级报纸要勇于开展新闻改革，不要“自立菩萨自拜佛”。

滕藤副部长的讲话，顺应了中国新闻界强烈要求进行新闻改革的呼声和愿望，赢得了与会人员一阵又一阵暴风雨般的掌声。

身在会场的我激动又兴奋，敏感的新闻神经令我夜不能寐，当天夜里我奋笔疾书，很快写成一篇会议消息，肩题为：全国省报总编辑会议在哈尔滨举行；主题是：中宣部副部长滕藤发表重要讲话；副题是：在坚持党的领导的前提下，今后报纸登什么不登什么应由报社自己决定。

正文部分，主要写会议对当前的新闻改革问题展开了热烈讨论，在归纳了总编辑们的意见和建议后，集中谈了当前新闻宣传工作上存在的诸多问题，比如，省报第一版头条登什么不登什么，常常要听省委的，省委省政府的一些红头文件，常常被指令登在省报头版头条，文末括弧不另行文，实际上把省报当成了省委省政府的“传声筒”和“文件箱”。而后，讲了开展新闻改革的紧迫性、重要性和必要性，呼吁各级党委和领导，要加强和改善对新闻宣传的领导，当“开明婆婆”，不要一味“发号施令”。稿件经钟沛璋局长和王福如副局长审阅修改后，我第二天早上急忙到当地邮局用电报传到了报社。老社长刘祖佑拍板决定登在《中国报刊报》头版头条，并将报纸清样送给了《人民日报》和中央人民广播电台早间新闻联播组。没想到《人民日报》科教部主任罗荣兴同志在值夜班时，看到报社送去的清样，认为消息内容有新意，马上决定在《人民日报》三版头条位置加“编者按”转登，肩题是：中宣部副部长滕藤谈新闻改革，主题是：今后报纸登什么不登什么，应由报社自己决定。中央人民广播电台在看到《人民日报》

和《中国报刊报》的清样后，在早间7点的《新闻联播》中摘要刊播了这条消息。真正是，一石激起千层浪。这条不同寻常的消息被报纸和电台刊播后，立即在全国范围内引起了两种不同的强烈反响。省委书记和省长响应与支持者有之，反对甚至大加批评者有之。据说有不少省市区的主要负责同志给中宣部打电话，或给中央领导同志写信，表示赞成或反对，一时间弄得全国新闻界议论纷纷，热闹非凡，新闻改革的多种方案也在实践中开始尝试。然而，过不多久，全国开展了反对资产阶级自由化的斗争，我的这篇会议消息被人重新提起，并被扣上一种倾向掩盖另一种倾向，属于宣传资产阶级新闻自由的帽子。《人民日报》就此重新刊登滕藤同志的讲话，并加"编者按"对这篇消息进行了不指名的批评。这一来，我顿感乌云压顶，压力重重，甚至一度准备被摘掉"乌纱帽"，去当一名普通的编辑记者。好在中宣部新闻局的领导同志审改过稿件，他们主动承担责任，把我保护了起来，钟局长还鼓励我说，消息的主题思想没有错，今后还是要宣传新闻改革，不要有思想包袱，要继续办好《中国报刊报》。中宣部的宽宏大量以及随后反对资产阶级自由化思潮的逐渐平息，使我本人没有因为写这条一时轰动全国新闻界的会议消息而受到任何责难和冲击。为了还原当时的历史全貌，一年后我在上海《新闻记者》杂志上刊发了七千余字的长篇纪实，题为：《为了不可忘却的纪念——〈报纸登什么不登什么应当由报社自己决定〉一文发表的前前后后》。现附录于后，供读者参阅。

附录

为了不可忘却的纪念

——《报纸登什么不登什么应当由报社自己决定》一文发表的前前后后

转眼间，事情过去快两年多了，按说应当逐步淡忘的。然而，这是一桩曾经轰动我国新闻界的大事件，或许由此而产生的“冲击波”至今仍在悄悄地发挥着作用。所以，时至今日我非但没有淡忘它，而且随着我国各项改革的全面深入，尤其是随着新闻观念的不断更新，我越来越感到当年的所思所为、所写所做都是很有意义的。为了不可忘却的纪念，也为了让全国新闻界的同人们更全面、更真切地了解这桩“新闻公案”的来龙去脉，我应上海《新闻记者》编辑部魏永征之约，提笔写下了这篇追述性的文字。

不平常的哈尔滨会议

1986年8月9日至15日，中共中央宣传部在哈尔滨市的北方大厦召开全国省报总编辑座谈会。这是一次在中国新闻史上留下了深刻印记的重要会议，它以非同寻常的举动积极而谨慎地揭开了新闻改革的序幕。当时我作为《中国报刊报》的一位负责人，经中央宣传部新闻局的同意，有幸列席、旁听了这次会议，为我采写滕藤同志谈新闻改革的那篇报道提供了契机。

滕藤曾系清华大学教授，在主持召开这次省报总编辑座谈会之前几个月，刚调任中宣部副部长。据了解，他原在国家科委任职，并担任过全国职称改革办公室主任的职务，对新闻工作也有所研究。滕藤在座谈会开始的时候说，召开这次省报总编辑座谈会的目的，主要是了解情况，征求意见，研究如何搞好省报的新闻宣传问题。作为他个人来说，也想借这次会议和各位老总见面、相识，向各位老总学习。在来哈尔滨之前，滕藤也曾当面请示过时任中共中央政治局常委的胡启立同志，他希望大家敞开思想，畅所欲言，不要有思想顾虑，不要怕被抓辫子。滕藤的开场白颇为鼓舞人心。他给我的第一印象是，思想比较解放，讲话干净利索，态度诚恳谦虚，富有教授风度。座谈会始终开得很热烈，《人民日报》副总编辑陆超祺介绍了《人民日报》编委会办好报纸的初步改革设想，提出了“可读可亲可信”的要求，并联系“文革”中报纸上存在的问题做了深刻分析，明确提出要从“自立菩萨自拜佛”的宁“左”毋右的思想框框中解放出来，大胆刷新版面，下决心改革会议报道。与会同志十分赞赏陆超祺的发言，都深感急需解决当时报纸宣传中存在的问题。大家认为，报纸宣传存在的问题主要是，有关领导和部门不善于按新闻规律办事，对报社的工作干预过多，有的省委书记或省长、副省长亲自批示某某稿件上头条，还有的要求全文刊登领导讲话，连配发讲话的照片的尺寸都要过问，弄得总编辑左右为难。再就是片面理解党报的喉舌和指导作用而忽视宣传效果，报上会议消息成灾，报道领导层的活动过多，报纸办得枯燥、沉闷，读者不爱看。还有，受“文革”中宁“左”毋右思想束缚，报社领导习惯于按常规办事，思想不解放，工作无生气……

《贵州日报》总编辑刘学洙在发言中，对报纸上近一段时间的会议报道做了一个详细的统计，运用大量事实和数字说明会议报道已到了不“杀”不足以平“民愤”的地步。他强烈呼吁精简会议消息，希望各报老总同心协力，互相影响，互相支持。《文汇报》总编辑马达和《解放日报》总编辑陈念云两人虽然同在上海，但发言时的举止和声调大相径庭。马达性格豪爽，谈锋犀利，讲着讲着就从沙发上站了起来，声若洪钟，鼓动性极强。而陈念云端坐在沙发上，讲起话来慢声细语、有板有眼，极少动感情。两位老总的形象我至今还记忆犹新。

在谈到破除旧框框、勇于创新的问题时，记得陆超祺还讲了这么一件事。前不久，邓小平和胡耀邦同志同一天分别在北戴河会见一位日本贵宾。按通常惯例，两位领导人会见外宾的消息和照片都要登报，甚至要上一版，否则就是坏了“规矩”，就有可能受到批评。但《人民日报》的领导从新闻改革的着眼点出发，经过商议，决定先不请示，报上只登邓小平会见日本外宾的消息和照片，胡耀邦会见客人的照片不登报，而且把会见消息放在四版。他们把这种做法叫作“投石问路”，假如上面不发话，不追究，以后党中央领导同志会见外宾的报道就照此办理，酌情予以简化。不知道是胡耀邦同志或有关方面未注意，还是胡耀邦同志看后默认了、赞许了，《人民日报》的负责同志一连等了好几天，居然未见上面有人追究此事，也就放心了。这标志着《人民日报》在新闻改革的道路上悄悄迈出了第一步。与会同志听了陆超祺的介绍都很兴奋，一致希望《人民日报》在新闻改革上要带好头，为各家省报做出表率。有的同志还形象地说：《人民日报》

迈半步，省报可以走一步；《人民日报》迈两步，下面可以小跑步。由此可以看出，当时的省报总编辑对新闻改革怀有多么大的热望和激情啊！

列席会议，身在其中，我深深地被会议上的发言和激情感染着。晚上，我躺在床上一边“过电影”，一边思考着如何报道好这次会议，如何为新闻界的同志们提供点振奋人心的信息。然而，思来想去，觉得很犯难。因为，召开省报总编辑座谈会的消息，新华社驻哈尔滨的记者早已发了电讯稿，而且先后发过两篇会议报道，中央人民广播电台在早上的《新闻联播》中播过了，《人民日报》也先后两次发过消息。《中国报刊报》作为四开四版的周报，与大报抢时效已望尘莫及，再重复报道犹如烫剩饭没有意思，怎么办？会议消息该如何发？我一时间有点急不可待而又无从下手。我当时决定，消息反正是“迟到”了，与其重复别人的，不如再等等新鲜的，实在没有再想别的补救办法。万没料到，这一等果然等来了好新闻。原来，在座谈会将要结束时，滕藤让大家谈谈对今后省报新闻宣传的意见，而后根据大家的发言做小结。各路老总针对会议报道甚多，尤其是党委领导不按新闻规律领导新闻工作的问题，响亮地提出了在坚持党报的社会主义性质和党性原则的基础上，要自我解放，自我宽松，“今后报纸登什么不登什么应当由报社自己决定”。这个呼吁滕藤是赞同的，因此在做会议总结时，他在强调党报要坚持四项基本原则，自觉接受党委领导的同时，也讲了应当解放思想，勇于创新，今后报纸登什么不登什么，应由报社自己定的观点。他希望各级党委注意改善和加强对报纸工作的领导，要当“开明婆婆”，不要干预过多。滕藤的讲话是大胆的、积极的，比较好地反映了与会同志的意愿，会场上响起了热烈的掌声。

含蓄的行文和醒目的标题

作为新闻记者，特别是作为面向全国报刊界的《中国报刊报》的常务副总编，我从滕藤的讲话中欣喜地发现了它的独特新闻价值，迅速拟定了会议报道的框架。我把构思先与中宣部新闻局的一位处长说了一遍，他完全赞成我的思路。接着我又向有关负责同志做了汇报，他们让我写出来再看。当天晚上，我翻开会议记录本，按照事先想好的思路，写出了一篇题为“全国省报总编辑座谈会提出：大胆探索实践，改革新闻宣传”的会议消息。考虑到当时新闻界“冰冻三尺”的实际情况，以及我的某些顾虑，对滕藤所说的“报纸登什么不登什么应当由报社自己决定”的观点做了低调处理，一未上副标题，二没有写进导语部分，只是在消息的第三自然段着重写了一笔，归纳当时报纸宣传中存在的弊端，开列了一个单子，以期引起人们的注意。稿件写好后，我自认为比新华社和《人民日报》已经发过的报道前进了一步，于是送给中宣部新闻局有关负责同志阅后即通过电报发回报社。报社领导收到稿件，认为这篇会议报道有新意、有新观点，当即决定放在头版头条发表，并将滕藤所讲的那段具有较强新闻价值的话推上了副标题，同时写进了导语。报纸付印的当天下午，编辑部派人把大样送到《人民日报》总编室。时任科教部主任的罗荣兴同志看到后，十分欣赏报道的主题，当即推荐，社里决定连夜推上三版头条，第二天与《中国报刊报》同时见报。《人民日报》在三版头条加框转载这篇报道时，进一步突出了滕藤的那句话，标题改为：

引题——中宣部副部长滕藤谈新闻改革

主标题——报纸登什么不登什么应当由报社自己决定

副标题——各级党委要改进对党报的领导

中央人民广播电台新闻部当天夜里看到《中国报刊报》和《人民日报》的付印清样后，也以特有的新闻敏感在《新闻联播》节目中摘编了这则消息。大概受广播“黄金时间”的限制吧，中央人民广播电台的摘播更为简短，实际上只剩下一句话：中宣部副部长滕藤在全国省报总编辑座谈会上说，今后报纸登什么不登什么应当由报社自己决定。我是坐在返回北京的火车上听到这条新闻广播的，当时的心情犹如打翻了五味瓶，又惊又喜，又有点担惊受怕，真是酸甜苦辣，什么滋味都有。惊喜的是，此稿刚刚发回就既登报又广播，多日来的劳作没有白费；担忧的是，稿件被中央人民广播电台掐头去尾，突出一点，有可能被人误解，甚至会给戴上不要党的领导，鼓吹新闻自由的大帽子。

惊喜中包含着希冀，担忧中归心似箭。在北京站下了火车，我立即赶回报社，希望早一点探听到虚实。编辑部的同志见到我，几乎异口同声地夸我抓住了一条好新闻，比新华社发过的会议消息价值高，一定会在新闻界产生强烈的反响，一定会进一步提高《中国报刊报》的知名度。此话被同人们言中了。第二天打开首都的主要报纸，几乎都在一版或四版转登了这篇文章，随后看到的是大多数省报，包括《文汇报》在内，都分别转载了《人民日报》发表的报道，有的还放在一版突出位置。短短几天，报社接到不少新闻单位的电话和读者来信，普遍赞成滕藤同志的讲话精神。上海《新民晚报》副总编辑冯英子先生很快寄来一篇题为《举双手拥护滕藤同志的讲话》的言论。看头几天的势头，报道的影响是良好的，中宣部新闻局的同志也认为反应不错，让我们注意了解各省、市、自治区的反应，继续抓好关于新闻改革的宣传。

非议和流言接踵而起

然而，秋天的气候是多变的。大约不到十天，各方面的抵触情绪明显表露出来。据说，有的省委领导同志给中央有关部门打电话，对滕藤的讲话精神提出异议。工、青、妇组织的有关领导也提出了不同意见。有一位领导同志对一家报社的负责人说："报纸登什么不登什么，还是要听党组的，你们不能搞无政府主义。我的讲话不但要登，还要配评论、照片，上一版。"这家报纸的总编只好从命。甚至连一些报刊社的负责人也对此提出了意见，认为《中国报刊报》宣传新闻自由，把新闻的改革引偏了方向。山雨欲来风满楼，我逐渐感觉到了有形或无形的压力。据说，省报总编辑们从哈尔滨返回北京后，当时的中宣部部长朱厚泽专门召集部分路过北京的总编辑开了会，对报刊宣传问题又提出了要求。事过不久，中宣部在五楼会议室召集首都主要报刊负责人会议，滕藤就他的讲话做了补充说明，目的在于平息日渐高涨的种种非议，让报刊社全面领会总编辑座谈会的精神。随后，中宣部将滕藤的讲话上报中央书记处领导同志审阅后，正式下发了座谈会纪要，明确指出："日常的宣传报道，报纸登什么不登什么，则应当由报社自己定。如果报社无权取舍新闻，实际工作部门都来干预，报纸是无法办好的。"在中宣部召开的那次会议上，滕藤虽未对《中国报刊报》的报道做直接评论，但肯定了新华社的报道，并说《中国报刊报》的报道从新闻价值上看是很新鲜的，选择报道的角度好，但由于没把来龙去脉讲清楚，有点片面性。接着，一些新闻单位和一些省、市相继传出了《中国报刊报》犯了错误等传言。老实说，作为这则引起争议的报道的当事人，我对一些说法和做法是有看法的。我重新查对了会议记录本，又认真研究了我发回的那篇会议报道，我至今认为文中所表述的主题思想是积极的，没有什么问题。从办报实践来看，上至《人民日报》，下到地、市、县报，除个别重要的稿件外，绝大多数稿件都是由报社自己决定刊用与否的，何况党报的总编辑都是上级党委任命的，他不听招呼、随心所欲地刊登稿件，党委随时可以撤换他。为了澄清因这则报道引来的层层迷雾，我曾询问过中宣部新闻局的负责同志。新闻局局长钟沛璋同志说，除个别提法的背景没有完全讲清楚外，那篇报道的基本思想是对的。《中国报刊报》在今后宣传这个问题时，可多反映各省、市、自治区领导对新闻改革热情支持的动态，还可针对一些模糊认识，配发一点言论，从而引导人们同旧的传统习惯、旧的新闻观念决裂，以逐步跟上改革开放的好形势。

新闻局负责同志的鲜明态度给了我们莫大的支持，等于吃了“定心丸”。在那种特定的情况下，新闻局能有如此决断，应当说是很可贵的。于是，我们心领神会地坚决照办。首先在报上发表了冯英子先生赞同滕藤讲话精神的言论，只是把标题改得含蓄了一些，接着连续报道了《安徽日报》《人民海军报》《贵州日报》以及华北五报和东北三省报纸协作会谈新闻改革的言论和动态。同时，针对某些人提出的“今后还要不要加强对报纸的领导”等问题，报纸连续发表了《谈谈“定稿权”》《报纸要多一点微笑》《机关报与“百货公司”》《不是“把关”而是“开关”》等言论，硬是把新闻改革的宣传坚持了下去。

“编者按”中的文章

1986年年底，全国范围内掀起反对资产阶级自由化的斗争。这场斗争很快波及新闻界，有人又重提滕藤的那篇讲话，甚至提到反对资产阶级自由化的高度来认识。在一次首都主要报刊社负责人的会议上，有人提出《中国报刊报》要停办，居然有人表示赞成。随后，在1987年1月上旬，中宣部新闻局副局长王福如告诉我，《人民日报》即将重新摘要发表滕藤的讲话，并在“编者按”中点一下《中国报刊报》的名，称《中国报刊报》在报道中片面宣传了“报纸登什么不登什么，应由报社自己定”的观点。他怕我有思想负担，再三要我正确对待，积极工作，又一次给了我热情的宽慰和支持。记得时任中宣部新闻局局长的钟沛璋同志在将赴香港考察工作之前，在全国记协小会议厅召开的《中国报刊报》编委会会议上，还特意肯定了《中国报刊报》的工作，指出我写的那篇报道基本思想是正确的，今后要不断总结经验教训，努力把报纸办得更好。

1987年1月15日，《人民日报》在第五版下方详细摘要，刊登了滕藤在全国省报总编辑座谈会上的讲话，并在按语中点了《中国报刊报》的名，说在报道中一种倾向掩盖了另一种倾向。对此，我们当时是有看法的，本来想给《人民日报》写信，提出我们的意见，后经报社领导研究，决定采取高姿态，但同时决定要在1月24日的本报上摘要刊登《人民日报》摘转滕藤的有关讲话，并在“编者按”中对我们的态度加以说明。现在想来，这个做法比较好，既没有因为一篇报道与《人民日报》闹别扭，又再一次宣传、印证了那篇报道的真实性。现将本报1月24日的“编者按”原原本本抄录于此：“去年8月中旬，中宣部副部长滕藤同志在哈尔滨召开的全国省报总编辑座谈会上就新闻改革问题发表了讲话。本报在8月20日第一版头条以“大胆探索实践，改革新闻宣传”为主标题报道了这次会议的精神，并在副标题中标出‘滕藤同志提出：报纸登什么不登什么应当由报社自己决定’。现在看来，这个副标题所表述的思想不够全面。我们将认真总结经验教训，争取把报纸办得更好，现将滕藤同志的讲话的有关段落原文摘发如下。”

这个“编者按”由我执笔，也是在那一特定条件下的产物，虽然在用词上还不很明确，但却半含不露地表明了报纸编辑部对那篇报道的态度。我们重新标出了原文的主标题，并特意说明只是消息副标题所表述的思想不够全面，并未否定整个报道，也承认本报片面地宣传了某种观点，这在当时也只能这么做。值得庆幸的是，中央很快下发了文件，对反对资产阶级自由化斗争的政策、范围做出了具体的规定，加上中宣部新闻局和全国记协的领导同志对此事的态度都比较开明，从而使这桩轰动一时的“新闻公案”没有再纠缠下去。

让实践继续做出判决

历史是一面镜子。如今回过头来重温那段历史，我觉得很有教益，也相信历史老人将会做出圆满的回答。我常想，作为报纸的负责人，在全面改革日益深化的情势下，现在和将来都可能遇到一些棘手问题，都可能出现这样或那样的失误和差错。当一种思潮像海浪一样冲击过来的时候，是心有主见，始终保持着清醒的头脑，还是为了保乌纱帽而随风摇摆、人云亦云呢？我认为，任何一个正直的、忠诚的新闻工作者都应当采取前一种态度，任何时候都不能放弃原则，也不能忍气吞声，忘记实事求是。当然，更不能忘记党和人民的利益，忘记自己所担负的重任。

党的十三大胜利召开，为新闻改革开拓了前进的坦途，全国新闻界至今还在回顾、议论我的那篇报道中的主要观点。为了认真贯彻十三大的精神，积极而又审慎地深化新闻改革，本报在前年11月份召开了首都部分新闻单位负责同志座谈会，请大家就新闻改革问题各抒己见，集思广益。新闻出版署署长杜导正在发言中提出，搞新闻改革要创造一个更和谐、更民主、更活跃的环境，新闻界的同志要有一点创新精神，要在宪法和法律的范围内发挥主动性和创造性。也是在这次座谈会上，新闻出版署特约顾问、《中国经济信息报》社长刘爱芝在发言中说："全国省报总编辑会议中提出，今后报纸登什么不登什么应当由报社自己决定。这个观点现在看来也是正确的。既然是报纸总编辑，如果连发稿权都没有，报纸登什么不登什么样样都要请示，那总编辑还怎么当，还有什么岗位责任可言！再说，总编辑也是组织上委派的，他也是有头脑的，他总不会随心所欲地瞎登、乱登吧！"当前，各行各业都在搞岗位目标责任制，报社的总编辑既要对党委和人民负责，也要对报社和自己负责，如果在发稿方面没有一定的自主权，那怎么落实岗位责任制呢？所以，我很赞成刘爱芝的这一见解，因为他的话印证了当年我采写那篇报道时的深深的思考。或许现在人们对这个观点认识各异，我以为这是正常的。仁者见仁，智者见智。每个人都有权保留自己的观点，那就让实践继续做出是非曲直的判决吧。

我的这篇回顾性的文字是依据我所掌握的情况急就而成的，很可能存在不准确的地方，但基本过程和主要内容不会错。我期望了解内幕和详情的同志给予指正，目的在于更好地总结经验教训，把报纸工作做得更好。

（原载文汇报社《新闻记者》杂志 1989 年第一期）

第四部分 出发

最好的开始，遇见自己，遇见世界

事物发展变化的轨迹是曲折地前进，螺旋式上升，从来就没有笔直的路。

俗话说，当家方知柴米贵，养儿方晓报娘恩。一个人走上社会，没有担负一定的职务，没有领头创业的经历，往往会对别人干事创业评头论足，甚或恶言恶语，不自量力。说实话，那是不拉车不知道分量重，站着说话不腰疼。

十六　另立炉灶　创业艰辛

俗话说，当家方知柴米贵，养儿方晓报娘恩。一个人走上社会，没有担负一定的职务，没有领头创业的经历，往往会对别人干事创业评头论足，甚或恶言恶语，不自量力。说实话，那是不拉车不知道分量重，站着说话不腰疼。当你一旦成为中央部委级报纸的负责人，再经历过三灾两难，这时，你就知道共产党的官不好当，尤其是当新闻官，更是难上加难!

1985年下半年，经中共中央宣传部协调，《中国报刊》报从邮电部正式划归中国记协主管，1986年1月起改名《中国报刊报》，由周一刊改为周二刊，并由我领头承担起“办报、立家”的责任。当时，摆在我面前的有三大困难：一是人手紧张，报纸由周一改周二，只增加新招收的三个大学生，每周发稿量增加一倍，常常闹“稿荒”；二是从“娘家”人民邮电报社带来五万元开办费，实行企业经营，自我核算，自负盈亏，自收自支，自力更生，国家不给一分钱，还要自己花钱租房子办公，真可谓“开门三件事，样样都要钱”，难啊；三是全国正在批判资产阶级自由化，报刊宣传就像天气预报一样，一会儿阴一会儿晴，舆论导向很难把握，尤其是《中国报刊报》有点像“新闻警察”，是报中之报、刊中之刊，责任特殊，岗位重要，在那个风风雨雨的年月，办报尤为敏感和困难。记得有一天上午，全国记协党组召开部门负责人会议，我听了书记处书记杨翊的“吹风会”后，猛然想起当天下午在《经济日报》印刷厂即将付印的报纸有一篇文章不合时宜，必须立即更换。这时已是上午11点多钟了，回北太平庄的报社取稿已来不及，手头又无现成的稿子，怎么办？！情急之中，我饿着肚子从北京西交民巷一口气跑步穿过天安门广场，路过王府井一个报刊亭，随手买了一本新出版的杂志，赶紧奔向印刷厂。出于政治保密的考虑，我对负责校对的同志未做任何解释，一边从杂志上匆忙摘编稿件，一边让人一页纸一页纸地送往铅印排字房排版换文。报社采通部主任赵进军听说我未吃饭，便递给我一根火腿肠和一块面包。我心急火燎，边写边吃，狼吞虎咽，忙得连火腿肠上的塑料薄膜都忘了剥，结果有一小块薄膜紧紧地贴在了喉咙里，一个礼拜也下不去，连吃饭、喝水、吐痰都不顺当。

办报难，闹稿荒，这事还好办，无非是加班加点，熬点夜了事。难办的是资金不足，带来的五万元开办费，在当时虽不算一个小数目，但锣鼓一打，开起张来，要租房、买纸、印刷、办公，再加上发职工工资、奖金，三下五除二，很快就闹起了饥荒。到了1987年3月，报社财务账面上只有三千多元存款，眼看着买纸的钱都没有了，印刷厂的印费还没付，员工的工资、奖金还要发，这么点钱怎么够呢？真正是捉襟见肘，日子艰难。年轻的女会计吴淑玲眼含泪水，向我告急。报社一位心直口快的部门女主任晚上10点多钟给我打电话，对我说："老张，实在不行，咱们散伙吧，让大家各奔前程。"一连好多天，我愁眉不展，忧心忡忡，食不甘味，坐卧不安。我思忖，《中国报刊报》办起来不容易，已经退休的老社长刘祖佑和许多参与创办这张报纸的老同志为此付出了大量心血。如今，办报的接力棒传到我的手里，无论如何不能当败家子，无论如何千方百计也要把这张报纸办下去。否则，我对不起党和人民的培养，也无颜面对领导和报社的职工。那时，中国记协是清水衙门，领导想帮忙也有心无力。我本人转业进京时间不长，无亲无故，两眼一抹黑，上哪里去弄钱呢？真有点叫天天不应、喊地地不灵的味道。万般无奈，我立即主持召开编委会，把面临的困难合盘托出，并讲明了我的心迹和态度，希望大家团结一心，迎难而上，同舟共济，共渡难关，结果得到全体编委的支持。接着，我主持召开全社职工大会，情真意切地向大家讲："我们都是国家干部，既然报刊界需要这张报纸，中宣部领导要求我们继续把它办好，郁文同志批示要把它办成对全国报刊起指导作用的报纸，我们就要坚定信心，坚定不移、千方百计把它办好，办下去。困难是暂时的，前途是光明的，办法总比困难多。请大家相信，没有经费，我们编委会去想办法。饭，有我张芬之吃的，就有大家吃的，我们要一起同甘苦共患难，报纸一定不能在我们的手里垮掉。"一席交心话、一副热心肠，引来一阵热烈的掌声，同志们又重新鼓起了工作的劲头，各项工作按部就班照常进行。

随后，经报社编委会研究，立即采取了两条措施。其一，由我出面并开具借条，向"娘家"人民邮电报社，先后两次借款八万元，以维持正常开销。对此，我永远忘不了在报社运行艰难的岁月里，人民邮电报社社长孙士修的大力支持。二是迅速筹办全国报刊博览会。当年，全国报刊有几千家，在首都北京还从未办过一次博览会。我们连夜起草相关文书，决定对每家报刊收取二百八十元参展费，拟在北京人民大会堂的对面——中国革命历史博物馆举办为期一周的全国报刊宣传展览。我安排大家加班加点写信封，写一个给两角劳务费，写一百个信封就是二十元。那时，我们每个月的奖金也就十元八元，大家争先恐后要任务，写信封，然后向全国各地报刊社发放。这个举措特别灵，报上的招展公告发出没几天，招展信件寄出不久，汇票像雪片一样从祖国的四面八方向报社飞来。经统计，当年参加展览的报刊社有一千两百多家，有的一家多报多刊，有的还上灯箱广告。短短的两个月内，我们收到参展费用近三十万元，除去付场租、付展台设计等费用，仅此一招，报社创收近二十万元，不仅支付了印刷厂的费用，购买了印报的纸张，支付了房租，而且按时如数发放了员工的工资、奖金，报社一下子转危为安，各项工作都顺利地开展起来。

记得在1987年9月下旬全国报刊展览开展时，时任中共中央政治局常委的胡启立同志，在国家新闻出版署署长杜导正同志的陪同下，亲临现场参观了展览，给予了好评。中央一些部委的领导同志和首都各界人士数万人也陆续参观了展览，成了当时首都的一道亮丽的文化风景线。

这里需要补充说明的是，由于中国记协没有经费给报社以支持，当年的《中国报刊报》虽然在报头下面印上由中国记协、中国版协和新闻出版署联合主办，但实际上却没有一家主办单位真正负起领导与管理的责任。我考虑长此下去，报社如果一直没有得力的“靠山”和“婆家”，恐怕一有风吹草动，日子仍不好过，甚至难以为继。为此，我多次找中宣部新闻局负责同志请求，由他们出面与新闻出版署协商，将《中国报刊报》由中国记协划归国家新闻出版署主管主办。新闻局局长钟沛璋和副局长王福如很理解我的苦衷，经与中国记协和新闻出版署协商，最终决定把《中国报刊报》改名《新闻出版报》，原封不动地移交给国家新闻出版署。署长杜导正由《光明日报》总编辑调任，他正直、开明、有魄力，立即派顾永高同志以《新闻出版报》领导班子筹备组组长的名义，来到《中国报刊报》，与我一起开展工作。所以，在筹备全国报刊展览的过程中，顾永高等同志也为此付出了自己的努力，这在《中国报刊报》的发展史上，应当记下一笔。

十七　一则报道惊动了总书记胡耀邦

新闻宣传是党的思想文化战线的重要组成部分，舆论监督是批评时弊、推动工作的有力武器。坚守导向，监督得当，是党和人民之福；偏离正确轨道，滥用“无冕之王”的权力，是党和人民之祸。因此，我们常讲，做新闻宣传工作，要坚持政治家办报，要如履薄冰、战战兢兢，绝对不能有半点的懈怠与放松。下面我讲的这个新闻报道实例，虽然过去了三十多年，至今想来还有点心有余悸。

那是发生在1986年3月的事。我们报社有一位记者的夫人在《首钢报》工作，她对北京首都钢铁公司的情况比较了解。当时，周冠五是首钢一把手，工作大刀阔斧，管理严而有序，首钢的各项工作开展得有声有色，颇受好评。但其中有一件事做得有点简单生硬。厂里有一位工程师，系中共党员，他利用星期天的时间在厂外做一些修理机械和家用电器的工作，收取了一定的劳务报酬。此事被人反映到公司，首钢个别领导认为，这位工程师是共产党员，用星期天为人做义务劳动可以，但收取报酬是资产阶级思想作怪，要“割资本主义尾巴”，便让他在厂里做检查。这个工程师认为，星期天是自己的休息时间，为他人修理机械或家用电器收取一定报酬是社会主义的按劳分配，合理合法，拒不检讨。这下子惹怒了相关领导，便想要给他处分。这个工程师不服，给人民日报社写信，反映自己的遭遇。《人民日报》在读者来信专版刊登了他的来信，并指出首钢的这种做法简单生硬，侵犯了知识分子的权益。此事在首钢引起了极大反响。首钢党委有一位五十多岁的负责同志，拿着当天的《人民日报》在公司处级以上干部会上横加指责，说《人民日报》支持资本主义的利己行为，不顾大局，随意刊发这位工程师的来信，在工人中引起了思想混乱，并说要找《人民日报》算账。我们报社这位记者的夫人在现场用录音机悄悄把这位负责同志的话全部录了下来。记者拿着录音带回报社向我反映了这件事。我当场收听了录音，并认为《人民日报》的做法没有问题，作为《中国报刊报》要支持《人民日报》实施新闻舆论监督，对首钢这位负责同志的过火行为也颇有看法。于是报社决定就此事写一篇消息并配发短评《这样的事应当有人管一管》，在本报一版头条发表。报纸清样当晚送到中央人民广播电台新闻联播组，没料到在第二天的《早间新闻联播》中就被摘要刊播，成了轰动一时的大新闻。事后，听说首钢这位负责同志看了报纸，听了当天的《新闻联播》，突然发病去世了。首钢党委把这件事与《中国报刊报》的报道联系在一起，要求我们承担责任和损失。他们一面给党中央写信，说首钢工人对此极为不满，中央必须要处理；一面又派来四位彪形大汉，每天来报社要求我们讲清材料来源，追问写稿者是谁。一时间弄得报社人心惶惶，我也颇感压力重重。但我认为，录音带在我们手上，稿件中所写内容完全属实，本报就此事发文是对《人民日报》的舆论监督表示支持，责无旁贷，理所当然。于是，我们采取了两条措施：一，首钢来人，我不出面，让他们在值班室由专人陪着，但告诉他们，我们的报道有充分根据，现场录音已交上级主管部门；

二，办公室挑选两位后勤人员，加强对我的保护，以防不测。

恰在此时，中宣部新闻局通知我带着录音带去局里汇报情况，王福如副局长向我当面出示了时任党中央总书记胡耀邦的亲笔批示。记得上面写着：请韩光（时任中央纪委常务书记）同志商中宣部查处。韩光同志遂将胡耀邦的批示批转中宣部部长朱厚泽，朱部长批给新闻局处理。中宣部新闻局当场收听了录音，也向《人民日报》有关同志了解了事情的来龙去脉，最后裁定《人民日报》和《中国报刊报》的报道没有问题，录音带在，证据可靠，首钢就此事的一些做法明显不妥。于是，一场山雨欲来风满楼的报道风波就此平息，但真的把我吓了一跳。我思忖，新闻这碗饭不好吃，新闻官的位子也不好做。但命中注定要干新闻这一行，我想舍弃于心不甘，也就只能总结经验，吸取教训，明知山有虎，偏向虎山行了。

十八　报纸更名再出发

历史一再证明，事物的发展变化是不断的、永恒的。通常的轨迹是曲折地前进，螺旋式上升，从来就没有笔直的路。这是不以人的意志为转移的客观规律。

《中国报刊报》归中国记协主管时，属于记协下面的一个部门，相当于副司局级单位，由《中国报刊》更名为《中国报刊报》时，我特意请时任中国书协主席启功题写了报名。1987年7月，经中共中央宣传部协调，《中国报刊报》划归国家新闻出版署主管主办后，自1988年1月起报纸更名为《新闻出版报》。为了体现报纸排版技术从铅与火进入了光与电的新时代，报名字体也改为印刷体，显得醒目而厚重。记得有一天上午，杜导正署长约我谈话，首先对《中国报刊报》做了一番好评，接着谈了报纸更名和报社领导班子的配备设想，决定任命顾永高为总编辑，我担任常务副总编，排在顾永高之后；还告诉我，以后我可以到署里看副司局级以上的秘密级文件了。我当时听了很欣慰，一是报纸几经“跳槽”，总算找到了真正的“婆家”，有了一个比较好的归宿，我也对得起与我同甘共苦的员工了。二是经过三年多的不懈努力，报纸总算由报刊发行报，逐步变成了正儿八经的《新闻出版报》，我又干上了老本行，这是我转业到地方后矢志不移的愿望。

人常说，女怕嫁错郎，男怕入错行。我在北京军区空军时做的就是新闻宣传工作，如今，业务正对口，驾轻就熟，怎能不高兴呢？！但是，报社领导班子的任命下达时，我是排在总编辑顾永高之后，属于二把手的位置，但没有“常务”二字。我当时想，是杜导正署长失言了，还是另有别的考虑？只短短几秒钟，我便想通了，释然了，什么常务不常务，像我这么个由农村生产队会计闯进京城的人，走到了今天，谈何容易！别再有什么幻想了，听党的话，好好办报、好好干活就是。

忘不了那异常繁忙的报纸更名改版时的艰苦岁月。报纸由国家新闻出版署主管主办后，开始拨给报社八十万元开办费，定为企业经营、自负盈亏、自收自支、定额补贴的直属事业单位。但当时，仍旧是租房办公，全部班底除了从《光明日报》调进一位副总编和两位编委、部主任外，其余人员几乎就是我从中国记协带到报社的二十多名员工。报纸一下子由四开四版周二刊小报改为对开八版的周二刊大报，不光是人员吃紧，稿件也一时供应短缺。总编辑顾永高和总编室主任孙月沐主编一版，我作为副总编以“文苑”的笔名主编二版，不仅要组稿、编稿、组版，配发编前编后语，有时还要外出采访突击写稿件，简直忙得昏天黑地团团转。就这样，一干就是半年，人虽然累瘦了一圈，但报纸一创刊在全国报刊界就赢得了好评，正可谓，苦点累点算个啥，人生能有几回搏啊！

十九　风云突变　临危受命

1989年的春天，乍暖还寒。北京不少大专院校在资产阶级自由化思潮的冲击下，许多不明真相的学生打着旗帜，扛着标语，喊着口号，不断拥进天安门广场。就是在这群情激昂、较为混乱的情势下，《新闻出版报》一时迷失了方向，居然在一版头条位置配照片，刊发了本报记者采写的一些不合适的消息，并在一版中心位置配发了一篇言论，质疑某些决议做法。时任中宣部部长的王忍之同志，在一次会议上对时任国家新闻出版署副署长宋木文（后任署长、党组书记）说，你们新闻出版署后来居上啊！

因为报纸在舆论导向上出了问题。中央宣传部派出以张昭华为组长的清查组进驻报社，国家新闻出版署下达命令，原总编辑停职反省，由我和副总编辑王广华主持报社日常工作。副署长卢玉忆和王强华来报社宣布命令时，还特别强调主持工作以我为主，这就把开展清查与办报的两副重担一下子压在了我的肩上。我顿时觉得压力很大，忧心忡忡。

困难是磨刀石，烈火中见真金。我勇敢地挑起这两副担子，日以继夜地组织带领全社员工，一手抓清查，一手抓办报、抓经营。当时，署里虽然有一定的财政补贴，但员工的工资、奖金主要还靠自己挣。不少员工参与了游行示威，清查组一个一个找来谈话，要求写出书面材料，以便归档备查，一时弄得人心惶惶。我和王广华副总编辑同心协力，分工负责，一面积极组稿排版，使报纸恢复正常出版；一面向清查组的领导说情，对那些年纪很轻，且偶尔参与游行示威的编辑、记者，给予批评和开脱。宋木文同志接任署长后，对报社的工作很重视、很支持，对个别犯有过错的部主任和编委，也多次与清查组协商，希望念其初犯能从轻处理，结果有两位办报骨干只免去编委，未免去正处级职务。这样一来，大多数员工解除了思想顾虑，重新焕发了青春的活力，报社的各项工作很快走上了正轨。

老子曰："祸兮福之所倚，福兮祸之所伏。"生活的辩证法正是如此。报纸犯了舆论导向错误，在新闻界一时造成了不良影响，为了较好地发挥其"新闻出版警察"和报中之报、刊中之刊的作用，宋木文署长从报社的长远发展着想，经署党组慎重研究，决定以适当方式把报社的级别由副厅局级升格为正厅局级，借此扩大报纸的影响力。当时中央部委的机关报多为正局级，《新闻出版报》属副局级，首先在级别上就低了半头，不利于开展新闻宣传工作。王忍之部长听取了宋木文署长的汇报，同意其建议。于是，在1990年3月，卢玉忆副署长和王强华副署长来报社宣布命令，报社升格为正局级。署里委派政策法规司司长谢宏同志担任报社总编辑，我仍任副总编，列谢宏之后。当年，我四十五周岁，已是名副其实的副局级干部。我思忖，历经三十年寒暑，历经多岗位锻炼成长，我已实现并超过了爷爷当年对我的期望，心里洋溢着兴奋和喜悦。我也暗自下定决心，在未来的岁月里，要忠诚勤勉，奋发向上，力争在业务和仕途上百尺竿头更进一步。

第五部分

最好的开始

遇见自己

遇见世界

有时想来奇怪，甚至百思不得其解，但日子久了，经历得多了，这才顿悟，这就是人生苦短，这就是生活的辩证法。

我没有上过大学，也没有受过专业的培训，之所以能有一些业绩，能有一些作品获奖，无非是靠自学，是靠干。干，可以多学习，勤磨炼，长知识，增智慧，出成果，送你走上成功的阶梯；不学不干，越吃越馋，越闲越懒，一辈子都将平平庸庸，一事无成。

二十　圆了儿时梦

儿时的梦，像万花筒，五光十色，变化无穷。记得我八九岁给老少爷们唱唱书时，觉得书里的故事编得挺圆满，唱词也写得很顺溜，心中羡慕不已。到了1958年上初中时，经常阅读一些作家的文学著作，在钦佩、兴奋之余，也曾有过写小说、当作家的梦想。特别是看了作家陆柱国的长篇小说《踏破东海万顷浪》，真正是心旷神怡，肃然起敬。

但是，由于连续三年严重的自然灾害，我经常连野菜都吃不饱，只好回到家乡务农，也就断了当作家的梦。后来，上了中专，参加了工作，参与创办《新汴河战报》，此时，学习写作，当记者、当作家的欲望又重新燃烧起来。

我的处女作刊登在1965年8月《安徽日报》第三版上，我以“张艺”的笔名写了一篇读后感，题为《林公俭烈士教育了我》。这是一篇七百多字的随笔，还不是严格意义上的文学创作。我真正发表文学作品是1972年6月。当时，我在北京军区空军宣传部文化科当干事。我家乡的《拂晓报》让我写篇散文，这才在报社编辑部长富（后任总编辑）的指导下，发表了第一篇真正的散文《家书抵千金》。后来，我利用分管部队业余文艺创作的机会，先后在《空军报》《战友报》《北京日报》《北京晚报》《解放军报》《光明日报》《人民日报》《中国青年》等报刊上，发表了一系列电影评论、人物特写、报告文学、散文、杂文等等，总计一百余篇，约十万字。1985 年，我由师政治部副主任正式转业进入首都新闻界，先后担任《中国报刊报》副总编，《新闻出版报》（后改为《中国新闻出版报》）副总编、总编辑，虽然天天忙于新闻采编业务，有时也写写散文、杂文和诗歌，反映火热的现实生活，编织着儿时的作家梦。但那时，仍觉得作家的桂冠很华丽、太耀眼，不是一般人能够得到的，似乎作家的名号距自己还很遥远。

后来，我在新闻界闯荡了许多年，中国新闻奖拿了不少，担任了报社副总编，又被评为全国优秀新闻工作者、韬奋新闻奖提名奖，1993 年还被

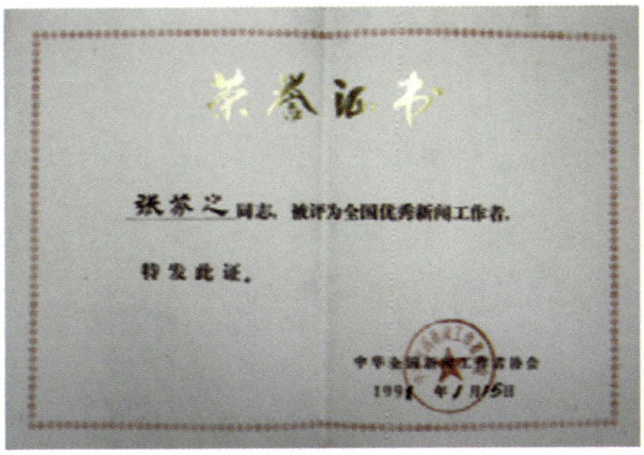
荣誉证书
张芬之同志，被评为全国优秀新闻工作者。
特发此证。
中华全国新闻工作者协会

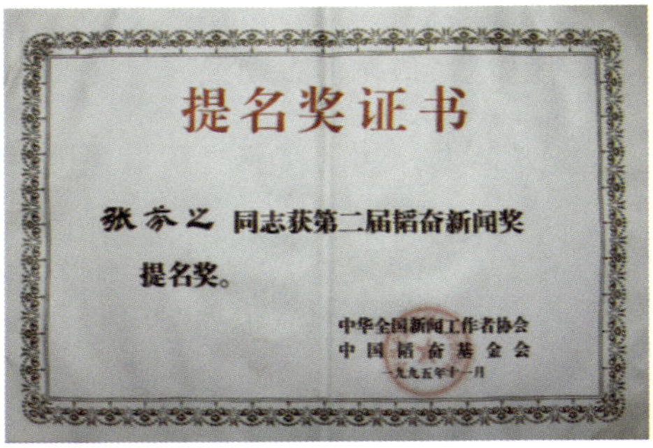
提名奖证书
张芬之同志获第二届韬奋新闻奖提名奖。
中华全国新闻工作者协会
中国韬奋基金会
一九九五年十一月

证　书
张芬之同志：
为了表彰您为发展我国新闻出版事业做出的突出贡献，特决定从九三年十月起发给政府特殊津贴并颁发证书。
国务院

聘　书
兹聘请张芬之同志为全国新闻专业高级职务资格评审委员会委员，聘期为2001年12月至2003年12月。

作者获得全国优秀新闻工作者、第二届全国韬奋新闻奖提名奖，1993 年被批准享受国务院政府特殊津贴。

批准享受国务院政府特殊津贴，受聘担任了全国新闻专业高级职务资格评审委员会委员，也出版了《笔耕路》《人生是杯苦酒》等著作，觉得自己什么荣誉都有了，要不要作家的头衔已无所谓，以致一度曾放弃了加入中国作协的愿望。

1993 年春，我在中央党校地厅级干部班进修时，因参加校方组织的乒乓球对抗赛，有幸结识了中国作协创研部主任、中国著名儿童文学作家高洪波（后任中国作协副主席）。在离开中央党校以后的两年里，我又陆续出版了《拾萃集》《报苑随笔》等著作，也陆续寄给了高洪波。他看了我的一些作品后，动员我申请加入中国作家协会。我当时问他，有这些作品，

作者 1997 年 5 月加入中国作家协会的会员证书。

够格吗？他笑笑说，芬之，不要说你出了那么多个人专著，就凭你那本《人生是杯苦酒》的散文集，我就可以当你的入会介绍人。

既然著名作家高洪波都认为我够格，我就不再犹豫，很快按有关规定，向中国作协递交了申请，最终成为一名中国作协会员，真正圆了儿时的梦。

说心里话，加入中国作协，既是我儿时的梦想，也是中国作协对我多年来在业余文艺创作上付出辛劳的一种肯定、一种褒奖。但是，我深知自己距离一个作家的标准还有不少的差距，就如同大家都是作家，都是总编辑和大学教授一样，虽然名头一样，职称一样，但实际的能力与水平却千差万别，也不在一个水平线上。所以，加入中国作协是对我的一种鞭策，也是我进行文学创作的新起点。于是，在 2006 年 7 月退休后，我依然坚持著书立说，又先后出版了诗集《爱的心语》、散文集《生死一步之遥》、新闻与文学作品集《文海拾贝》，还与许罡、周杨等同事合作出版了党建读物《做“四有”党员干部》《做最好的党员》《国学教你做人做官》等五部著作，继续朝着合格作家的标准努力前进。我决心在有生之年，一如既往，笔耕不止，力求写出更多更好的作品，努力为中国作协争光，努力做一个真正够格的作家。

二十一 作品获奖的感悟

一个人的成长进步，离不开党和人民的培养，也需要勤奋和天赋。一个为官的人，衡量他是否称职胜任，不仅要看他在本职工作岗位上是否认真负责、爱岗敬业、恪尽职守，而且也要看他有过什么业绩或者有过什么特殊的建树。像我们这些一辈子与文字工作打交道，靠笔杆子立足吃饭的文化人，衡量其工作业绩的大小，不只看他熬了多少个夜晚，跑了多少里路，流过多少汗水，有过多少苦劳，还要看他写过多少文章，发表过什么样的作品，有多少作品获奖，又有过什么样的社会影响。

我从事新闻出版工作四十余年，采访写作并刊发的新闻稿件有一千余篇，出版的各类著作有十五部，获得的各种奖项也不少。在2017年新年即将到来的时候，我打扫清理堆满各种书籍和杂物的书房，居然发现几十年间我拥有的各种获奖证书有一大摞。我一边清理，一边翻看，一边回忆，往日奋笔疾书、挑灯夜战的情景，像过电影一样，一幕幕清晰地浮现在眼前。人常说，功名利禄是过眼云烟，没必要过于看重与珍藏，人老了最重要、最宝贵的是健康。所以，我把那些开本不一、色彩不同的获奖证书，一本又一本地丢进了垃圾箱，只留下几个有点代表性的以资纪念，亦是想留给子女，让他们知道自己的父辈这一生不容易、不简单，也不平凡。

平心而论，我干新闻出版这一行，的确是闯出来、干出来的。我没有上过大学，也没有受过专业的培训，之所以能有一些业绩，能有一些作品获奖，无非是靠自学，是靠干。干，可以多学习，勤磨炼，长知识，增智慧，出成果，送你走上成功的阶梯；不学不干，越吃越馋，越闲越懒，一辈子都将平平庸庸，一事无成。记得四十年前在北京军区空军宣传部从事新闻宣传工作时，写《给验收组加一菜扣五分》这篇新闻消息时，短短四百多字，打电话核对事实，看材料提炼主题，苦苦思索，拟制标题，千方百计追求“凤头，猪肚，豹尾”，整整折腾了一个下午，最终获得当年《空军报》年度“十个好头条”奖。这就叫看似寻常却艰辛。记得写《雄鹰恋歌》这篇催人泪下的人物通讯时，调查搞了七天，北京和遵化来回奔波，再加上两个通宵未眠，有时写到动情处，自己眼里也溢满了泪花。在万籁俱寂的深夜，一杯浓茶、一支笔，苦苦思索，掏心掏肺，真正是抬头望明月，低头挥笔忙，写到顺畅如意时，确有如醉如痴、泉水叮咚、水到渠成、妙笔生花之快感，什么苦累、名利，什么日月星辰，统统置于度外，唯有书写喜事新风，引吭高歌之激情。扪心自问，那时候，想过稿费、想过表扬、想过获奖吗？没有，绝对没有！假如采访就想着捞钱，写作时又盼着得奖，恐怕到头来会竹篮打水一场空。我常常有这样的体验，平时不想什么，往往会有意外的收获！而自己朝思暮想，自以为十拿九稳的，却往往离你远去。有时想来也怪，甚至百思不得其解，但日子久了，经历得多了，这才顿悟，这就是人生苦短，这就是生活的辩证法。

简单回望一下我的获奖证书，其中有：《雄鹰恋歌》获空军新闻一等奖，《办报断想》获中国记协成立五十周年纪念百篇优秀论文奖，《报社开展经营管理的讨论》获全国好新闻二等奖，《蓝天演员》获《解放军报》好通讯二等奖，《导向意识　读者意识　精品意识》获中国记协优秀论文一等奖，《口号不变　一抓到底》《总编抓总　全局在胸》等三篇新闻评论获中国新闻奖三等奖，《新闻战中的第一枚金牌》获中国新闻奖编辑作品二等奖，《揭开“世界屋脊”的奥秘》获中共中央宣传部“繁荣出版好作品”二等奖，其余还有全国人大、全国政协好新闻获奖作品多篇，全国一些省市报刊一等奖获奖作品多篇，这里不再一一罗列。为了留作纪念，也为了让读者了解我二十五年前采访写作的一些情况，特将获奖作品《揭开“世界屋脊”的奥秘》附录于后。

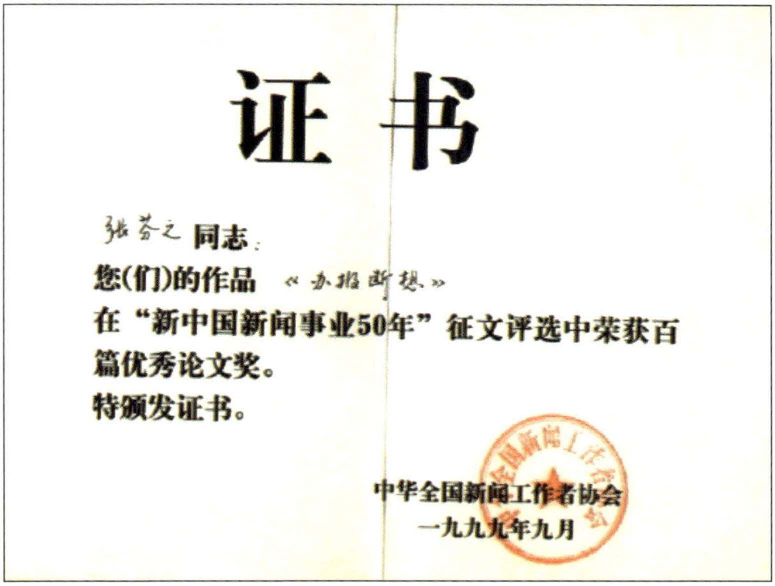
证书

张芬之同志：

您(们)的作品《办报断想》

在“新中国新闻事业50年”征文评选中荣获百篇优秀论文奖。

特颁发证书。

中华全国新闻工作者协会

一九九九年九月

作者的《办报断想》论文获奖证书

附录

揭开“世界屋脊”的奥秘

巍峨壮观的青藏高原约占我国陆地面积的1/4，素有“世界屋脊”之称。在这举世无双的大高原上，耸立着地球上最年轻、最高峻的喜马拉雅山峰。然而，4000万年前，这里还是一片汪洋大海。

是什么巨大的力量，以如此惊人的速度，天翻地覆，移海造山，把它推上“世界屋脊”的高度？这个茫茫高原又经历了怎样的沧桑巨变，它的隆起和存在对自然界和人类的生存会产生什么样的影响？这一连串的奥秘，长期以来一直成为中外科学家瞩目的问题。

从20世纪80年代初开始，科学出版社就将中国科学院青藏高原综合科学考察队的考察成果，陆续编成34部“青藏高原科学考察专著丛书”，现已出版30种，约1200万字。这部具有很高的科学价值和实用价值的辉煌巨著，像一把打开地壳动力学的“金钥匙”，豁然间揭开了青藏高原神秘莫测的面纱，回答和探讨了高原形成与演化及发展的一系列理论问题，为摸清我国自然资源的“家底”，进一步开发这块宝地，提供了宝贵的依据。

为此，“青藏高原科学考察专著丛书”连获殊荣：1982年获国家自然科学一等奖，1986年获中国科学院自然科学进步特等奖，1988年又获中国科学院自然科学陈嘉庚奖。

走过人迹罕至的无人区，科学考察队员们抱着汽车大哭一场

揭开“世界屋脊”的奥秘，是一项众手共济、同心协力的事业，而功劳首先应归于青藏高原综合科学考察队的队员们。20 世纪 50 至 80 年代，我国对青藏高原组织了三次大规模的综合科学考察。数以千计的科学家肩负着祖国和人民的重托，跋山涉水、风餐露宿、前赴后继、英勇顽强地向科学高峰攀登，写下了血汗纵横、光辉灿烂的篇章。

巍巍青藏高原地势复杂，气候多变，平均高度 4500 至 5000 米，空气中的含氧量只有平原地带的 60%。科学考察队员们登上喀喇昆仑山，安营扎寨的宿营地是 5100 米，再往上就是 6000 至 7000 米，呼吸和行走都觉得困难。由于缺氧，这里一顿饭要做 7 个小时。高山反应是家常便饭，头疼、脱发、牙齿松动乃至脱落，几乎光顾到每一个人。有的队员脑细胞大量死亡，记忆力明显减退；有的连续几天昏迷不醒，只有靠边防部队的医生输氧气、打点滴。1984 年 7 月，科学考察队员在南枷巴瓦峰遇到两次特大的冰川泥石流。当时，天上下着倾盆大雨，脚下不时强烈震颤，巨大的山洪裹挟着泥沙石块飞奔直下，瞬间冲断了 30 米长的钢筋水泥构筑的帕隆桥。半夜时分，更大的泥石流爆发了，队员们扔掉笨重的物品，带着仪器、照相机，迅即从窗台上跳出来，跟着老乡往山上爬。等到天亮往下一看，队员们原来住的十几座木板房被冲得精光，连地方上一支运输队的几十辆汽车也被冲得无影无踪。

环境如此恶劣，生活这般艰苦，但参加青藏高原综合科学考察的队员们，依旧按照预定的计划，天一亮便硬撑着身子去爬山、剖石、采样。气喘吁

吁背回来的宝贝，不是泥块、石头，就是各种各样的标本。

夜晚，万籁俱寂，寒气逼人。队员们睡在冰雪消融的山坡上，打着手电筒整理标本，写考察笔记，拟论文提纲，为撰写科学考察专著做准备。暗夜中，那星星点点的亮光，是科学家们的智慧在闪烁，它预示着青藏高原的奥秘像手剥竹笋一样正在被一片一片地揭开。

一次，在南枷巴瓦峰地区考察的队员们要去规定的地点接头。其间要先翻越4200多米高的多雄拉山口，进入墨脱县后道路更加崎岖，全靠门巴族向导引路前行，若是稍不留意，哪怕踩滑一个石头，都可能掉下深渊，粉身碎骨。队员们爬呀，走啊，整整熬过七天七夜。当他们极其艰险地走过这段人迹罕至的“无人区”，在崇山峻岭的豁口处，看到停在那里等待他们的一辆辆绿色的北京吉普车时，仿佛在天涯海角见到了日思夜盼的亲人，一个个扑上前去，抱着汽车忘情地大哭起来。年轻的司机从未见过这种场面，望着这群死里逃生的英雄，激动得蹦起老高，潸然泪下。

那座刚刚垒起的新坟里，只埋着一件被江水浸透的衣裳

科学之路充满艰辛。在一定的意义上说，从事青藏高原综合科学考察的队员们，人人都是探险家，每天都在生与死的交叉路口奋勇前行。为了揭开青藏高原的奥秘，为了给后人留下有价值的科学考察专著，科学考察队员们怀着大无畏的求实精神，涉足“人类禁区”羌塘高原，奇迹般地发现了500多种植物，在可可西里地区还发现了许多耐高寒的珍稀动植物。他们把成群结队的野牦牛、毛驴和藏羚羊摄进相机，留下了科学考察的真

实记录，并以此为佐证否定了外国人早就做出的这里是“不毛之地”和“死亡地带”的结论，为考察青藏高原掀开了新的一页。然而，摘取科学成果是要付出代价的。在长达几十年的探险考察中，先后有5位科学家献出了宝贵的生命。

横断山，路难行。60多岁的中国科学院研究员彭鸿授，在考察横断山脉时，于中甸县突患肺水肿，经抢救无效，猝然去世。1975年5月，科学考察队员在亚东地区考察，年仅30岁的地球物理研究生梁家庄因晚上做饭没柴烧，和队友们一起到水里捞木头，突然高山反应来了，结果掉到雅鲁藏布江里，被滔滔江水吞没了。队里的同志闻讯后，沿江去找，最后只捞起小梁穿过的被礁石卡住的一件衣服。队员们悲痛万分，眼含热泪默默地聚在一起给小梁开了追悼会，并在亚东为他立了一个碑。人们可曾知道，在那仅用一块石头做墓碑的刚刚垒起的新坟里，只埋着一件被江水浸透的衣裳。

壮志未酬身先去，青山处处埋忠骨。8月10日下午，记者在中国科学院自然资源综合科学考察委员会地理所一间极其简陋的办公室里，听当年的“老青藏”讲述一桩桩悲壮动人的事例时，禁不住鼻尖发酸，泪水盈眶。一部洋洋大观、载入史册的“青藏高原科学考察专著丛书”里面蕴含着科学考察队员们多少生命的代价，汗水与智慧的结晶啊！正如科学出版社的同志们发自内心所说的，科学考察是“源”，专著丛书是“流”，没有数以千计的科学家几十年来的辛勤劳动，就没有滚滚而来的书之“源”，也就没有“青藏高原科学考察专著丛书”。

“不把他们的血汗成果编成书、印出来，我们对不起国家和人民，也总是耿耿于怀、于心不安哪！”

“青藏高原科学考察专著丛书”文字长、图表多、印数少。一部《云和降水物理学》只印620册，书卖完连成本都收不回来，科学出版社每年用于出版学术著作的经费至少要亏损300万元，这对家底并不丰厚、时常受到经费困扰的科学出版社来说，要再多出“青藏高原科学考察专著丛书”，无异于雪上加霜。但是，肩负着出版学术著作历史重任的科学出版社的当家人，目光远大，胸怀宽阔，他们宁可勒紧腰带、节衣缩食，也要想方设法多出、出好学术专著。提起“青藏高原科学考察专著丛书”的编辑出版，该社副总编辑周明鉴情真意切地对记者说：“科学考察队员在青藏高原历尽艰辛，不把他们的血汗成果编成书、印出来，我们对不起国家和人民，也总是耿耿于怀、于心不安哪！”正是基于这种感情、这种共识，多少年来，科学出版社的班子尽管换了一茬又一茬，但他们始终如一关注支持“青藏高原科学考察专著丛书”的出版工作。

为了确保专著丛书的高水准、高质量，科学出版社按照严格、严谨、严密的“三严”标准，从丛书编发计划到相关编辑室的业务分工，都做出了精心周密的安排。据了解，由于青藏高原综合科学考察队员长年累月在野外作业，难得有空闲坐下来仔细推敲书稿，因此，摆到出版社编辑案头的论著一般行文都比较粗糙。有的只罗列材料，缺乏系统归纳和理论概括；有的前后观点不统一，缺少规律性的提炼；还有的图表不准确、不规范；等等。这就要求责任编辑自己要有两下子，要对这些“毛坯”来一番去粗取精、去伪存真、由表及里的加工制作。有的编辑刚从大学毕业，缺乏实践经验，有的编辑缺少某一学科的专业知识，怎么办？科学出版社号召大家边干边学抓紧补课。副总编辑周明鉴有一段时间负责丛书的审稿工作。他虽然毕业于北京地质学院，但对丛书涉及的诸多学科并不十分熟悉。为了当好把关人，他带头补课，缺什么学什么，遇到拦路虎，就查资料，问别人，直到弄懂为止。在审阅书稿时，他不仅给自己，也向负责丛书编辑工作的第二、第三编辑室的有关同志提出明确要求：一是"想发现错误"，强调要有事业心、责任感；二是"能发现错误"，强调要拓宽知识面，具有发现差错的内功；三是"会发现错误"，提倡掌握消灭差错的方法技巧，把差错消灭在付印之前。第三编辑室副主任、编审姚岁寒，1963 年毕业于南京大学地理系。他编辑出版的一系列遥感图书和大型的遥感分析图集，均作为国家的重要科研成果，获国家及部委级重大成果奖，人们亲切地称他为"姚老板"。就是这位遥感地图界的权威，对编辑"青藏高原科学考察专著丛书"也是煞费苦心，不敢怠慢。他与作者一起反复磋商选题、研讨方案、修改文稿、编排插图、设计封面。白天紧张忙碌了一天，晚上还经常风尘仆仆赶到科学城，与科学家或作者一道"会诊"攻关，往往是顶着满天星斗才返回家中。在设计考察横断山脉的几部丛书的封面时，他提出封面要有时代气息，要给丛书穿上"西装"。经过精心构思，图书封面装帧效果极佳，受到作者、读者的赞扬。

长期以来，科学出版社在中国科学院和有关部门的关怀支持下，为扶持学术著作的出版，促进科技进步和出版繁荣，做了大量好事、实事，取得了显著成绩。我们相信在未来的岁月里，科学出版社将会做出更大的努力。

据悉，“青藏高原科学考察专著丛书”有关横断山的几个续篇，有的已经定稿，有的正在编辑，但愿它们能早日问世，以告慰那些为考察青藏高原献出青春和生命的英雄。

（1991 年 11 月 20 日刊于《新闻出版报》，获中共中央宣传部“繁荣出版好作品”二等奖）

第六部分

最好的开始

遇见自己

遇见世界

人生在世，会有许多不顺心、不如意，甚至会有晴天霹雳、生离死别。

我寻思，人这一生，如歌如梦，如诗如画，无论是皇上，还是平常百姓，都是人，都是血肉之躯，都吃五谷杂粮，谁能没灾没病？谁能保证长命百岁？一切应随缘……只要清清白白、勤勤恳恳、健康快乐地活着，苦过，乐过，就要知足，不要怨天尤人，虚度年华。

二十二　中央党校地厅班进修

小时候，家贫如洗，虽知“万般皆下品，唯有读书高”，也听说过，“读了数理化，走遍天下都不怕”，但处于贫寒中的我，哪里想到会有一天能真的进入中国共产党最高学府——中共中央党校学习深造？！说是做梦吧，不是做梦；说是现实吧，我的确是奉命带着简单的学习和生活用品，于1993年3月，踏进位于北京颐和园附近的中央党校，成了地厅级干部进修班正儿八经的学员。

入校报到第一天，我从住宿安排的名单上，看到一个非常熟悉的名字，突然想起，这不是我的家乡安徽省宿县地区的地委副书记陈树德吗？！二十二年前，我和他同村的一个叫陈民府的小伙子一起从宿县应征入伍，现在又和家乡的地委副书记同在中央党校进修学习，岂不是一段佳话？！同时，与我在一个进修班学习的还有安徽省委副秘书长、政研室主任卢家丰。在党校学习的半年中，我和他们成了很好的学友和朋友。后来，陈树德升任宿县地委书记，卢家丰当选为安徽省副省长。多年过去，我们依然保持友谊，互有来往。人生苦短，人海茫茫，知音知己难觅，此乃天意和缘分也！当年，中共中央党校校长由中央政治局常委、全国人大常委会委员长乔石兼任，我们的结业证书就是乔石亲自颁发的。学习的课程主要是马克思主义基本理论、社会主义市场经济、《邓小平文选》等。我们进修部二班的学生，是来自天南地北的地厅级干部，年长者五十八岁，年轻者也已近不惑。虽说只有四个多月的同窗生涯，但大家都觉得很宝贵、很难得，彼此相处得很融洽。3 月 23 日上午 10 点多钟，校方通知我们二班学员去三楼照相，以便制作学员纪念册，待结业分手时做个留念。学员们闻听此讯，都高高兴兴地打扮了一番，一个个西装革履，神采飞扬。我由于准备不足，头发没有梳理，也未系领带。进修部组织员周鹤昕一看我不合标准，立即把自己的“一拉得”领带取下来，让我系上照相。此时，黑龙江省政研室研究员王争同志看到老周的领带是黑色的，觉得不鲜艳，便拉我走进他的宿舍，拿出自己的一条带细碎花纹的新领带，精心精意地帮我系上。当我意欲转身离开时，老王好像想起了什么，一把拉过一把椅子，让我面对大衣柜上的穿衣镜坐下，帮我梳起头来。我真有些不好意思，可老王却挺认真、挺仔细。他先是用湿毛巾把我的乱发湿润，然后在梳子上涂上发乳，仔仔细细地梳理，像打扮即将出嫁的新娘。或许是我的头发太硬，老王梳了半天，还不怎么平整。我说，算了，就这样照吧，别太费事了。老王说：“不行，要么不搞，要搞就要像个样子，今天照相有意义，一定要把你这个小伙子打扮得漂漂亮亮的。”说罢，他将半瓶热水倒进洗脸池里，重新用毛巾蘸着热水湿润头发，再一次涂上发乳反复梳理。新疆生产建设兵团农三师政治委员钱文理本来是在一旁当“参谋”的，说着说着，竟从老王手里拿过梳子，亲自动起手来。从对面明亮的镜子里，我瞧着两位年过半百的老同志那副严肃认真的劲儿，不知怎的，心里突然涌起一股热流，眼睛湿润。我思忖：天南地北，素不相识，一旦为了一个共同的理想聚到一起，成为学友，就产生了一种“特别的爱”，形成了“同志加兄弟”的亲密关系。这种真诚的帮助和同志间的友谊，会产生强大的向心力、凝聚力。恐怕也只有在我们中国共产党人之间才能够达到这种真理和真情的统一。

端坐在照相机前，我的心潮依然不能平静。摄影师让我挺胸抬头，我心里说，不用嘱咐，今天这张相一定会照好，凭着那份情，凭着那份“特别的爱”。

转眼间，四个多月的党校学习快结束了。学校安排我们分成若干个调研小组，分别下基层搞调研。我与卢家丰、陈树德同志组成一个调研组，卢家丰任组长，带领我们深入安徽一些厂矿、机关开座谈会，听取基层对深化改革和加强城镇第三产业生产与营销的意见与建议，最后由卢家丰执笔统稿写成了七千余字的调查报告，算是完成了我们这个组在中央党校进

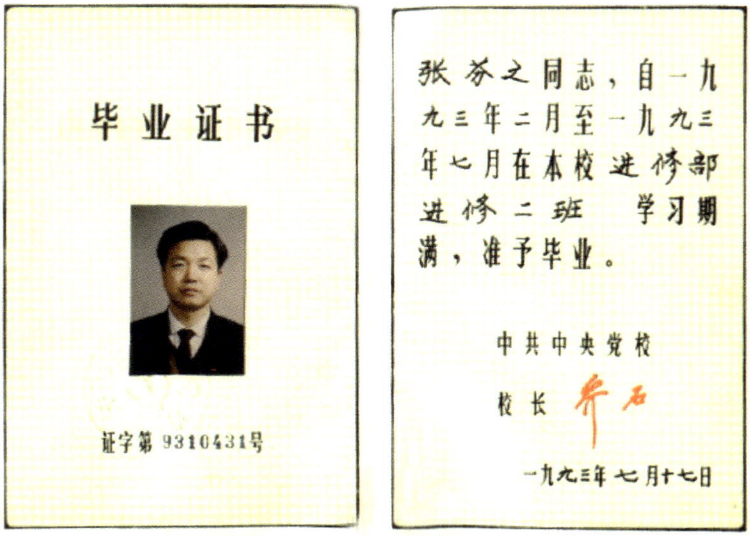
毕业证书

证字第9310431号

张苏之同志，自一九九三年二月至一九九三年七月在本校进修部进修二班　学习期满，准予毕业。

中共中央党校

校长乔石

一九九三年七月十七日

作者1993年春入中央党校地厅班进修后的毕业证书

修学习的毕业答卷。

这里还有一个细节要做交代。在中央党校学习时，业余时间校方安排两个体育锻炼项目，一是请专业教练教学员们打太极拳，二是请舞蹈老师教大家跳交谊舞，两者可选其一。我觉得跳舞比较适合我，便跟着老师学了一段时间，结果不学便罢，一学便上了瘾。从中央党校结业后，至今三十四年过去了，只要没有编务，天不下雨，空气清新，每到晚饭后，我便到方庄体育公园跳集体交谊舞。如果说，老汉我今年七十有二，仍然脸色红润，健步如飞，显得比同龄人年轻了不少，与在中央党校学会了跳舞，而且坚持不懈、持之以恒有密切关系，算是人生的一大收获和强身健体的一大经验吧。

二十三　命运多舛　贤妻病危

人生的路是曲折的。无论是高官权贵，还是平民百姓，走在漫长的人生路上，不可能总是艳阳高照，一帆风顺，有时可能突遇挫折，甚至突降灾难，让你猝不及防，悲痛欲绝。

1993 年，是我进中央党校进修深造的幸运的一年，为后来提为总编辑埋下了伏笔，创造了条件。但万没有料到，就在我刚刚从乔石同志的手里接过中央党校的结业证书不久，我的结发贤妻王翠华却突发脑溢血，被连夜送进了北京协和医院。之前一个多星期，我的二女儿迎春因腰脊椎弯曲，我从协和医院请来主刀医生，为她在北京友谊医院做手术。可能妻子王翠华心情紧张，加上时值盛夏，工作忙，血压高，又要每天熬了鸡汤、做上可口的饭菜，挤公共汽车送往友谊医院，一下子身体累垮了。在一天晚上 8 点多钟，她回家乘电梯时突然晕倒，幸被开电梯的大嫂一把抱住，否则，当时就可能命归西天。那时，我陪《人民日报》驻安徽省记者站记者刘杰（后任《人民日报》驻安徽分社社长）在北京金台路办事，吃罢晚饭，本来要去中央党校见邵华泽社长的，但我突然预感家里有事，便与刘杰一起匆忙赶回家中。一进电梯，那位大嫂急忙告知我妻子突然晕倒，已送附近医院。我思忖，妻子平时血压高，吃降压药时吃时停，这次晕倒很可能是

1978 年 9 月，作者前妻王翠华获准携子女随军进京时的“全家福”。

脑溢血，方庄附近的社区医院根本治不了，很可能还要找我想办法。不出所料，还未等我打开房门，家里便响起紧急的电话铃声。我赶忙拿起电话，方知妻子当晚在家做菜招待我来自家乡的友人，现在是他们开车载着我昏迷不醒的妻子，正焦急地寻找医院。我让他们迅速返回方庄，由我抱着呕吐不止的妻子，指挥着面包车急速奔向协和医院急诊室。经诊断、拍 CT，确定妻子是脑溢血，马上进行抢救。但值班医师告诉我，因脑溢血流量超过 10CC，病人已进入深度昏迷状态，即使抢救过来，后果也不一定乐观。在那拥挤不堪、消毒水气味浓郁的急诊大厅，我望着面色灰白、头发凌乱、一动不动的妻子，想起几十年来她为我们的家、为三个儿女所付出的辛劳，禁不住泪水奔涌而出。我暗自祷告：苍天啊苍天，看在我妻子贤惠勤劳、年龄尚轻的分上，保佑她转危为安，尽早苏醒过来吧！我们的家需要她，孩子们需要她，我的爱妻王翠华，你可不能丢下我们走了啊！

或许是苍天有眼，或许是好人终有好报，妻子王翠华经过医生千方百计的抢救，终于在第七天的下午手脚开始有了动静。医生说，这简直是奇迹，一般脑溢血病人在五天之内苏醒过来还有救，可你的妻子整整熬过七天才慢慢有了知觉，这在以往的病例中是少见的。

说来神奇，妻子当天下午手脚开始微微动弹，到了第二天下午已基本上苏醒过来。她哪里知道，在抢救她的七天七夜里，我一直趴在她的病床前，心急如焚地守候着，使我至今留下了颈椎病。又经过半个多月的治疗恢复，妻子已能吃点稀饭和青菜了，只是半身不遂，难以走动。医生催着让出院疗养，我只好将妻子接回家来。当车开到北京五里屯我的住房门口，也不知从哪里来的劲儿，我居然背起一百四十多斤重的妻子，用手抓着楼梯扶手一口气上到四楼的家中。为了让妻子早日康复，能生活自理，我请了中医，连着三个多月，一周三次为她针灸按摩。每天晚上下班后，我忙完编务，就扶着她一层一层地爬楼梯。一天，一个月，半年，一年，从早到晚，坚持不断，终于有了明显效果。一年后，妻子除了右手仍然抬不起来，活动不能自如外，走路和操持日常家务基本上可以自理。如此，我们的家里渐渐有了笑声、歌声，也有了妻子拖着病体亲手做出来的四菜一汤。望着与我同甘共苦二十多年的同窗妻子，虽然人苍老了许多，没有过去那么活泼漂亮了，但毕竟是一个完整的家、幸福的家，我的心里就别提多轻松、多高兴啦！

二十四　总编辑非我莫属

一个人的仕途升迁，往往是由多种因素促成的。首先，你要在单位里才华出众，本职工作业绩突出。其次，你要德才兼备，有较好的群众基础，有一定的人格魅力，又符合有关干部任职的相应条件。第三，天时地利人和，有恰到好处的机遇。否则，你能力再出众，就是一块闪闪发光的金子，也可能被人忽视，甚至被久久地埋没，英雄难有用武之地。

回首我的仕途之路，应该说，春风得意马蹄疾，机遇一个接一个。要不，像我这么一个贫农的儿子，既没有高学历，也没有背景和后台，怎么能入伍两年提干，当兵第九年就破格提为副团职干部？又怎么能毛遂自荐转业到地方，一而再，再而三地被党组织提拔重用呢？

这里，要从 1995 年 5 月，中组部和中宣部干部局派两位处长到报社考察我说起。

1994 年，新闻出版报社总编辑谢宏同志任国家新闻出版署党组成员、副署长，但他仍兼任报社总编辑。我作为列在其后的副总编，实际上在主持报社的日常工作。当时，报社还有两位副总编，他俩为人忠厚，严于律己，业务能力各有千秋。但一个比我大五岁，一个比我大十岁，且都是从外单位调到报社的，显然没有我所具有的先天优势。所以，当中共中央组织部党政干部局李淑萍处长来报社考察干部找我谈话时，我大言不惭、直截了当地对她说，谢宏同志升职后，报社要选总编辑，无非有两个选择：一是从中央新闻单位，如《人民日报》《经济日报》《光明日报》等媒体选派，但外来的和尚不一定会念经，弄得不好还会引起报社干部队伍的思想波动，不利于报社的稳定和长远发展。二是从报社现有三位副总编里挑选总编辑。如果署党组和中宣部、中组部有这样的考虑与安排，我认为，他们两位副总编辑无论从年纪、从资历、从业务能力和群众基础上，都比我差一些。因此，报社的总编辑非我莫属。

李处长是位四十开外的女同志，长期在中组部党政干部局工作，多次在京或去外地考察地厅级拟任干部。她听了我开诚布公的一席话，不但没有以为我狂妄、骄傲、不自量力，反而脸上露出了笑容。她很平静地说，张总，我考察过许多干部，还从未遇到过像你这样性格豪爽、心直口快的人，也没有遇到一个对自己这么自信和敢打包票的干部。我认为，你讲的一些情况比较符合报社的实际，希望你严格要求自己，更加努力地把各项工作做得更好。但愿考察结束，你的判断是正确的。说罢，她微笑着主动伸出手来与我握手告别。

中组部、中宣部负责考察的两位处长，在报社里待了两天，与副处级以上干部普遍谈话，又开了一些普通员工的座谈会，接着到署里与署党组的成员交谈，也找了相关司局的负责同志了解情况，前后有一周左右的时间。待整个考察基本结束后，李淑萍处长来报社对我说，张总，看来你说的话有道理，你要加倍努力地工作，祝你顺利！

不久，国家新闻出版署党组正式做出决定，向中宣部拟推荐我任新闻出版报社总编辑。于友先署长也当面向我做了说明，要求我主持好报社的日常工作，尤其要坚守导向，办好报纸，保持报社的团结与稳定。

然而，事情并非一帆风顺。署里的拟任报告送到中宣部将近半年，命令却迟迟下不来。这时，又听到一些风言风语，我的自信心受到了冲击。有一天，我到于友先署长办公室，很诚恳地对他说，如果中宣部、中组部不同意我当总编辑，那就早点另选他人。我提出调离报社，不要既让我辛辛苦苦主持着工作，又这样旷日持久地悬着。于署长劝我不要着急，要我安心工作，再催一催署里，会尽快有结果。其实，听到一些不利于我的消息后，我曾找过人民日报社社长邵华泽和分管干部工作的副总编辑郑梦熊同志，提出调到人民日报社工作。邵社长原在《解放军报》任副社长时，我在北空宣传部任新闻宣传科科长，当年就认识。他很和蔼地对我说，芬之，你的情况我了解，论你的能力，当总编辑没问题。如果最后定下你当报社总编辑，那就安心工作，继续办好《新闻出版报》；如果总编辑当不上，你再到人民日报社来，有三个部门由你挑。郑梦熊副总编在浙江日报社任总编辑时，我们就熟悉，他也对我说，芬之，你的事我和邵社长商量过，就按邵社长的意思办。

过了十多天，我去中共中央宣传部开新闻通气会，会后去见分管新闻宣传工作的副部长徐光春同志（后任河南省委书记），他很肯定地对我说，芬之，别着急，中宣部部务会已通过，我们七个副部长都画了圈，只等领导（指时任中共中央政治局委员、中央书记处书记、中宣部部长丁关根同志）从新加坡考察回来签字就下命令了。后天，丁部长来部里开会，中午一起吃饭时，我再帮你催一下。事后，我知悉，正是在 1996 年 1 月 5 日中午，徐光春副部长与丁关根部长在交谈中，谈到了我的任职问题。丁部长说，既然你们七个副部长都画了圈，那就让干部局把报告送来，我马上签。

事很奇巧，在我与徐光春副部长交谈后的第二天中午，我突然接到时任国务院副秘书长、分管中直单位新闻出版工作的刘奇葆同志的电话，他说，谢宏同志调任《人民日报》副总编，你的问题有可能解决了。当天晚上8点多钟，我下班回到家里，夫人王翠华对我说，刚才邵华泽社长找你，你赶快回个电话。我意识到可能与我的任职有关，当我与邵华泽社长通话时，他也说，芬之，你的问题解决了，谢宏调我这里任副总编辑，同时调进来的还有一位副社长许中田、一位副总编辑袁志发，你就安心在《新闻出版报》当总编辑吧。

1996年1月8日，中共中央宣传部干部局下达命令，批准任命我为新闻出版报社总编辑。1月23日上午，国家新闻出版署副署长桂晓风和分管报社工作的副署长梁衡同志，来报社召开全社员工大会，正式宣布了署里的任命和报社领导班子其他组成人员的任职命令。自此，我开始了一段长达十余年的主政新闻出版报社的艰辛历程。

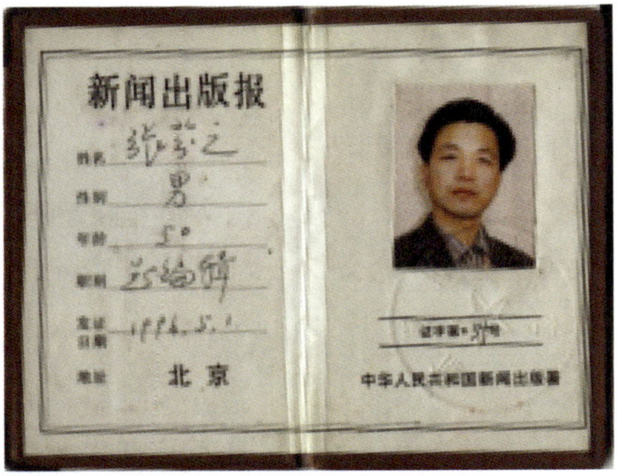

1996 年 5 月由国家新闻出版署颁发的工作证书。

作者 1997 年被评为新闻职称系列高级编辑职称。

二十五　悲痛中带团访美

人生在世，会有许多不顺心、不如意，甚至会有晴天霹雳、生离死别。1999 年的 4 月 16 日，这几个平平常常的阿拉伯数字，对别人来说，可能很一般，很不在意，但对我而言，却是人生旅途上的一大劫难，是一个令我愧疚、让我悲痛、一生一世也永难忘却的日子，真可谓：晴空炸雷，刻骨铭心。

4.16，其谐音是“死要顺”。转眼间，十八个年头过去了，然而，每当 4 月 16 日来临的时候，一种难言的忧伤和思念便在我心头油然升起。于是，那年那月那日的往事，如同过电影一样一幕幕浮现在眼前……

1999 年 4 月 10 日，我时任《新闻出版报》总编辑，受中国记协的委派，担任中国新闻代表团团长，定于 4 月 18 日率团出访美国。这一访问计划早在半年前就提交美国驻华使馆等待签证，但由于当时中美关系“晴转阴”，签证迟迟没有批下来。可是，等到签证拿到手，我的妻子王翠华却因为一年多的血液透析，引发了尿毒症和心脏衰竭被送进北京协和医院抢救。为此，我曾向中国记协的有关同志咨询，因为妻子病重，可否推迟出访，实在不行就临时调换团长。但记协的答复是：签证好不容易才办下来，如临时换团长又得等待审批，这样势必影响整个代表团的行程。行伍出身的我，向来以服从命令为天职。为了顾全大局，我没有果断放弃出访，而是悄悄地瞒着妻子，抓紧时间找医术高明的医生为她治病，幻想着能缓解病情，等我出访回来再继续救治。没料到，妻子的病情急剧恶化，一周之内就抢救了两次。4 月 15 日下午，妻子病情稍有好转，我看实在不能隐瞒下去了，只好含泪向妻子说明了出访美国的日期以及我的心境与难处。妻子听后半晌不语，接着一把将我搂在怀里，抱着我的头轻声抽泣起来。大概过了两三分钟，她又一把把我推开，对守候在床前的儿女大声说："你们都出去，一个也不留！"儿女们被她的异常举动吓坏了，两眼含泪默默地走了出去。我进退两难，万般无奈。真是天无绝人之路，突然，我和妻子上中专时的同班同学潘祥珍"从天而降"，推门走进了病房。自从我 1968 年投笔从戎，妻子 1978 年带着儿女从千里之外的安徽老家随军进京后，我们和小潘二十多年未见过面，平时只是通过电话和书信保持着联系。哪里想到，在这个非常紧急的节骨眼上，她能从安徽老家来到我们面前。妻子看到小潘，仿佛看到了救星，转怒为喜地对我说："这下好了，你们都走吧，就留小潘陪着我，我们好好说说话。"于是，我便来到主治医生办公室，向他说明了出访的日期，恳求他们在这期间一定要格外注意，确保我妻子的生命安全。医生对我说，她的病的确很严重，随时都可能发生危险，但他们一定会全力以赴抢救，让我安心出访。

当天晚上 7 点多钟，我把有关事项向潘祥珍做了交代，便带着儿女提心吊胆地回了家。夜里我一直开着手机，生怕夜间有情况，一点也睡不踏实。这时，记忆的闸门洞开，三十二年来我们夫妻恩爱相处的往事，接二连三地从脑海里蹦出来：妻子比我大一岁，上中专时我们自编自演话剧、歌剧，她演会计，我演生产队队长，也是演情投意合的一对儿。记得在话剧《红管家》里有一句台词是丈母娘向左邻右舍夸我们：“这真是打着灯笼也难挑的一对儿啊！”1967 年秋，我俩在宿县地区新汴河工程政治部我的单身宿舍里，将两个单人床往一块靠靠，买上几斤糖果、几条香烟，科里送给我们一本红宝书（《毛主席语录》），同事们嘻嘻哈哈说上几句祝福的话，就算拜堂成亲了。那时，我俩每月工资加在一起就五十元，每月凭票买粮，有一半是玉米面，日子过得很清苦。但是，她像大姐姐照顾小弟弟，那种精心精意的关爱之情，让我至今想起来都泪如泉涌。譬如，家里的粗粮她从来不让我吃，细粮顿顿给我留着，看我生气、着急了，自己顶多掰上一小块，吃上一两口白面馍馍而已。

为了省钱补贴家用，我们舍不得买正儿八经的猪肉、羊肉。一到改善伙食，我俩就去市场上买三角钱一斤的羊头，把羊头煮熟了，可以剥一小碗碎肉，肉留着包饺子、炒菜，汤可以下面条。每一次她都是啃骨头，肉基本上不吃一口。1968 年 3 月，我瞒着她应征入伍，她接到电报，从一百公里外的泗县新汴河工地连夜坐拖拉机往宿县赶，路上不慎从拖拉机上摔下来，居然没有摔伤，肚里怀着的孩子也没有摔掉。到军分区新兵集中地见到我，我已换上空军军装。她两眼含泪望着我，又是捶又是哭，一声声、一句句，既有埋怨，又有安慰，末了，她抱着我哈哈地笑起来。这是一种怎样的离别之情啊！

20 世纪 70 年代后期，我在北京军区空军宣传部当副科长，妻子已带儿女随军进京在光明商场当营业员。那会儿孩子还小，我工作很辛苦，我俩每月工资加起来不足百元。为了保证孩子和我的营养，她不论工作多忙，都坚持天天中午、晚上做四菜一汤，但几十分钟的做饭时间常常忙得她满头大汗团团转。有时，我下班晚了，她将做好的菜用碗一个个扣上，孩子们饿了，闹着要开饭，她不让，非得等我回来一块吃，怕饭菜凉了伤我的胃。夜静更深，我和孩子们都睡了，她却偷偷爬起来踩缝纫机，哒哒哒地缝被面。给商场缝一个被面得两元钱，她这是用心血和汗水挣点钱，让家里的日子过得好一点。夜深了，我听到缝纫机的响声，便披衣起来劝她休息，这时她竟然面有愧色地说："噢！真不好意思，把你弄醒了，快去睡吧，我一会儿就好。"

亲爱的读者，当我写到这里时，泪水再也控制不住，一滴滴洒落到稿纸上。

当时我寻思，为什么夫人那么年轻就得了高血压，后来又患脑溢血、尿毒症，完全是为了我们这个家，为了我和孩子累的啊！想到此，我觉得很痛惜，很对不住她，心里禁不住默念着：翠华啊，翠华！你如今躺在医院的病床上命悬一线，心里是怎么想的？该不会后悔，抱怨我吧！回想着，思索着，辗转反侧，心中像打翻了五味瓶，酸甜苦辣咸一齐涌上来，使我迷迷糊糊的直到天亮。

早上6点多钟，突然，我的手机响了起来，小潘焦急地告诉我，妻子已进抢救室，让我火速赶往医院。我一骨碌从床上爬起来，抓起外衣就往外跑。等我心急火燎地来到医院，只见四位医生还在尽力抢救。主治医生看见我悄声说，心脏已经停止跳动，看来无力回天了。此时，我脑子一片空白，望着双眼紧闭的妻子，泪水像断了线的珠子滚落下来。我的心里不断问自己：怎么这么快呢？怎么说走就走了呢？！小潘带着哭腔对我说：

“芬之，别难过了。昨天夜里我俩一直在唠嗑，我们回忆了上学时的难忘往事，说了这些年来的离别之情。翠华特别告诉我，她和你结婚后，非常满足，也非常感谢你。她说，六年前她得了脑溢血，要不是你把她连夜送到协和医院抢救七天七夜，她的命早就没了。六年来她半身瘫痪，生活不能自理，全是你找医生为她针灸、理疗，又扶着她爬楼梯、逛公园，一点一点恢复体力，使她重新站了起来。前两年她得了尿毒症，你每周两次跟司机一起送她去崇文区中医院做透析，上个月她抢救了三次，你都整宿地陪着，真是难为你了。翠华还说，我们同班同学里有四对结了婚，只有你在北京工作，又是职务最高的，她脸上也有光，觉得这一辈子没白活。只是怪自己命薄，没有享福的命，没能看到儿女都成家，没能抱上孙子，心里有些不甘，也不忍心离你们而去。快天亮了，我看她显得特别疲劳，就劝她睡觉，翠华笑了笑对我说：芬之要去美国，又当团长，这是一生中很难得的事，让他放心走吧，有你小潘陪着我就知足了，这也是上天的安排，要不怎么那么巧，你能在这个时候上北京呢？唉，说命苦也不全对，人哪有十全十美的呢？”说到这里，小潘用手抹了把眼泪，接着说，“我看翠华很知足了，她是为了让你安心出国，才在你动身前提前告别。我们同学一场，也算有缘分，咱们赶快为翠华准备后事吧。”

潘祥珍的话提醒了我，再过一天，我就要率团出访了，真是连伤心流泪的空子都没有。我一面让小潘去买寿衣、花圈，一面跑到邮局给岳母和两个内弟发电报，让他们火速来京。4 月 17 日下午，我的两个小孩舅赶到协和医院告别室，我和儿女及众多亲朋好友，看着医生为妻子换衣美容，接着举行了简短的遗体告别仪式。记得我流着泪读了自己连夜写的悼词，情真意切，声声欲泪，全场肃穆，一片悲声。好一个令人肝肠寸断的场景！18日上午10点多钟，我和儿女以及报社的数十位同人，一起护送妻子的遗体到八宝山火化。等到把妻子的骨灰盒抱回家，已是下午1点多钟了，我把儿子迎军和大女婿跃峰叫到面前，对他俩说："你妈妈跟着我辛苦了一辈子，没享什么福。现在走了，一定要给她选一块有山有水、风景优美的墓地，等我从美国回来安葬。"当时，北京公墓的价格大概是七八千元，我一再叮嘱一定要选风景好的，让他们苦命的妈妈好好安息。

1999年4月18日下午3点30分，我们中国新闻代表团一行十四人从北京机场直飞美国旧金山。坐在飞机上，我的心情仍然十分沉重，不时地悄悄落泪。我想，妻子刚刚过世，我又第一次率团出访，心情悲痛，且肩负重任，出访期间一定要头脑清醒，安全周到，不能有一丝一毫的闪失。否则，回去怎么向中国记协交代啊！谁知道，你越怕出事，越有情况发生，真的让我忧心如焚。代表团从旧金山机场办理出境手续时，恰巧碰上我国某省一个四人建工代表团与我们同机到达。可是，当该代表团团长率领团员刚走出机场，居然有团员突然间杳无踪迹，急得团长跺脚叫苦，也吓得我一身冷汗。第二天上午，我们参观金山大桥时，美国海岸警备队的人员还带着该代表团团长，在人流如潮的大桥旁寻找失踪人员。

我们代表团的成员不是报社的负责人，就是电视台、广播电台的台长或节目主持人，无论男女在国内都是个"人物"，在海外也多有同学亲友。当晚，住进旧金山的星级宾馆后，由于美国方面接待规格较高，团长和团员每人一个房间，这为出访管理带来了困难。虽然有秘书长集体保管全团的护照和经费，但团员们都说旧金山有同学亲友要会见，我这个当团长的也不好不近人情一概拒绝。为确保出访安全，一方面我相信大家的政治觉悟，一方面又召集全团开会，宣布了相关外事纪律。我情深谊重地对团员们说：“你们都知道我的处境，也都清楚我们肩负的政治责任，既要对国家、对单位负责，也要对我、对自己负责。你们请假我批准，但一定要保管好护照，注意人身安全，务必在晚上 11 点前返回宾馆。我们全团十四人，要高高兴兴出访，平平安安回国。”团员们理解我的心情，也体谅我的难处，他们纷纷表态，一定听团长的话，保证不出问题。话虽是这么说，但我心中仍然在打鼓，生怕有一个人不守纪律，导致我承担政治责任，给国家的名誉造成损失。所以，每天晚上 12 点前我都不敢睡，在房间里静静地坐着，等待团员们安全归来。所幸的是，团员们都很自觉，他们回到房间，马上给我打电话，而且众口一词：“报告团长，回到祖国怀抱。”此时，我尽管有些疲劳，但每当听到这句话时，心里都感到十分亲切和温暖，紧张的神经也慢慢变得松弛起来。

4 月 21 日，美国方面安排我们去拉斯维加斯参观考察。赴美前在看相关资料时，知道拉斯维加斯市是全球有名的赌城，我们是中国新闻代表团，到那里见见世面，了解一下西方世界的腐朽生活究竟是个什么样也很正常。但是，当代表团成员在美国接待人员的陪同下，真的乘车去赌城时，我的心里又嘀咕开了：去拉斯维加斯就安排住在赌城最大的一个赌场宾馆里，允许不允许团员们去“试一把”？究竟花多少钱作赌资，又可以玩到什么时候呢？！想到这里，我把秘书长叫到我的座位旁，与他商量这些事宜。最后在旅行车上向大家宣布：今晚入住赌城大酒店，每人只允许买三十美元的赌资，不得突破。大家可以在赌场里自由观摩或试试手气，真正体验一下西方世界的赌博业，但三十美元的赌资无论用完或没有用完，也不论输赢与否，都必须在夜里1点前返回房间休息。团员们对此表示同意，还夸我比较有魄力，敢让大家去“赌一把”。

当晚在赌城酒店分配好房间、吃罢晚饭，我和秘书长带领大家集体去酒店地下一层的赌场，按要求每人兑换了三十美元的筹码，当时相当于二百五十元左右的人民币。或许我的赌运还可以，第一次下注，投入了一元钢币，居然老虎机的黑红蓝色三支灯都亮了，而且还发出报警式的响声。我和团员们都以为中了大奖，实际上只是中了六十美元，老虎机上叮叮当当地从出口处掉下一小桶筹码，惹得大家开心地笑起来。这时，有的团员中了几美元的小奖，但多数团员很快把三十美元全部输光。于是，我就让

1999年4月，作者率领中国新闻代表团访问美国。

他们拿我的筹码去下注，直到把我的筹码都输光，已经快到夜里1点钟了，团员们都很自觉地相约一起各回各的房间。这一夜，我没有睡好，一是妻子的病逝让我悲伤；二是第一次带团出访，带团员们去赌城下注，虽说每人限制在三十美元，但不知道这个决定合不合适，回到北京会不会受批评。总之，心里七上八下睡不安稳，也头一回觉得代表团的团长不好当。

4月26日下午，代表团来到美国纽约，正赶上北约组织要召开成立纪念大会，美国新闻署邀请我们去参加。这时，有的团员很是兴奋，认为这是新闻考察的绝好机会，不应错过。但也有团员提醒我，北大西洋公约组织以美国为首，一向与我国为敌，当下美国及其盟友正在派飞机轰炸科索沃，这个时候如果中国新闻代表团应邀赴会，势必会造成恶劣的政治影响。了解到这个背景，我马上说服一些团员打消与会的念头，果断拒绝了美方的邀请。现在看来，这个决断是完全正确的，否则会犯政治性错误。

4月30日上午，中国新闻代表团到美国洛杉矶市访问，在参观了当地几家报社和广播电视新闻机构后，代表团中有一位是河北日报社的部主任，他对我说，河北日报社曾有位记者辞职后来洛杉矶创业，现在生意做得很好，听说新闻同行来了，也有一些创业经验想与大家分享，想请代表团成员去他那里吃顿便饭，顺便开个座谈会，问我能不能安排。考虑到在洛杉矶的时间比较宽裕，又是新闻同行在此创业，记者们也有必要了解一些在美国经商创业的经验，所以，我与秘书长商量后，便答应了他的邀请，但提出不在他那里用餐，不给他添更多的麻烦，只是去实地看一看，开一个小型的茶话会，了解一下情况而已。当天晚上8点左右，我们一行十一人去了那位同行的公司住地，在宽敞明亮的会客厅里，听他简单介绍了一些创业经历，颇受启发。这时，天色还早，那位同行问我想不想看一看美国大片。说实在的，美国大片有的团员看过不少，但我从来还未看过，一些团员也表示希望看一看，了解一下美国人的文化生活。我表示可以放一下言情片，但有色情内容的三级片不能放。然而，没有想到，影片一放映，居然有一些明显的色情挑逗内容，只观看了短短五分钟，我果断叫停，并带领团员告别同行，迅速回到了酒店。一路上，我心里在想，看了几分钟的美国色情片，团里不会有人告状吧，万一有人说我当团长带团员去看色情片怎么办？看来，我的预感是对的。

5 月 4 日，代表团圆满完成在美国的出访任务后，平安顺利地回到了北京，向中国记协上交了出访美国的简要报告，其中如实汇报了在拉斯维加斯赌城的一些活动。当时，并无人对我带团出访提出质疑。可是，过了几个月，报社开展“三讲”教育活动，居然有人告了我的状，说我带团员去拉斯维加斯赌城赌博，在洛杉矶看色情片。为此，中纪委派驻国家新闻出版署的纪检组长刘有志约我谈话，当面询问了有关情况。我很坦然如实地汇报了代表团的相关活动。刘有志组长听完后，微笑着拍了拍我的肩膀，安慰我说，芬之，听了你的介绍我放心了，你在美国出访期间的一些活动没有违规，相反你对一些事情的处理是清醒的、正确的，说明你们搞新闻工作的有政治头脑，有新闻敏感，此事到此结束，不要有思想负担。

刘有志的话简明而又亲切，至今仿佛还回响在我的耳旁。这是一位领导的良言，也是一位兄长的关照，我内心充满着感激。当然，至今我还不清楚刘有志同志是从哪里得到的信息，更不知道是谁有意或无意间告了刁状。但不管怎样，这个严峻的事实告诉我，像我们这样的党的干部，无论何时何地都要保持头脑清醒，不能随心所欲、忘乎所以，都要严于律己，时时刻刻检点自己的言行。否则，不知道什么时候，就可能稀里糊涂地犯了错误，或者授人以柄，吃了大亏，栽了跟头。

二十六 王翠华与翠华山

世界上有许多事情千奇百怪，有的甚至巧合得天衣无缝，让你百思不得其解。但仔细想想，它似乎又有着某种必然的联系，这就是人们常说的命中注定，命该如此吧。

我还在美国访问时，有一天，接到儿子张迎军打来的越洋电话。他说我走后，他和姐夫王跃峰跑了六七个公墓所在地，都觉得不理想。后来跑到小汤山附近的华夏公墓，这里山清水秀，果树成林，确实是个好地方，但价格很贵。我问需要多少钱，儿子说要一万八千元，再也砍不了价。我当时想，一万八千元虽说是我们家的全部积蓄，但为了让妻子死后有一个好的居所、好的环境，我还是果断决定，让儿子先交五百元定金，等我回京再办相关手续。

1999年5月4日下午，我率领全团成员乘国航班机平安顺利地回到北京，心里一块石头落了地，感到无限欣慰与轻松。在机场与团员们握手告别后，我与儿子立即乘车直奔华夏公墓。那里的确是一个好地方，风景好，地势好，有不少名人、明星也葬在那里，这促使我下决心把妻子安葬于此。时隔两天，我去公墓办理付款事宜，却得到了一个意想不到的惊喜。我从公墓工作人员那里拿到了一份关于华夏公墓的详细介绍，上面明明白白地写着：华夏公墓又称九峰翠华山公墓，简称翠华山。我手拿资料喜不自禁，问工作人员这是真的吗，工作人员看我有疑问，便带我来到专为公墓修建的门楼背面，用手指着上面写着“翠华山”三个鲜红大字的匾额让我看。不看不知道，一看假不了。此时，我心里仿佛突然涌起一股暖流，真是太意外、太神奇、太兴奋了！翠华山，翠华山，属于翠华的山！我的妻子名叫王翠华，而且属猴。我想，这不就是花果山、水帘洞，让王翠华“占山为王”嘛！人这一生，会有许多机遇，也会有许多巧事。像我妻子这样巧妙的归宿，可能算是百万里挑一、百万里难求吧？这就是命运，真是百思不得其解，百思又觉得幸运啊！于是，我对儿子说，这个地方选得好，别说一万八，就是十万八也值得。儿子和女婿原来选址时，只知道是华夏公墓，不知道又叫“翠华山”，当儿子知道墓地就是他妈妈的名字时，高兴得像个孩子似的，连连叫好。

时值 5 月，北京的天气渐渐热起来。当我把妻子的骨灰盒安放在汉白玉的墓穴中时，发现方圆一米左右的墓地上没有树，只有一棵枯老的柿子树的枝条远远地垂落在墓碑上方。炎热的太阳晒着我妻子的名字，用手摸着觉得烫手，心里一阵凄凉。妻子生前最喜欢两种树，一是白玉兰，二是紫丁香。我原来在北京空军宣传部工作时，军区门诊部门前有一大片紫丁香树，每天我与妻子散步到此，她都要手扶着开满紫花的丁香树，静静地嗅半天，还念念有词：好香，好香！她对丁香树情有独钟。1976 年唐山发生强烈地震，我奉命奔赴唐山机场，在北京军区空军抗震救灾前线指挥部政工组写简报。1976 年 10 月 6 日“江青反革命集团”被捕后，我从唐山返回北京，临行时带了一对印有白玉兰花的陶瓷茶杯，妻子格外喜欢，一直用到她去世。

想到此，我立即到墓地附近的苗圃培育基地，花两百元买了一棵白玉兰树苗和一棵紫丁香树苗。为了确保成活，移栽时特别保留一块硕大的底土，并且每周行程百余里，专门去墓地为树苗浇水，整整坚持了两个月。记得当年7月我因公出差，仍担心树苗缺水栽不活，便让儿子每周去墓地“抓落实”。

苍天不负有心人。在我们父子二人的精心栽培和赤诚之心感召下，两棵寄托着我的思念和深情的树苗，居然茁壮地成长起来。丁香树繁花似锦，香气扑鼻；白玉兰树亭亭玉立，花白如玉，美不胜收。我思忖，妻子王翠华假若地下有知，一定很欣赏我们的“杰作”，也一定会在花香四溢时品味着无尽的人间真情。

2009年4月16日，春风徐徐，阳光灿烂。这一天，妻子王翠华已经去世整整十年，也是我们全家阴阳相隔十周年纪念日。儿女们早在清明前就开始准备，想要好好地在墓地给妈妈过一个“团圆节”。4月16日清晨，我与儿女、女婿、儿媳以及妻子生前的好友王大姐和胡纯月夫妇，分乘两辆小车，直奔京城北郊小汤山附近的华夏公墓。大约上午10点钟，我们一行来到妻子的墓旁，儿子儿媳和王大姐以及老胡夫妇向墓地献上了鲜花、花篮，点上高香，并焚烧了带来的金条、金元宝、冥币等“金银财宝”。女儿迎辉、迎春分别摆上了苹果、梨、点心以及酱牛肉、烧鸡、熏鱼、烤鸭等食品。我打开带来的五粮液，郑重地倒了两杯酒，默默地敬天敬地敬翠华。就这样，家人和亲朋好友团团围站在翠华的墓旁，边拉家常边聚餐，虽说开始心情沉重，泪水涟涟，但后来说到动情处，又破涕为笑，欢声一片。

我寻思，人这一生，如歌如梦，如诗如画，无论是皇上，还是平常百姓，都是人，都是血肉之躯，都吃五谷杂粮，谁能没灾没病？谁能保证长命百岁？一切应随缘，一个人不管活到八十岁、一百岁，也不管活到二十岁、三十岁、四十岁，只要清清白白、勤勤恳恳、健康快乐地活着，苦过，乐过，就要知足，不要怨天尤人，虚度年华。我的妻子因病只活了五十五岁，是有点年轻，有点可惜，令人悲痛，但她毕竟一生忠厚勤劳，尽心尽力相夫教子，勤勤恳恳努力工作。到死了，我和儿女给她选了一块称心如意的“住处”，翠华山的墓碑上刻着“贤妻”二字，每年清明和年节，老老少少都给她送花、送“钱”，为她磕头作揖，与她团聚，她这也算寿终正寝，可以安息了。

想到此，4.16 这几个阿拉伯数字在今天也就不那么敏感可怕了，我的心情也渐渐地开朗起来，似乎对人生有了更深刻的感悟。我相信，有了这种心境与认知，我的后半生或许能活得更健康、更洒脱、更快乐，也更有意义。妻子王翠华地下有知，肯定是认同的、赞赏的，甚至会说：老公和儿女们，我保佑你们，愿你们长命百岁，健康快乐。

最后，这里要做一点补正。十多年前在夫人的墓碑旁栽下的丁香树和玉兰树，本来枝繁叶茂，煞是喜人，但不知何故玉兰树被拦腰折断，丁香树开始疯长起来，枝干弯弯曲曲，覆盖了整个墓碑。儿子儿媳觉得不好看，坚持换成了松柏树，这也是他们的一片孝心吧。如今，新栽的松柏树已长得郁郁葱葱，象征着顽强的生命力。我想，夫人王翠华地下有知，也会理解的、高兴的。

第七部分

最好的开始
遇见自己
遇见世界

人活着，害人之心不可有，防人之心不可无啊！

人不能太贪心，也要经得起误解与摔打，就仕途、金钱、名誉、地位而言，顺其自然、知足常乐乃人生真谛。只是这次意想不到的差错告诉了我一个众所周知的道理：细节决定成败。

二十七 事业的“丰碑”

作为单位的一把手，衡量其能力高低，或者说，评价他的事业是否成功，关键是看他是否做到为官一任，造福一方，不是听他说的如何，主要是看他的工作实绩。看他是否清正廉洁、忠诚勤勉，是否敬业精业、公道正派，尤其是看他有没有看得见摸得到的“丰功伟绩”。

我在国家新闻出版署（后升格为国家新闻出版总署）的机关报《新闻出版报》（后改名为《中国新闻出版报》）工作近二十年，其中任副总编辑八年，任总编辑近十一年。真可谓历经了风风雨雨，尝尽了苦辣酸甜，一言以蔽之，当老总不易。既要管导向，抓版面，写稿子，还要管人头，抓票子，自收自支，自负盈亏，真是难上加难！更令我伤透脑筋的是，既然要办机关报，总要有个“窝”，有个“家”，有个辛勤耕耘、施展才华的地方吧。然而，十多年来，报社都是借房、租房办公，上无一片瓦，下无一寸土。国家由原来少量的定额补贴，到后来让你自己经营，自收自支，自负盈亏，实在是举步维艰，日子艰难。

1996 年 1 月 8 日，中共中央宣传部批准国家新闻出版署任命我担任《新闻出版报》总编辑。当时，由署里借用大百科全书出版社一层半办公楼的十年期限已满，再住下去要支付每年两百万元左右的租金。全社员工一百二十余人，每年的工资奖金和办报、印刷费用等各项开支需一千二百多万元。报社财务处处长告诉我，账面上只有一百多万元流动资金，只够支付员工一两个月的工资、奖金和日常的办公开支，而且还欠署里两百万元，欠财政部五十万元。报社的“家底”就是如此，看我有什么三头六臂可以妙手回天。

我是A型血，生就的性格耿直，血气方刚，敢挑重担，宁折不弯。当年，《中国报刊报》因经济困难濒临停办时，我牵头组织了全国报刊博览会，一招见成效，使报纸得以生存下来。1989年春天，我又临危受命，在异常复杂困难的情况下，主持报社日常工作，保证了清查和办报两不误，保持了报社的稳定和发展。或许正因为如此，在人才济济、竞争激烈的仕途上，中宣部和新闻出版署才挑选、任命我当了《新闻出版报》的总编辑。既然当了单位的一把手，就要挑起担子，挺起腰杆，风雨前行，既要对中宣部、对署党组负责，坚守导向，办好报纸，又要克服困难，千方百计，为官一任，造福一方，让所属员工的福利待遇像芝麻开花节节高，让大家安居乐业，充满信心和希望。

为此，我去找新闻出版署署长于友先，向党组保证，我当总编辑以后，当年要做到自负盈亏，略有结余，兑现不了诺言，立即辞职。但过去的借款我不还，署里要帮助报社解决办公用房，不能再租房、借房办公，要么给楼，要么给钱，两者必居其一，否则，我也辞职。于署长当过河南省副省长和省委宣传部部长，他深知舆论宣传的重要，也知道办报办刊的难处。他笑了笑，对我说，芬之，别着急。说实话，报社要楼没有，要钱可以，你要多少？那时候是二十年前，人民币比今天值钱，再加上我也不敢狮子大张口，便一拍脑袋要了一千两百万，我以为有这么多钱可以买办公用房，可以让报社“落地生根”。没想到，于署长当即拍板，就答应给了一千两百万。

我兴高采烈地回到报社，立即召开编委会，向领导班子成员通报了这个喜讯，大家都异常兴奋。第二天，我便带着副总编和编委们满北京城找楼房，想买下来做办公用。真是书生气十足，真是不懂得楼市行情。当时计算了半天，这一千两百万元只能买一千多平方米左右的写字楼，哪里容得下一百二十多人呢？！资金不够，再找署里要，于署长说，芬之，你当时要一千两百万，正好署里有历年新闻出版单位的返还税收结余，你再多要我也没有，暂时就按着这个钱数“自力更生”吧。无奈之下，编委会研究决定，暂时不买现成的楼房，看看有没有什么烂尾楼，便宜一些，我们买下来再装修，或许可以将就。

一天晚上，在工人日报社工作的儿子张迎军回家吃饭，他当时利用周末为一个房地产老板打工赚外快，听说报社要买烂尾楼，他答应帮我了解一下。果然，没几天，儿子告诉我在北京朝阳区东四环路的西侧，有一处五层商用办公楼，因资金供应不上，只盖起整体框架，一直“烂”在那里三年多了，可能便宜一些，不妨去看看。我将此事向署领导做了汇报。署长让计财司基建处的一位处长与我们一同去察看，如合适再商量购楼事宜。

谈判还算顺利，报社最终以六百万元左右买下楼盘。紧接着由署计财司的同志主持在京举行了楼房装修事宜的招标会，结果从八九家装修公司中选中一家，费用大约六百八十万元（因时间过久，具体数字不一定准确，但八九不离十）。购楼及装修事宜基本结束后，我带编委会成员和部室主任来实地考察，发现当年的东四环还处于荒凉地带，公共汽车不通，周围楼房极少，中午连买个盒饭也困难，那么，报社来此办公，中午的吃饭都成问题。这就促使我下定决心，不仅要购买、装修办公楼，还要另建一栋两层的生活服务设施楼，上面可以做午餐，下面可以供职工热水洗浴。同时，原来的办公楼框架不知为什么西侧楼房少了一长溜，不是完整的长方形，最好要从下到上全部接上，修建成一座完整的楼。如此计算下来，需要增加开支八百万元，这个窟窿怎么办？！

我们只好向署里写报告，说明原委，请求追加拨款八百万。署领导研究后同意了我们的请求，由署里出面向财政部申请拨款，结果财政部答应可以拨付，但半年之后才能到账。可是楼房修建和装修工程已经开始，钢筋水泥一旦上马，就难以停下，否则，损失可就大矣！

当时，想过到银行贷款，但无房屋抵押，银行不贷；也想过向新闻出版单位借债，但一时难以到位。为解燃眉之急，报社编委会郑重研究并向署有关领导报告后，决定下发文件，在报社内部集资。集资期限分三年和五年，三年利息百分之八，五年利息百分之十，全由报社按本息如数支付。经反复动员，在一个月内总共集资三百六十五万余元，及时补上资金缺口，使整个工程不误工期地开展起来。

俗话说，天有不测风云，人有旦夕祸福。就在我们向卖楼单位已经支付四百多万元，正夜以继日地加紧施工之际，北京市城市规划局却下发了一纸文件，认定我们购买的楼盘是非法建筑，必须炸掉。这一下，我慌了神，如果此事如此判定，那不仅报社失去了办公用房，我作为单位的一把手还要承担国有资产不当流失的责任，弄得不好丢乌纱帽不说，还可能因此吃上官司，负法律责任。情急之下，我去找署长于友先，请他给时任北京市委书记贾庆林写信，请予关照，让市规划局收回下发的文件，推翻原来的决定。

接着，我到时任国务院副秘书长刘奇葆同志的家里，请他以国务院的名义，给北京市分管城建工作的副市长汪光焘打电话，请求酌情处理。这两位领导对报社的困难很了解、很关心，给予了支持。因我个人与时任北京市委宣传部部长的龙新民同志熟悉，报社又以编委会的名义给龙部长写报告，他很快地在我们的报告上写了批语，而后转给了相关部门。

苍天不负有心人。在诸位领导的批示、关照下，北京市城市规划局最终下发文件，收回了原来的决定，由非法建筑改为合法建筑，成全了报社购楼“安家”的夙愿。事后了解，所谓非法只是因为楼盘的建筑用地原来只由朝阳区国土局审批过，而未上报北京市国土局，按原来的相关规定，区里审批建筑用地也是合法的，并不属于违规行为。这是由于后来报批程序有新改动造成的。这说明，我们办事情、干事业，一要依规行事，二要求真务实，一切从实际情况出发。

经过长达一年多的施工，原来的五层办公楼修建、装饰一新，加盖的两层生活服务设施楼拔地而起，又拉起崭新的院墙，竖起高高的旗杆，我们《新闻出版报》总算破天荒有了属于自己的“家”。办公楼竣工投入使用时，我们在楼前举行了隆重的庆祝典礼，新闻出版总署主要领导和中央一些主要新闻媒体负责人莅临报社表示祝贺，一时成了首都新闻界的一大新闻。我也为自己建了一座举目可见、难以忘怀的事业“丰碑”。

这里还有三件事需要交代，一是我儿子帮忙购买了这座烂尾楼，售楼方按当时的内部规定，要给中介人五万元劳务中介费。当时五万元不是小

中国新闻出版报社办公大楼落成典礼现场。

数目，我儿子听说后，很是高兴。我对他说，不要高兴得太早，这笔钱你不能要，必须作为公款交给报社。因为你是我的儿子，要是别人可以领，但你是个例外。你领了这五万元，如果有人告状，我将来跳进黄河也洗不清。儿子那时才二十多岁，听了我的话，觉得委屈，竟当着我的面流下泪来。但这五万元钱不领白不领，我让报社办公室副主任彭德斌领来后，代我儿子交了四千元所得税，余下四万六千元交到报社财务处。二是楼房购置付款后，卖楼方为了表达对我的谢意，不知从哪里得到信息，居然找到我的住处，派孙副总经理和另一位副总经理到我家送了一个纸袋，悄悄放在门后。他俩刚离去，我发现纸袋里装着两瓶酒和一叠现金，大约是两万元。我急忙跑出去，在电梯口一把抱住了老孙，硬是把钱退了回去。恰巧，第二天上午，报社领导班子开党内民主生活会，总署派机关党委信副书记列席旁听，我在会上如实讲了头天晚上家里发生的事，受到了信副书记的表扬。三是为了解决报社的广告稳定收入问题，保持报社日常开销如数支付，我提议成立报社理事会，采取自愿互利的原则吸收我国一些新闻出版单位参加，每年定期给报社一笔理事会会费（实为预付广告宣传费），而报社则给其预留报纸广告版面，求得互利双赢。为此，报社在京举行了理事会成立大会，我特意请柳斌杰副署长（后任署长）到会，他发表了热情洋溢的讲话，为报社理事会的成立增添了权威性和号召力，一下子吸收一百零八家新闻出版单位，每年可以收广告宣传费七八百万元，为报社的可持续发展奠定了坚实的基础。如今，我已退休十年，但报社的理事会一直存在并有所发展，实在是令我欣慰。

二十八　捐建“张思德希望小学”

做善事，行义举，是中华民族的优良传统，亦是一个单位的负责人响应国家的号召，为老区或贫困地区的人民办实事做好事的应有品德。

1996年1月，我担任《新闻出版报》总编辑不久，国家号召单位和个人关注“老少边穷”地区（革命老区、少数民族、边疆地区和贫困地区）的义务教育情况，主动出资捐建希望小学，使更多的少年儿童能就近入学。我曾报名捐助吉林省盘锦市一个山区小女孩的学习费用，一年八十元钱，总共捐助五年。等这个女孩上了初中，给我写来一封感谢信，开头第一句话就是：张芬之阿姨，您好。她以为我的名字带“草”字头，一定是女同志。当我看到这里情不自禁地笑出了声。

阳春三月，报社驻陕西办事处主任陈志宏和副主任王东红到我办公室汇报工作，其间说到了捐建希望小学的事。他俩提出，延安地区安塞县楼坪乡是张思德同志当年为毛主席等中央领导人烧木炭而壮烈牺牲的革命老区，至今仍很贫穷，许多孩子因经济困难和缺少学校而上不了学。希望报社把他们办事处每年上交的管理费拿出来，以便在张思德牺牲的地方盖一所希望小学。他们的建议有胸怀、有道理，我主持报社编委会讨论研究，大家一致同意，让办事处免交三年管理费，出资三十余万元，具体承办捐资建校事宜。当时，报社的经济情况并不是很好，能做出这样的决定需要一定的魄力，至今想起心中还充满一股豪情。这也是我担任总编辑之后，为贫困革命老区的父老乡亲所做的一件值得纪念的实事。

决定已下，说干就干。陈志宏和王东红两位同志对捐建“张思德希望小学”的事情，很负责、很热心。他们立刻到楼坪乡与乡政府的领导和店坪村的干部们商量建校事宜，并很快选定校址，加紧施工。在校舍修建期间，我曾到实地考察，发现当地百姓吃水困难，要到几里外的山上挑山泉水做饭，非常辛苦。于是，我建议他们出资在学校附近打机井，既解决学校竣工后师生们的用水问题，也让附近的百姓有水吃。由此，办事处的同志又想到，不仅要捐建张思德希望小学，还要为他们提供“造血功能”，使学校拥有一个良性循环的经济基础。于是，他们又拿出五万元在学校就近处买了几亩果园，里面有苹果树、核桃树等等，几年后果树挂果了，可以吃也可以卖，使学校有了一定的经济收入，也有了可持续发展的能力。我很为陈志宏、王东红的细心热心所感动，决定任命王东红为“张思德希望小学”名誉校长，要他们经常去学校看看，有什么困难及时提出，能帮助的报社一定尽力。

转眼间三个多月过去了，报社捐建的一排教室和一处教职员工宿舍很快竣工，机井也已经打好；安塞县教育局也及时为学校选派了校长和教师。报社还特意请时任中共中央政治局委员、国务委员李铁映同志，亲自题写了“张思德希望小学”的校名。真可谓万事齐备，只等招生开学。

1996 年 9 月 9 日，我和办事处的同志一起陪同陕西省委宣传部、省新闻出版局暨延安市委市政府的领导，去参加张思德希望小学竣工开学典礼，在那个人山人海的大会上，我眼含热泪即席发表了五分钟的讲话，赢得了

作者参加张思德希望小学落成典礼。

作者在张思德希望小学落成典礼主席台上。

一阵又一阵雷鸣般的掌声。革命老区的父老乡亲很淳朴，很忠厚，他们对我们的善举满怀感激之情。在我们一行于楼坪乡店坪村做短暂停留的半天中，有许多动人的场景令我难忘、催我落泪。回到北京后，我的心情久久难以平静，便连夜写了一篇散文《情满楼坪》，发表在《新闻出版报》的第一版上。这里特意附录于后，以飨读者。

附录

情满楼坪

平生很少这么激动，终生大概也难以忘却。

1996 年 9 月 9 日，是一个具有特殊意义的日子，也是《新闻出版报》和我本人应当永远记住的日子。这一天，我们新闻出版报社在革命圣地延安地区安塞县楼坪乡店坪村，隆重举行了张思德希望小学落成典礼。我自己也过了一个十分有意义的生日。如此天衣无缝的巧合，并非刻意安排；如此值得纪念的日子，的确不同寻常。这怎不令我激动，又怎能让我忘怀呢？！

延安是党中央和毛主席等老一辈无产阶级革命家生活、战斗了 13 个春秋的地方。在血雨腥风的战争年代，延安人民为了中国革命的胜利做出了重大牺牲。中华人民共和国成立后，特别是改革开放以来，在党中央、国务院和全国人民的关怀、支持下，延安的经济建设和各项社会事业发生了很大变化，但从总体上看仍属于贫困地区。而张思德烈士当年战斗和牺牲的地方——安塞县楼坪乡，则显得更加贫穷落后。本报从关心延安人民的疾苦，支持“希望工程”建设，为人民多办实事出发，在自身刚刚摆脱亏损困境之时，就毅然捐款、捐物约30万元，在楼坪乡店坪村兴建了一所张思德希望小学，并在于友先署长的提议、关怀下，请中共中央政治局委员、国务委员李铁映题写了校名。

上午8时30分，我和陕西省、地、县有关领导同志一行数十人，分乘12辆小车从延安出发，直奔安塞县楼坪乡店坪村。当车队越过一道浅滩和潺潺的流水时，与我同行的本报驻陕西办事处副主任、张思德希望小学名誉校长王东红十分动情地告诉我，原来这里路很窄，车辆很难通行。楼坪乡的父老乡亲为了感谢我们的支援，为了让有关领导能如期参加希望小学落成典礼仪式，他们在乡党委书记烟召成、乡长张建军的带领下，主动参加义务劳动，硬是将十几里坑坑洼洼的土路拓宽铺平，有的地方还铺上了石子。东红说到这里，我下意识地留意了一下路面，忽然发现，这条弯弯曲曲的乡间土路，一大早就被乡亲们打扫过了。那被扫帚扫到两旁的败枝落叶、那坎坷不平处刚刚填起的一堆堆新土，宛若一泓清泉在我心头叮咚流淌。我的眼睛有点湿润，仿佛看到了延安人民那博大的胸怀和憨厚淳朴的面容。

车队行至楼坪乡政府，迎面一条鲜艳的横幅“热烈祝贺张思德希望小学落成典礼”映入眼帘，再往前行约四里路，又一条横幅“希望小学功荫千秋”迎面矗立。只见店坪村的乡亲们扶老携幼，三五成群，站立两旁，黑红的脸上挂满了笑容。希望小学的80余位学生穿着由报社统一定做的校服，打着腰鼓，排成四路纵队，正在等待我们的到来。我们一行见此情景，在离欢迎人群近百米处下车步行。这时，鞭炮响起来，腰鼓打起来，秧歌扭起来，偏僻的山村喜气洋洋，一片欢腾。安塞县县长王占学、副县长张志连满面笑容地走上前来，与我们一一握手致意。而后，欢迎的队伍一路上打着腰鼓，扭着秧歌，放着鞭炮，两位小学生还分别扮成孙悟空和猪八戒压阵护送，直到把我们迎到张思德希望小学的校园内。

大约上午10时，刚才还雾气沉沉的陕北农村一改面容，秋风送爽，艳阳高照。300多位小学生穿着整齐的校服排队坐在操场上，学生队伍周围里三层外三层站满了楼坪乡的乡亲们，真正是人山人海，水泄不通。中共安塞县委副书记杨军宪宣布：“张思德希望小学落成典礼仪式开始。”话音刚落，鞭炮燃起，锣鼓齐鸣。3位小学生齐步走向升旗台，将五星红旗冉冉升起。在欢快的乐曲声中，陕西省委宣传部副部长刘文义、陕西省新闻出版局副局长董治顺、延安地区副专员马卫东、原延安地委书记冯怀亮、陕西省新闻出版局原局长高英杰等8位领导同志，从礼仪小姐手中接过剪刀，为张思德希望小学落成剪彩。随后，安塞县希望工程办公室主任张思君汇报了希望小学筹建情况，希望办副主任庄庆萍宣布了店坪小学更名为张思德希望小学的决定。安塞县县长王占学代表县委、县政府向新闻出版署、新闻出版报社和本报驻陕西办事处，分别赠送了锦旗。刘文义、董治顺、马卫东、张志连、高世福、王东红和小学生代表等，先后在典礼仪式上讲了话，赢得一阵又一阵雷鸣般的掌声。我作为《新闻出版报》的总编辑，既是远方来客，又是东道主，听了几位领导同志和学校师生代表的讲话，想起延安人民在革命战争时期做出的巨大贡献，想起张思德烈士在深山沟里默默烧炭，最后以身殉职的情景，想起延安的父老乡亲至今还未摆脱贫困，我禁不住心潮翻腾，泪水盈眶。我在即席发言中说，我们新闻出版报社在自身刚刚摆脱亏损困境，报社职工的福利待遇并不很好的情况下，决定捐资兴建张思德希望小学，不是为了争名争利，而是为了响应党和国家支援希望工程的号召，为了弘扬张思德烈士全心全意为人民服务的革命精神，为了给延安人民和他们的子子孙孙办一件好事、实事。我本人自幼家境贫寒，是靠人民的助学金求学成长起来的，我深知贫穷的滋味，也知道乡亲们的难处。只要《新闻出版报》存在，只要我仍然担任报社的总编辑，以后学校里的优秀学生考上了高中、大学，家里经济困难，交不起学费的，我们报社将拨出资金支援同学们继续深造，一直把同学们培养成为国家的有用之才、栋梁之材。希望同学们要发奋，要争气，好好学习，天天向上。讲到这里，我的泪水已溢出眼眶，操场上又响起一阵掌声。这掌声，是对我们的鼓励和鞭策，也是对我们的奖赏和期望。望着乡亲们那淳朴的面容，望着孩子们那天真的笑脸，我最后发自内心地祝愿："祝安塞县的父老乡亲们，年年风调雨顺，年年六畜兴旺，年年五谷丰登，年年幸福安康。"

典礼仪式完毕，希望小学的师生和楼坪乡的乡亲们表演了著名的安塞腰鼓和秧歌，并选派歌手演唱了独具风情的陕北民歌，使我们领略了陕北人民纯真的友情和多姿多彩的民间艺术。接着，我们一行在当地党政领导同志的陪同下，参观了新盖的校舍、"希望书库"和报社为小学购买的3.5亩苹果园，并应邀挥毫写下了"希望之光""教书育人，功在千秋""学习张思德，当好接班人”等题词。

天已过午，烈日当空。当地人以陕北人民特有的淳朴，异常热诚地款待了我们。虽然吃的是煮熟的豆角、老玉米和荞麦拉面，最丰盛的也是唯一的一道菜是水煮羊肉，但每一位同志都吃得津津有味。我一边啃着老玉米，一边暗自思忖：中华人民共和国成立47年了，延安人民还是那么坚韧刚强，默默耕耘，尽管还很贫穷，但依然保留着战争年代对党的深情和信赖，依然保留着昂扬的士气和乐观豁达的心气，实在是难能可贵，令人钦佩。扪心自问，我们只不过为延安人民出了一点力，办了一件事，就得到了他们如此真诚的回报，怎不令人激动？在离开延安这块圣土的一刹那，我又一次下定了决心，在未来的岁月里，只要《新闻出版报》条件允许，我们就想方设法支援希望小学的师生们，一定要让李铁映同志题写的“张思德希望小学”这块金字招牌永远闪闪发光，享誉海内外，让安塞县楼坪乡的乡亲们从这里感受到人间真情，受到鼓舞，看到希望。明天在前头，历史可以作证。

（发表于1996年9月《新闻出版报》）

二十九 莫名其妙的失误

人的一生，短暂而又漫长。说它短，是因为人的生命总是有限的。光阴如梭，人生如梦，转眼就是百年。不要说你万一得了不治之症，难以长命百岁，就是健健康康的血肉之躯，也可能在分秒之内因天灾人祸命丧黄泉。说它长，是因为一年三百六十五天，春夏秋冬，寒来暑往，风里雨里，忙忙碌碌，有时被生活的重压累弯了腰，有时被恶人暗箭中伤，还有时在不经意间承受着莫名的烦恼与忧伤，正是从这个意义上说，人生的日子不易，显得一天二十四个小时挺长挺长。当然，你若是福星高照，活过了百年，身子骨也不那么硬朗，甚至百病缠身，可能会觉得人生有点儿漫长。

回首我的大半生，应该说，无论从事业和健康上讲，都算是顺风顺水、青云直上、老而不衰、健健康康的了。但是，在工作上，有一件颇为意外的失误，至今想来还有点纳闷和不解。也或许正是这一次莫名其妙的差错，使我的仕途遇到了挫折，是否有人在这里故意“下手”，另有图谋，只有天知道了。

那是 1999 年 8 月，当时，全国上下正在开展“三讲”（讲学习、讲政治、讲正气）教育活动。国家新闻出版署直属机关党委书记蔡岐青同志，作为“三讲”教育活动的巡视督导组组长来报社检查指导工作。在与我的交谈中，他说，芬之，这次署党组派我来报社参加“三讲”教育活动，还有一个任务是考察干部，其中包括你。想请你谈谈如果你调离报社，谁更适合担任报社的总编辑？听话听声，锣鼓听音。从蔡书记的话里，我听出署党组、署领导对我的信任与支持，也听出了如果报社的“三讲”教育活动搞得顺利，我或许在职务上会有所调整。因为，报社的一些同志也给我传过蔡岐青同志与他们交谈的一些情况，他们也判断如果我调离报社，职务就可能不再是正局级了。为此，我对“三讲”教育活动格外重视，也对拟任总编辑的人选做了推荐。可就在那几天，我接到署长于友先同志的电话，说是中共中央政治局委员、中央书记处书记、中宣部部长丁关根，在人民大会堂接见了香港出版局负责人李祖泽一行，经征得丁关根部长同意，《新闻出版报》要在报上配照片发一条消息。此事一定要处理好。

我欣然受命，立即让本报记者将现场图片与文字报道送我审定，而且让微机房先后三次排出清样，我一遍又一遍地审读修改，选配图片，直至非常满意。我又交代当天值班副总编辑孙月沐，务必严防死守，确保这则明天见于头版头条的重要新闻不出一点差错。

因第二天上午，我要代表报社编委会在全社职工大会上做“三讲”自我剖析述职报告，这是“三讲”教育活动的重要节点，也是面对上级考察的一次“检阅”。所以，我向孙副总编做了一些交代后，便提前下班回家赶写我的剖析材料，一直写到深夜 3 点多钟才上床休息。第二天清晨 6 点醒来，我突然觉得心里不踏实，便马上让司机送我去报社。大约 8 点钟进了办公室，拿起刚刚从经济日报印刷厂印刷出来的当天的《新闻出版报》，一看头条让我头上直冒冷汗。原来排定的丁关根同志接见李祖泽一行的图片没有了，仅有一条新闻消息。我马上意识到，坏了，摊上大事了。我立即做出三个决定，一、派一位副总编去邮电部报刊发行局，让他们通知全国各地报刊发行部门扣下还在火车上运送的报纸，扣下北京城区已经待发的当天报纸，力求一份报纸不得外流。二、派一位副总编去署里向于友先署长报告，说报纸出了差错，我们立即采取补救措施，重印。三、我急忙驱车赶往经济日报印刷厂，查明原因，安排报纸立即重印。等我火速赶到印刷厂时，上夜班的工人正准备下班。我向厂长朱勇宁说明了情况，朱厂长二话未说，马上让下夜班的印刷工人各就各位，在一个小时内将当天的《新闻出版报》按照正确的胶片重印了出来。我向署长于友先汇报了报纸已重印的情况后，署长说：芬之，这次你闯祸了，报纸在这个节骨眼上怎么会出这么大的差错，让我怎么向关根同志交代。中宣部副部长徐光春已在报纸上做了批示，质问报纸怎能这样办。你们赶快查清真相向中宣部报告，我和你都要写检讨。但是，不要太着急，事情已经出来了，也不要怕，我和你一起承担责任。听了署长的话，我心里很温暖、很感动。我深知署长是了解我、信任我的，正是他力荐我当总编辑，并在报社盖办公大楼、建电脑平台，以及日常工作中都给予了我厚爱与支持。差错已出，害怕与后悔于事无补，我也做好了受处分的准备，大不了重新当记者，当编辑。

这时，中宣部新闻局局长李宝善（现任人民日报社社长，中共十九届中央纪律检查委员会委员）让我去局里汇报情况。我带着一沓重新印刷出来的报纸去了中宣部。徐光春副部长一脸严肃地说，芬之，你们调查了没有，这次事故报社里有没有人故意搞破坏，一定要查个水落石出，给中宣部一个交代。说实话，平时我与光春副部长很熟悉，经常到他办公室汇报工作。

报社召开全国记者会议，我请他去做报告，他欣然前往，并提出了新闻出版报人要有“六个更”的职业精神，即：立场更坚定、政治更坚强、导向更正确、新闻更敏锐、学习更刻苦、工作更认真。看来这一次光春同志真的动怒了，不查个一清二楚不会罢休。但是我当时心里认为，报社怎么能有坏人呢？大家与关根同志无冤无仇，他是中央政治局委员、中宣部部长，有谁胆大包天，敢在他的新闻宣传上动手脚呢？！我当时心里也有气，便心直口快地表示，我以人格和党籍保证报社微机房的职工中不会有坏人，此次事故不可能是有人有意所为，很可能是稿件和图片传输过程中出了差错。经济日报社社长徐心华同志和印刷厂厂长朱勇宁当时也在场，表示一定从印刷环节上查明原因，也主动承担了责任，使现场严肃僵硬的气氛有所缓和。事后，光春副部长告诉我，当天早上他一到办公室，就有人拿着出了差错的《新闻出版报》找他。他看了很生气，随即在报纸上批了一些话，要求认真核查。现在想起来，这里面可能有“故事”。不然，怎么那么凑巧，恰恰在署里要考察我的时候，恰恰在“三讲”教育活动的重要关头，报纸会出现这么重要的差错呢？！

紧接着，署里派报刊司司长王国庆来报社调查事故原因，我和孙月沐副总编分别写了检查报告，提出愿意接受组织上的任何处理，绝无怨言。

后来查明，是微机房一位员工在向经济日报印刷厂传送图片时，把图片的先后次序搞错了，结果让错误的图片覆盖了正确的图片，负责制胶片的师傅值夜班时也有点疏忽，没有仔细核对版样和图片，以致酿成了事故。但至今我还不明白，报纸版样都是事先画好的，配图也是固定的，为什么丁关根同志会见的新闻图片不翼而飞了呢？！

差错原因是印刷厂在接收图片时出了问题，领导对此还是谅解的、宽容的。中宣部和署党组对我和孙月沐副总编未做任何处理，只是要我们接受教训、总结经验，继续把报纸办得更好。

如今，事情过去十八年了，已属于旧时的陈账与“伤痕”。尽管或许因此使我错过了一次仕途晋升的机会，但是，世上没有后悔药，我也从不为此而悔恨。因为，一个人的成长与进步，是多种因素促成的。人生在世当多大官算大，拿多少钱算多？人不能太贪心，也要经得起误解与摔打，就仕途、金钱、名誉地位而言，顺其自然，知足常乐乃人生真谛。只是这次意想不到的差错告诉了我一个众所周知的道理：细节决定成败。人活着，害人之心不可有，防人之心不可无啊！

三十　巧遇高丽　喜结良缘

人海茫茫，人生苦短。一个人活在世上，人与人相识相知，或成为同窗、同事、战友，或牵手走进婚姻殿堂，恩恩爱爱，百年好合，总是有机缘、有天意的。这就应了这样的一句俗话：官位、荣誉、财富、婚姻，包括子孙儿女，如果是你的，即便历经千辛万苦，最终还是你的。不是你的，你巧取豪夺，挖空心思弄到手，九九归一还得离你而去。这个人生的辩证法，已被无数实践所证明。

夫人王翠华去世后，我给自己定了一个规矩：一年内不再结婚，用辛勤的工作来填补内心的缺失，让岁月慢慢抚平悲伤的记忆。所以，有段时间一些朋友很关心我的再婚问题，热心为我牵线搭桥，我一直不为所动。转眼间一年多过去了，再婚的事又被朋友提上了日程，我才开始动心，想再续一次良缘。我思忖，按照家乡老人们的说法，我和夫人王翠华的属相相克，她属猴，我属鸡。俗话说，鸡猴不到头，难道这是应验了？！我又想，我是农历年七月二十七出生，这个“妻二妻”，是否意味着我今生必须娶两位妻子？！总之，我才五十五岁，身体也还健康，再婚的事的确需要考虑了。

一旦松口，介绍的人选便有许多。我当时定了个条件，因我有儿子，怕再婚女方要带来一个儿子，等年老了，两个儿子相处得不好，甚至会为所谓遗产争闹不休，何必为自己添麻烦呢？所以，凡是带儿子再婚的，即使条件再好，我一概不考虑。可老天就是这样捉弄人，经中直机关婚姻介绍所介绍或朋友牵线，我曾与几位意欲再婚的女士见面相亲。女方的年龄、长相、身高，包括工作条件都不错，有的是上校军人，有的是医院的副主任医师，有的是人民日报社的文艺记者，还有一位是雪花冰箱厂的工程师，按说她们自身的条件都很优秀，但偏偏都有四岁至九岁的儿子，这让我很是犯难和头疼。有一天，婚姻介绍所的同志给我打电话，说是有一位女士的母亲从我留下的个人简介上看上了我，女方条件还可以，问我愿不愿意见一面。我顺便问了下她的情况，知道女方离异无子女，四十二岁，身高一米六八，总体上符合我的要求，便答应去见见。

那是 2000 年 4 月的一天，我乘车去了女方约定见面的饭店，已是下午 5 点半，女方应该来了，但左等右等不见人影，我心想再等五分钟，不来我便离去。可就在我走到饭店门口想要离开时，有一位穿着白连衣裙的女士急匆匆向饭店走来。我一问果然是对方。于是我们俩来到茶座坐下，准备交谈。那位女士首先向我表达了歉意，说是因为化妆来晚了，请我原谅。接着她竟突然冒出一句：张先生，我配不上你。但我有一个很要好的同事，比我小三岁，我看你们俩挺相配，你愿意见一见吗？！这位女士身条蛮好，只是长相一般，也不合我意。听她介绍后，我问那位女士有男孩吗？她说有，离婚后还判给了她。我当即表示不见，便与她客气地告别离开。临分手时，她还要去了我带的一本自己出版的书。

相亲就是这么不顺利，让我有点不耐烦。然而，不几天又有一位女士主动给我打电话，说她在朝阳区一个书店工作，各方面的条件与我的要求相符合，约我见面谈谈。我一听，女方在新华书店上班，我是干新闻出版工作的，在业务上与我对口，听话音自信心蛮强，便答应去那个书店见面。按照约定，像地下工作者一样，我告诉她我上身穿的什么颜色的衣服，手里拿着一张《中国新闻出版报》，看到我就算接上头了。谁料想，我提前十分钟到了书店门口，却迟迟不见女方到来。正在有所埋怨时，只见一位矮矮胖胖的女士向我走来，这第一印象就不合格。但既然来了总得礼貌性地交谈几句，如同上次见过的那位女士一样，我们刚刚在书店的“图书角”坐下，她就笑了笑，有点不好意思地对我说，先生，我配不上你，很抱歉让你跑一趟。我见她很实在，也客气地说了句，没关系，便随即离开了书店。

仔细想想，我的再婚还真是有点困难。或许我是正局级干部，我的身高和长相也还不赖，也或许我对女方的条件又要求“严格”了一点，以至于见了二十多位女士，总是锣齐鼓不齐，敲不到一个点上。为此，我有点灰心，甚至想暂时放弃再婚的念头。恰在这时，我安徽的一位姓郑的老乡告诉我，她认识一位姓高的女士，一米七二的个头，长相气质都好，比我小十四岁，有一个女儿，离婚后判给了男方，目前在北京一家布艺公司给香港的一位女老总当秘书，让我一定要见一见。听小郑这么一说，我又有了点兴趣和信心，请她尽快联系。事有凑巧，这位女士叫高丽，按小郑的说法是又高又美丽。她工作的地方距我儿子上班的工人日报社只有几百米距离，我们便约定在工人日报社附近的金筷子饭店见面。那是 2000 年 7 月中旬，天气十分闷热，树上的知了叫个不停，让人有点心烦意乱。但是，当我走进饭店见到高丽时，立即被她的形象和气质打动了。再一问她家里的具体情况，原来她的父亲、母亲和哥哥及本人都曾经是军人，她是在部队大院里长大并参军的，复员后在山东临沂一家医院当护士长，因闹离婚才辞职来到北京。我是行伍出身，她家中有那么多军人，这无形中就拉近了心里的距离。她的条件完全符合我的心意，我还怕她嫌我年龄大，又有三个子女会有顾虑呢。可是，当我乘车回家的路上，小郑打来电话，征求我的想法并对我说，高丽女士觉得你的条件不错，愿意相处一段试试。

我马上与高丽女士联系，并带上我的三个子女连同几位朋友，利用周日的休息时间，一道去了北京郊外的九华山庄。在相互进一步的交谈了解中，我们算是心心相印。儿女们的态度是，只要我同意他们没意见。与我同去的人民文学出版社社长聂震宁夫妇见了高丽后，一再对我说，挺好，很般配，

2001 年 5 月，作者与妻子高丽结婚前的定妆照。

你们再磨合一段时间，如感觉尚好，就可以拜堂成亲了，我们提前祝福你俩早结良缘。

经过近一年的相处磨合，我们于 2001 年 5 月 2 日上午 10 时 58 分，在北京黄河大酒店举办了隆重的婚礼仪式。时任人民日报社总编辑王晨（现任中央政治局委员，十三届全国人大常委会副委员长）担任证婚人，发表了热情洋溢的祝词，时任中共广西壮族自治区区委副书记刘奇葆（现任十九届中央委员，十三届全国政协副主席）趁节日在京带着弟弟一起参加了婚礼，向我俩敬酒表示祝贺，自此开启了我们人生中的第二段幸福美满的婚姻旅程。

如今，我们已走过十六年的再婚之路，应该说是有缘分，也是上苍早

2001 年 5 月，作者与高丽举行结婚仪式时的留影。

时任中共广西壮族自治区党委副书记刘奇葆出席作者的婚礼庆典。

时任人民日报社总编辑王晨担任证婚人。

已安排好了的。实践证明，高丽是一位很有教养、很有胸怀的大家闺秀。她不仅对我无微不至，细心且周到，还能做一手好饭菜。她做的红烧肉、清蒸鲈鱼、醋熘土豆丝、小酥肉烩菜，色香味形俱全，深得一家人喜欢。她也会料理家务，懂得如何与儿女们相处，与我的三个子女及两个孙子，一直相处得很融洽。每到儿女们周六周日来家里聚餐时，她总是不辞劳苦、精心烹调，做满满的一桌子可口的饭菜，让一家子十二口人，吃得可口开心，满脸笑容。这也是我感到十分满意和欣慰的。

四年前，中国作家协会组织作协会员去河北雾灵山休养时，我特意携高丽一起前去。望着满目青山，望着可爱的妻子高丽，感念她十余年来对我的好，遂乘兴写了一首题为《爱妻》的小诗送给她。诗文这样写着：

天公做媒牵起手，
弹指一挥整十年。
细数家中诸多事，
方晓爱妻不平凡。
形象气质均上等，
待我儿女如亲生。
尤其对我尽心力，
翠华九泉展笑容。

俗话说，老来伴老来伴，恩恩爱爱，你疼我爱。近几年来，我岁数大了，血压、血脂、血糖都几乎突破了“安全线”。或许与高丽当过十年护士长有关，她很会体贴和照顾人。她及时拿着我的“合同卫干证”，去协和医院取药，几乎每天早上把我吃的保健药倒在我的手心里，端来热水，送到我面前，让你不得不顺从地一口吞下。有时候，她外出旅游或是回娘家，临走前，总是把我换洗的衣服一件一件地清洗好，整整齐齐地叠在一起，一一向我交代要随时替换，脏衣服堆好等她回来再洗涤。诚然，一大家子生活在一起，日子久了，有时也有一些分歧与不愉快，但她都能以家庭为重，总是以宽阔的胸怀去化解，使我们的家庭生活一直温馨幸福，充满着笑声与和谐。

三十一　神奇的抽签

共产党人是唯物主义的无神论者，当然不相信鬼神，也不搞封建迷信。但是，当遇到一些挫折和不顺心或是有了喜庆的事情时，有时随意去求个签、算个卦，也属于老百姓的一种民俗，亦是众多人的生活习惯。我这里记述的仅是自己的一个切身实例，你权作一则生动的故事，参阅而已。

当我和高丽结婚后，便利用五一假期回安徽老家去认认门户并顺便旅游。2001 年 5 月 4 日下午，我们来到佛教圣地九华山。晚上住下后，随行的一位朋友告诉我，九华山是佛教名山，有一位女尼姑六十多岁，眉清目秀，造诣很深，在她那里抽签很准，问我去不去。夫人高丽信这个，我新婚燕尔也有兴致，便在第二天凌晨 4 点多陪着高丽去抽签。抽签的程序真不少，我们一一按着要求去做。当时，我和高丽约定，我抽仕途，她抽婚姻，主要想刚结婚图个吉利。竹筒里装着一百个签子，我按照规定摇了两次，总算摇出一支签，上面刻着：甲第八千。女尼姑微笑着告诉我是上上签，而后按签上的数字，从旁边的书橱里抽出一张淡黄色的小纸片，上面印着这样一首四言绝句："为善必昌，祖宗有光。锦绣华章，身近君王。"我看了上述四句话，不禁惊喜异常。因为这十六个字十分符合我的性格和实际。为善必昌，我以为我的性格和心地是善良的，虽然身居要职，但从来都严于律己，宽以待人，从不心怀恶念害人整人，必然昌盛顺利；祖宗有光，我虽然出身贫寒，学历不高，但毕竟是正局级干部，按古时比对，算是四至五品官，比爷爷原来对我的期望——做七品知县，还高两格，也算得上是光宗耀祖的人物；锦绣华章，虽然写文章算不上“锦绣”，但我毕竟一生从事文字工作，既写文章又出书，既是报社的总编辑，又是中国作家协会会员；身近君王，君王者，住京城也，就是说，身体靠近君王，即身在北京，住在皇城根下。我想，假如我是农民，大字不识一斗，又住在徐州或上海，或是个坑蒙拐骗的坏人，这张纸片上写的岂不全是空话废话，不值一文？但仔细对照这四句话，几乎百分之百与我的身份相对应，你说灵不灵，究竟信不信？然而，更令我们夫妇俩惊异的是，当我把“甲第八千”投入竹筒，女尼姑让我夫人高丽摇签时，她心里七上八下，很不平静。这是因为，我抽仕途抽了上上签，她抽婚姻，也盼望抽个好签，万一抽个下签，不是不吉利吗？所以，高丽的担心是可想见的。不过，抽签的结果，不仅使我俩感到意外，连女尼姑也很惊喜，因为我夫人高丽同样摇出了一支“甲第八千”，随后抽出的黄色纸片上印着这样一首散文诗：“旭日东升，生命的航船刚刚开始……乘风破浪，平安快乐地到达胜利彼岸……”我俩刚结婚没几天，不正是“生命的航船刚刚开始”吗？夫人看着这张黄纸片，心情非常激动，连忙向女尼姑致谢。女尼姑笑笑说：“你们很幸运，大约十年了，只有一对爷孙抽过同一支签，但他们抽的是上签，你们夫妇俩今天也抽了同一支签，而且都是上上签，恭喜你们。”

由此使我想起一件事，1996 年 3 月，我刚任《新闻出版报》总编辑不久，去安徽合肥出差。省新闻出版局一位处长和报社驻安徽记者站站长陪我去包公祠。走在松柏青翠的大道上，突然从树底下走出一位五十岁上下的算命先生，要给我看相。我不予理会，披着风衣，径直往前走去。此时，那个男子快步追上我，说了九个字：你自幼丧父，自学成才。这九个字，一下子把我震住了。此人怎能如此大胆，口出此言呢？！这时，我只好停下脚步，随他回到一棵松柏树下，让他相面看手相。结果，他笑着说，祝贺你大富大贵，今年加官又晋级。并且说，我夫人得的是血液病，病得很重，现正坐在你家里的沙发上打盹呢。他的话让我“惊心动魄”。他怎能算得这么准呢？我1月份刚由副局升为正局，虽然工资只涨了一两百元，但毕竟是加官又晋级啊！而且，他又怎能算出我夫人王翠华患有尿毒症呢？也的确在血液透析后经常会疲劳犯困。如今想来，还是百思不得其解。

由此，我又想到，2001年5月，我随中国新闻代表团访问日本，在周总理去过的岚山公园，有一处用电脑算命的地方。我随即按要求在电脑上输入农历出生的日期时辰，并投入一元硬币，马上从一个吞吐口里落下一张中文字条，上面第一句竟然写着：锦绣华章传到了帝国首都。我十分惊愕，拿着字条让代表团团长、《解放军报》总编辑张士钢观看。他看了笑笑说，芬之，真是不可思议，连日本人都知道你会写文章。你说，这是怎么一回事呢？怎么电脑算命，也能算出“锦绣华章”，而且又是在“首都”呢？真是个谜啊！

第八部分 出发

最好的开始

遇见自己

遇见世界

四十年，辛勤劳作；四十年，风雨兼程。

有时我想，人生如同自然界，今天风和日丽，明天就可能风暴雨狂。无论是皇上，还是平民百姓，都别指望一辈子一帆风顺。只不过，有的时候，这种变化很突然、很猛烈，让你莫名其妙，猝不及防。

三十二　天有不测风云

俗话说，六月的天，孩儿的面，说变就变。有时我想，人生如同自然界，今天风和日丽，明天就可能风暴雨狂。无论是皇上，还是平民百姓，都别指望一辈子一帆风顺。只不过，有的时候，这种变化很突然、很猛烈，让你莫名其妙，猝不及防。

本来我当总编辑之后，铆足了劲，横下了心，励精图治，奋发向上，立志坚守导向，办好报纸，为官一任，造福一方，让报社的员工跟着我干，累死累活有奔头，日子像芝麻开花节节高。

经过七年多的艰苦奋斗，苦心经营，报社由房无一间、地无一垄，破天荒地有了自己的办公楼，有了供应免费午餐的食堂和供员工淋浴的澡堂。

我刚当总编辑时，报社欠债两百多万元，发工资要向署里借款，债权人经常来京讨账或是提起诉讼，法院常有传票，我只好委派专人代我出庭，时常被弄得心神不宁。如今，不向署里要一分钱，工资奖金按月发放，且有明显增长。为了增强凝聚力，让员工感到有“家”的感觉，我让报社办公室每到员工生日，给大家发生日蛋糕，每到十一、元旦和春节，都发八百元至一千元的过节费。春节前，除了发鸡鱼肉蛋，我还从家乡砀山县买来酥梨，分发给员工。报社广告经营已走入正轨，年年攀升，眼看着报纸的“面孔”有了喜人的变化，报社的日子越来越有希望，这是报纸创办以来从未有过的好形势、好时段，多么值得珍视与珍惜啊！

然而，2004年3月的一天上午，总署计财司通知报社，国家审计署由潘局长带一个审计小组进驻报社，对报社进行审计，让我们积极配合。

说不上晴天霹雳，也是当头一棒。听到这个消息，我的心里咯噔一震：报社究竟有多大问题，居然惊动了审计署，真有点丈二和尚摸不着头脑。但我自信，报社的财务由我“一支笔”，不会有什么问题。既然有人告状，被上面盯上了，怕，没有用，那就积极支持，全力配合，让审计署查个一清二楚，我们也弄个明明白白。

我把财务处处长吴淑玲叫到办公室，要她一不害怕，二不回避，把报社的账本和盘托出，人家要审什么给什么，要问什么，一五一十如实回答。中午让食堂给审计组加两个菜，如果加班，晚上让食堂给他们包饺子、下面条。潘局长来报社后，首先约我谈话，说明了来意和缘由，这时我才知道有人向上面写了信，状告报社盖办公楼时搞非法集资，而且所付利息远远超过银行定期存款，要求查处并立即停发。

我拿出了编委会记录和当时集资时，报社下发的“红头文件”，汇报了当年的集资情况及其紧迫性和重要性。潘局长十分亲切地说，张总，别担心，只要情况属实，我们会实事求是地看待和处理。审计中间，潘局长又与我谈话，向我了解报社在发放稿费问题上的避税问题。事情的缘由是这样的：当时，采编人员的稿费逐步增加，如果全算当月的正常收入，要扣不少个人所得税。不少采编人员向财务处和我反映，提出将稿费从邮局寄往家里，报社的工资和奖金总额减少，个人也可少交一点税款。当时，我考虑职工本来工资就不高，发点稿费旨在增加职工的福利待遇，非采编人员按70%的比例评级发放，将内部稿费不列入个人当月收入可以合理避点税，也可以提高职工的工作积极性。于是，经编委会研究，就通知财务处照此执行了。但过了几个月，财务处处长吴淑玲对我说，张总，你是主管财务的领导，我是财务处处长，这样做对大家有一点好处，但要是有人告状，我们俩要承担偷逃国家税款的法律责任，弄不好要犯错误，要吃官司。因此，我马上决定停止原来的稿费发放办法，一律按国家规定办事，为了一点儿蝇头小利，我们没有必要承担这样的风险。

审计署经过二十八天的紧张审计，主要查清了报社的两个问题，一是内部集资，违反国家相关规定，报社付息过高，有的职工有意见；二是报社从邮局汇稿费，属于偷逃税款，但报社自己已经纠正，这个问题不再提出，只是要补交二十三万元的个人所得税。至于报社内部集资问题，经调查实属当时之急需，又报告总署领导同意，构不成非法集资，也不对个人进行处理。提出现有余下的集资款要立即全部清退，不再发放利息。对此，我提出不同意见。当时，内部集资款已按10%和8%的利息发放了三年多，余下的利息一点不发，我无法向报社参与集资的职工交代，我坚持按银行同期存款利息支付，连本带息一次性结算。潘局长是一个很懂政策又善解人意的人，他听了我的意见，很亲切地对我说，你提出的办法有道理，集资不是为了你个人，你是为事业、为报社着想的，我们充分理解你。一席话，说得我心里热乎乎的。

当天中午，潘局长一行四人完成了审计任务，要离开报社。我让食堂加了四个菜，又从自己的办公室拿来一瓶好酒，让财务处处长吴淑玲陪同一起为他们饯行。我端起酒杯，对潘局长和审计组的同志们说，潘局长，你们来报社审计二十八天，发现我和财务处有什么违纪违规的问题了吗？潘局长将酒杯与我碰了一下，笑笑说，张总，没有，如果有，今天中午还敢与你一起吃饭吗？！

这个结论太重要了，潘局长的话引起了一片热烈的笑声。

三十三　晚间家里响起匿名电话

心术不正、阴谋整人的人，是什么样的歪点子、坏事情都能干出来的。说起来真是有点可恨又可笑。

2004年9月的一天晚上8点多钟，我在方庄体育公园跳交谊舞，这是我十多年始终坚持的一项有氧运动。只要不刮风下雨，只要晚上没有重要事务，一般我都去跳上一个多小时，至今我的身板硬朗，显得比同龄人年轻，坚持跳舞或许是一个重要的原因。正当我满头大汗，跳得起劲的时候，突然口袋里的手机响起来。夫人高丽非常生气地对我说："别跳啦，赶快回家，家里有你的电话。"我以为是中宣部或总署有什么重要事项，便急急忙忙地回到家。夫人高丽一脸怒气地说："刚才有个女的，给家里打电话，自称是四川人，说是三年前就和你好上了，要你与我离婚，与她结婚。我对她说，你有事去找张芬之，要不去找总署，往家里打电话干什么。可是，刚刚过去几分钟，那个女的又打来电话，一边说一边哭，哭得很伤心，还说我现在也四十多岁了，等不起啦！"夫人在电话里骂了那个女人几句，啪地就把电话挂了，这才打手机让我回家说个明白。

看到高丽怒气未消，满眼泪水，我当着她的面立即打了三个电话，一是打给中纪委驻总署纪检组组长任泽民（曾任浙江省委纪委书记），向他说了匿名电话的内容，请他采取措施把这个女人抓住，当面对质。我向任组长和党组保证，这个女人是受人指使打的匿名电话，我个人绝无此事，也根本不认识这个女人。二是给总署直属机关党委书记袁良喜打电话。三是给总署监察局局长韩传录打电话，向他俩说了上面同样的内容，请他们调查。三位领导同志都劝我不要着急。任泽民同志还说，一个女人不报姓名，往家里打匿名电话，这本身就不正常。芬之，署党组信任你，你们报社的情况我也了解一些，不必多想，好好工作就是了。夫人高丽看我打了这三个电话，心里好像踏实了许多。我对她说，你想想看，假如我外面确有女人，最多能把手机号码告诉她，再傻也不会告诉她家里的座机电话。这个女人肯定是受个别人的指使干了这么一件缺德的事，不要信她演戏，伤了我们的感情。夫人听我这样解释，便消了气，不再说话，催我赶快去洗浴。

第二天上午 9 点钟，我通知召开全社职工大会。当着大家的面把头天晚上家里的两次匿名电话和我与任泽民、袁良喜、韩传录三位领导同志通话的情况和盘托出，我警告那些心怀不轨、煽风点火、企图恶意制造家庭矛盾的个别人，不要利令智昏，自作聪明，有胆量就光明正大地站出来，有根据就向总署和中纪委实名举报，不要干这种偷偷摸摸的卑鄙勾当。我还说，自从总署审计组进驻报社，要账给账，要人给人。我自己打车上班，用我的车接送审计人员，让他们集中精力搞审计。我又说，我们安徽老家有一句俗话，有问题，躲了初一躲不了十五；没有问题，不怕半夜鬼敲门。我对审计历来是热诚欢迎，全力配合，希望大家相信我经得起组织的审计与调查。

事情往往就是这样。你越怕鬼就越有鬼。你若碰上有人告刁状或是打匿名电话，你越害怕，越想掖着藏着不让别人知道，怕自己丢了面子和名声，那些在阴暗角落里专搞阴谋诡计的人就越高兴、越放肆，还自以为得计，势必会越来越猖狂，越来越变着法子折腾。当你不信这个邪，索性打开窗户说亮话，坦坦荡荡地把事情的来龙去脉说清楚，把阴谋揭穿在光天化日之下，那些跳梁小丑就自知无趣，也就从此销声匿迹了。果然，从那次全社大会之后，直到2017年的今天，家里再也未来过匿名电话，那个很会“演戏”、会编瞎话的女人也不知道跑到哪里去了。

三十四　暴风雨式的审计与调查

审计，包括离任审计，是国家机关党组织和相关职能部门，对所属干部实施监管、行使职权、开展工作的一项重要内容，也是查清问题、奖惩干部的必要手段。本来是正常的、正当的，无可厚非。

2004年9月，我随中国新闻代表团访问意大利，一路上紧张而又忙碌，新鲜而又充实。意大利是一个古老而又美丽的国度，无论是首都罗马，还是米兰、佛罗伦萨、那不勒斯和世界著名的水城威尼斯，都有着独特灿烂的建筑物和风景如画的人文环境，让你记忆深刻、流连忘返。然而，就在我们结束了对意大利的访问，要搭乘国航班机顺利返京的时候，我突然接到报社一位副总编的国际长途电话，告诉我当天下午总署计财司来人已将报社的账簿查封，计财司司长带领八人审计组进驻报社，开始审计。听到这个消息，我真是大吃一惊。国家审计署上半年刚刚审计结束，要处理的问题已经按要求处理完毕，怎么总署在我出访期间“突然袭击”，要封账审计呢？再说，如果我有问题，总署可以将我调离或者免职，怎么在我仍然是报社总编辑，主持报社日常工作的情况下，不与我谈话说明原因，就断然决定查封报社的账簿？那让我还怎么继续工作？报社的日子还怎么过呢？我认为总署的这样一个非同寻常的举动，实际上是违背常规和常理的，真让我心急如焚又不得其解。我马上告诉这位副总编，通知编委会成员在报社待命，等我晚上到京后立即开会，但对总署的决定坚决服从，让财务处全力配合，一定要搞好这次审计。

审计是严肃认真的，也带着明显的目的和任务。整整四个月，账本翻了一遍又一遍，编委会记录查看了一次又一次，所谓问题也核实了一个又一个。其结果不得而知，只是我照样是总编辑，仍然是报社的一把手。但审来审去，消息便传遍了全国新闻出版界，都以为我肯定摊上大事了，本来要给的广告撤掉了，报社的经济收入明显下滑，日子又开始艰难起来。

一波未平一波又起。以总署计财司司长带队的审计组刚刚撤离报社，没过多久，总署直属机关党委又有一位负责同志带领检查组进驻了报社。听一些部室主任和处长对我说，这位负责同志在找他们谈话时，明确地说，这次党组派他来，是带着任务来的，完不成任务不回去。你们是共产党员吗?是就要如实交代你们所了解的张芬之的问题。有的部室主任为此与他大吵了一通，不欢而散。

编委会在研究支持总署机关党委的工作任务时，那位负责同志提出要一间专门的办公室，还要两个铁皮保险柜。我说，办公室可以腾，保证你们使用，但铁皮保险柜报社没有多余的，只能给你们一个，你们要两个铁皮保险柜，能有那么多材料往里装吗?!说得在座的同事有意无意地哈哈笑起来。

总署机关党委工作组在报社紧张工作了一个多月，发现报社广告部有偷逃个人所得税的问题。这位负责同志到我办公室，指着手里的税法条文对我说，老张你看，税法上规定偷逃个人所得税一万元以上的可以行政拘留或判刑。报社广告部主任周锡培累计已偷逃税款七八万元，工作组进驻报社之前可以补交，工作组已经来到报社，这部分税款不能补交，要听候处理。听他这么一说，我反问他：你来报社时，说总署派你来是帮助指导工作的，怎么现在要抓住问题整人呢？！偷税漏税是不对的，已经发现马上补交就可以了，为何你不让补交呢？！是何道理？！说罢，我拂袖而去，立即找到周锡培，声色俱厉地对他说，不管你有什么理由，不管有多少委屈和困难，一切服从大局，就是砸锅卖铁也要马上把税款补上。周锡培有点为难，因为这不是他个人的事，广告部相关人员都有份，但也只好赶快凑钱全部补交了税款。我让他把补税的税票复印件交给我，又把那位负责同志请到我办公室，把税票往他面前一放。这一来，他有点坐不住了，很生气地说，老张，我不是说过不让补交吗，你怎么让他们补交呢？我说，按章办事，主动补交，你为什么要反对？想以此为借口整人也太明显了吧？话不投机半句多，这位负责同志脸红红地走了。

有一天，我到总署机关开会，散会后去找总署署长石宗源，向他反映了这位负责同志在报社期间的一些作为。石署长笑笑说，芬之，我知道了。过了两天，这位负责同志也未与我打招呼，便带着工作组其他成员离开了报社。听机关了解内情的同志告诉我，这位负责同志总找石署长问下一步怎么办。石署长说，不要问我怎么办，你们要拿出材料来，到现在为止，张芬之没有什么伤筋动骨的事，总编辑继续干。

一晃两个多月过去了，这位负责同志占用的办公室还一直锁着，钥匙未交回报社。有一天，我去机关开会，顺便找他要。袁良喜书记让他把钥匙给我，他就是不给，还说，不知道什么时候还要回去，现在不能交。我生气地说，你不给钥匙，我回去就让人把它砸开，等你再回报社，需要十间办公室，我都给你腾。回到报社，我让人立即砸锁开门，把办公室交回给有关部室。此事如今已过去十三年了，我和这位负责同志都已先后退休，他也从此再没有回到报社。扪心自问，我与这位负责同志原来很熟悉，关系也不错，此事我这么处理，是有点儿“胆大包天”，但在当时那种情况下，又有什么好法子呢？！

后来，总署又请会计师事务所到报社审计了半年有余，账几乎翻烂了，我连一毛钱的经济问题也没有，只好把报社买子母机的一千五百多元费用，硬说成是我家里安宽带网在报社报销。我听说后，让财务处把发票找出来，上面有经办人办公室副主任宋士玲和总务科科长黄丽萍的签字，问题真相大白。于是，我带着财务处处长吴淑玲找到会计师事务所，提出要告他们栽赃陷害，弄得那位女负责人连说：“张总，实在对不起。”还说，“你要有意见，我们宁可不要审计费，立即撤出，也不写审计报告。”我当然不同意，坚持要他们实事求是写出审计报告，好有一个结论。会计师事务所在报社审计了近半年，最终也未查出什么问题，但他们却在审计报告中说报社没有做到保值增值云云，颇有些好笑。我在这份审计报告上写了这样一段话：尽管我对审计报告有不同的意见，但为了尽快结束这段不愉快的经历，我还是在这上面勉强签了字。随后，我给总署党组写了十六页的申诉与说明报告，明确指出我当总编辑以来，除了报社盖办公楼，国家两次拨款两千万元，我们又自筹资金六百万元，才真正有了自己的“家”。现在的办公楼按原来市值已翻了一倍，怎么能说未保值增值呢？！再说，我接手时，报社职工不足百人，报纸是周三刊，经过近十年的创业奋斗，职工增加到一百二十多人，工资奖金翻了一番多，报纸由周三刊改为周五刊，而且周四和周五为八个版，彩色印刷，难道这不是保值增值吗？！不仅如此，近十年来，我们上缴给国家各种税款一千两百多万元，同时还自筹资金买了三辆小车；在总署的支持下，增添资金建设了报社的自动化电脑采编平台，并更新了全部办公桌椅。所有这些都说明，我当报社总编辑十年来，为报社的发展呕心沥血，付出了辛劳，取得了成绩，审计报告说报社没有做到保值增值，这不是睁着眼睛说瞎话吗？！

不久，石宗源署长调任贵州省委书记，北京市委副书记龙新民任总署署长。他和柳斌杰副署长都对我说，芬之，你的信我们看了，报社的情况我们也了解，审计已经过去，不要往心里去，好好工作，署党组是信任和支持你的。

三十五　与宗源署长的最后谈话

石宗源同志由吉林省委副书记调任国家新闻出版总署署长。我作为总署机关报的总编辑，与署长必然有着非同寻常的工作关系。因为《中国新闻出版报》是总署的喉舌和工具，总署的工作部署要靠报纸去宣传贯彻；总署署长和其他领导同志的一些重要活动与讲话，要在报纸上有选择地发新闻、登照片，一些重要场合的讲话稿还要经我删节修改后送审刊发；总署贯彻中央和国务院的指示和政令，有时需配发重要言论或文章，这时总署署长不是通过电话做指示，就是约我去办公室耳提面命。像这样的一种工作关系，通常都是亲密的、友好的。在与石宗源署长日常的交谈和工作中，我能深切地体会到他对报社工作的关心与支持。譬如：石宗源署长到任不久，国家新闻出版署由副部级升格为正部级。总署计财司要报社返还我任总编辑之前借署里的两百万元欠款。我找到石宗源署长讲明了报社的情况，提出把这笔借款改为拨款，以后不再偿还。石署长欣然同意，马上做了批示，卸掉了我的一块心病，只是借财政部的五十万元要连本带息由报社负担。石署长到任不久，报社就有人告我的状。一天我去他办公室汇报工作，他对我说，我在州里当州委书记时，每到干部换届和新领导到任都能收到成堆的告状信，我的办法是，在干部换届调整定位之前，让秘书把告状信全部封存，一封不看。因为看了会先入为主，影响对干部的判断与使用。但干部已经选配到位，我便挑选一些言辞激烈、信誓旦旦的告状信，亲自或派人去调查，其结果十之八九是诬告。所以，有人来信告你，现在也不去查，让你安心工作，以后实践会做出证明。有一次，石宗源署长接见并宴请朝鲜新闻出版代表团，特意让办公厅主任孙寿山（后任总署副署长）通知我去陪同。午宴开始后，他说，我不大会喝酒，特意请张芬之总编辑陪大家多喝几杯。我只能遵命端起茅台酒，一位又一位地轮番敬酒，喝得朝鲜代表团五位成员眉开眼笑。2000 年 11 月 18 日，报社办公楼举办竣工及乔迁庆典，我请石宗源署长亲临报社，他发表了热情洋溢的讲话，对我及报社的工作给予了充分肯定。2003 年报社在京召开全国记者会议，石宗源署长因工作劳累，加上有点感冒发低烧需要休息。我去请他来报社参加会议并讲话，办公厅的负责同志劝我，署长已派一位副署长到会讲话，你就别让石署长再去了。我对石宗源署长说，别的领导去我们欢迎，但全国记者会署长必须去和大家见个面、讲个话，以表示对报社的支持。宗源署长看我很着急，便笑着说，芬之，你放心，我一定去。

综上所述，读者已能看出我与顶头上司的工作关系、个人关系是比较融洽和友好的。但是，再亲密的关系也经不起别人的不断挑拨与诬告。于是在 2004 年这个不平常的年份，使总署对报社、对我进行了突然的暴风雨式的审计与调查。当一切真相大白，尘埃落定后，我依然是总编辑，依然主持报社的日常工作。因再有半年我就满六十周岁。我想退休后带夫人出国旅游，便想赶着还在任办一个因私护照。到了北京市公安局办证大厅，为了顺利起见，在职务一栏我有意回避职务，只填了“已退休”三字。但工作人员在电脑上一扫，微笑着告诉我，你办护照必须经总署署长石宗源审批。无奈之下，我只好赶到署里。署长秘书薛松岩说，张总，署长去国务院开会，十五分钟以后即回，你在这等一会儿。不多久，石宗源署长回来看见我，笑笑说，芬之，正好你来了，过来我们聊一会儿。在石署长的办公室里，我们面对面刚坐下，他让薛秘书给我泡了一杯茶，便很真诚、很亲切地对我说，芬之，咱们共事五年来，你很忠诚，工作也有魄力和能力，感谢你对我工作的大力支持。我知道这些年你心里有压力、有委屈，那就请你给我提提意见吧。我看署长态度很诚恳，也就直言不讳地给他提了两条意见。一是我在意大利出访未回，为何总署突然决定对报社封账审计，让我们的日子很艰难，这个做法有违常规常理。石署长听到这里，红着脸说，芬之，那是我定的。二是我单位有一位处长，连续多次跟署长或其他副署长出国访问，为什么不事先与我打招呼？都是署长批准了，外事司再来找我签字，我只能忍气吞声。我当总编辑近十年，除了中国记协安排我出访外，为什么总署一次也未主动安排我出访？听到这里，石署长马上让薛秘书通知外事司司长张福海（现任辽宁省委常委、宣传部部长）到他办公室，当面指示说，福海，今年5月份以前，安排芬之出访。张福海连说照办。他走后，石署长笑着说："芬之，怎么样，我弥补你的损失。"

末了，石署长特意问我，芬之，你不简单，审计了那么长时间，你也没有什么问题，你是怎么做到的呢？我对他说，归结起来，有三个原因。一、我是贫农的儿子，自幼靠人民的助学金供我上学，抚育我长大成人，我永远忘不了党和人民的恩情；二、我是师政治部副主任转业，军队大学校十六年的培育锻炼，使我养成了服从命令、遵纪守法的好习惯，也有了一定的政治觉悟；三、这些年官场上的风云变幻，我看在眼里，记在心上，我自己也有一杆秤，就是坚持对的，不干错的，我不会因为十万八万的好处就白白葬送经过几十年的努力才拥有的一切。我还对宗源署长说，我出书用报社的信封，两角钱买一个；收发室给我寄书，我向财务处交六百元的邮寄费；每年到清明，我到墓地看我夫人，给报社交两百元因私用车的汽油费。您想想，我能这样严格要求自己，还会贪污受贿吗？石署长一边听着，一边点头，临别时嘱咐我，芬之，别太要强，年龄不小了，工作要努力，但也要劳逸结合，保重身体啊！署长的一席话很贴心、很暖人，两年来的委屈和不满，像春日下的积雪，顷刻间迅速消融。我眼含热泪对署长说，谢谢您今天与我交谈，您日理万机，重任在肩，更要保重啊！

没料到，那次谈话之后的半个月，石宗源署长调任贵州省委书记，这时，我才明白署长找我征求意见，实际上是临别赠言。不到五年，石宗源同志改任全国人大财经委员会副主任，退到了“二线”。后来，我听说他病了，居然一病不起，于 2013 年 3 月 28 日在北京不幸逝世。由于总署没有通知我参加他的追悼会，我未能去八宝山为他送行，至今心中还有愧疚！不管怎么说，宗源同志曾经是我敬重的一位领导，他走了我怎么也得去送行啊！更令我惋惜的是，宗源同志比我还小一岁，应当说去世太早了，有点可惜！愿宗源同志安息！

三十六　致信党组　要求退休

通常，担任一定领导职务的干部，在任上毕竟有一些待遇，能多干一年算一年。一般情况下，不会自己打报告申请退休。像我这样一旦退出领导岗位，小车接送没有了，工资还要减少百分之十，职务津贴和奖金也没有了，加起来这是一笔不小的收入。再就是，如果你在位时盛气凌人、飞扬跋扈，退位后很可能门可罗雀，成为“孤家寡人”。所以，过去有些干部能晚退不早退，甚至有的人还托关系，拜门子，赖着位子不撒手。到了2005年9月，我已满六十周岁，按规定要退出领导岗位，“告老还乡”了。但是，总署领导与我谈话，要我“延长服役”，多干一段时间。为了证明我的清白，为了服从领导的安排，在报社经济条件十分困难的情况下，我又坚持工作了一年。须知道，由于连续的审计与调查，各种流言蜚语不胫而走，严重影响了我的声誉和报社的广告收入。在国家不给工资奖金，又必须正常出报的情况下，报社要按月发放一百二十多位职工近八十五万元的工资奖金，何其难啊！

可是，人心隔肚皮。有的人不理解你的难处，也不感恩你的付出，反而，端起碗来吃肉，放下碗来骂娘，甚至告刁状、黑状。有的人，你给他分了房、提了职，十件事办了九件，但有一件事办得不满意，他还是要记恨你。更有的人是“变色龙”，你在位时，千方百计送笑脸，套近乎，等你快要退休“兔子的尾巴不长了”，便马上原形毕露，换了一副面孔，再也不像过去那么听话顺从了。这就是活生生的现实，人生少不了世态炎凉。有一天，财务处处长告诉我，张总，下个月的工资吃紧了，你得赶紧想办法。我只好拿起电话找关系比较好的省局局长或出版社社长“化缘”，总算把日子维持下来。诚然，我不是一个贪恋权势的人。我思忖，船到码头车到站，该退休时要主动，何必累死累活又惹人烦呢？那些告状未告赢的人，那些想把你赶下台取而代之的人，你如今依然在位，他们心里不痛快，也不踏实，担心你打击报复，天天盼着你快下台，我又何必不享清闲，要自讨苦吃呢？

思来想去，我马上提笔给时任总署署长的龙新民同志写信，大意是：再过两个月，我就六十一周岁，“超期服役”一年，请总署尽快安排人选接替我的工作。信送给龙署长后，不几天，龙署长约我谈话，同意了我的请求，并问我现在有两个行业协会，一个是中国印刷协会，一个是中国报刊协会，想去哪个协会工作，可以安排个副会长。我说，退下来就彻底休息，要干也干点自己想干的事，行业协会的兼职就不去了。这次谈话之后约两个月，总署副署长、党组副书记柳斌杰和人教司李司长来报社宣布了新领导班子的任职名单。李司长在会上代表总署党组对我任职期间的工作给予了赞扬和肯定。此时，柳斌杰副署长（后任总署署长，现为全国人大科教文卫委员会主任委员）插话说：“党组的同志对芬之同志平安着陆，感到很高兴。”这是总署领导在特定的场合，讲的一句充满人情味的话，我顿感一股暖流涌进心房，会场上也响起了掌声。啊！这是我人生仕途的一个终点，亦是我工作四十年来的圆满句号。四十年，辛勤劳作；四十年，风雨兼程。作为共产党的正局级干部，历经严格的审计与调查，最终安全着陆，安享晚年，这是值得纪念、值得庆幸的，也值得回味和欣慰的啊！

出发

第九部分

最好的开始

遇见自己

遇见世界

盼我的微不足道的这一点点努力，在不久的将来，在我日思夜盼的故乡，落叶生根，开花结果，生生不息，永放光芒。

我小时候做过一个瑰丽的梦：漂漂亮亮的三间堂屋，正中间一溜儿摆着三个考究、崭新、锃亮的书柜，里面整齐地排列着多种多样、五颜六色的课本与课外图书。我像一个口渴的孩子，贪恋地翻看着一本又一本书，默默地吸吮着、咀嚼着，好专注，好开心。

三十七　退而不休　贡献余热

辛辛苦苦，艰苦拼搏了大半生，官位、荣誉拥有过，儿孙满堂，衣食也无忧了，按说应当静下心来，读书种花，含饴弄孙，颐享晚年。我在退休后，便自己书写了一幅“静心养神”的条幅，装在镜框里悬挂在客厅，天天望着它修心养性。但是，生就的不偷懒、不安分的命，练就的一支还算勤奋睿智的笔，硬是让你闲不下来，待不下去。于是乎，承蒙友人相邀，便又重操旧业，成了退休后的“上班族”。

我 2006 年 7 月退休，8 月即受聘担任一家部委机关报的评报顾问，时常应邀为报社的采编人员讲授新闻写作以及编版办报之实践与心得，并且连续十年参与评选报纸的每月好新闻，还为《新闻之友》杂志撰写了五篇洋洋数千言的评述性文章，受到好评。在这同时，我应邀担任中国文联出版社下属的《中国文艺家》杂志执行主编和主编一年有余，每期执笔撰写卷首语，伏案审改编发了大量有关我国影视界、文艺界名人明星的专访或其他体裁的文稿，为我国文艺事业的繁荣发展做出了应有的努力。此后，我参与创办金盾出版社《百姓生活》杂志的下半月刊，任执行主编一年多，撰写了十几篇卷首语，编审了数以百万字的文稿。其间，我还应邀到《四川石油报》《华北石油报》《临沂日报》《河南日报》《河北日报》等报刊社讲授新闻写作，为培养新闻人才贡献力量。2011 年，应邀担任北京时代华语图书出版股份有限公司总编辑，主管书稿的编审工作。我花费了大量精力，熬过了许多不眠之夜，审读出版了《胡耀邦》三卷本等书稿；审读出版了余秋雨《新文化苦旅》以及贾平凹、毕淑敏、蒋勋等一系列著名作家的各类作品选集，累计数千万字。在编审书稿之余，不定期为公司书稿策划、编审人员讲课，从理论与实践的结合上，宣讲出版工作的方针政策、目的意义及其策划编辑人员所应具备的基本素养，使大家进一步增强了大局意识、责任意识、创新意识和精品意识，为公司的可持续发展尽了一份责任和心力。虽然有时候的确感到有点压力，有点辛苦，但苦得其所，乐在其中，心安理得也！

从 2006 年退休到现在十多年来，我在原已出版八本著作的基础上，又整理和创作出版了散文集《生死一步之遥》、新闻文学作品集《文海拾贝》、诗集《爱的心语》三本书，与许罡、周杨等同事合作，编撰出版了《国学教你做人做官》《做“四有”党员干部》《做最好的党员》等五本书，真正是，退而不休，忙中抽闲，笔耕不止，奉献余热，小有成就。年逾七旬以后，我动笔撰写我的回忆录《出发——我的如谜人生》，旨在回首大半生往事，梳理总结我的生命历程与新闻实践，旨在用切身经历与心灵感悟，影响和启迪后人，这也算是我对人生写出的一份圆满的答卷。

三十八 捐书助学 回报故乡

我小时候做过一个瑰丽的梦：漂漂亮亮的三间堂屋，正中间一溜儿摆着三个考究、崭新、锃亮的书柜，里面整齐地排列着多种多样、五颜六色的课本与课外图书。我像一个口渴的孩子，贪恋地翻看着一本又一本书，默默地吸吮着、咀嚼着，好专注，好开心。

光阴似水，人生如梦。一转眼五十多年过去了，我已从当年农村生产队的会计，逐步成长为《中国新闻出版报》的总编辑。可能与我从事新闻出版工作有关，我的家里的确拥有了名目繁多、林林总总的各类图书，家里的书柜实在放不下，便只好堆在床下和阳台上“睡大觉”，在任上极少有空闲去阅读，这显然是一种文化浪费。所以，在2006年7月我退休后，马上想到的一件事，就是把我的一千余种图书和杂志，无偿地赠送给我家乡灵璧县的王集中学。灵璧县委宣传部的刘凤凌常务副部长和王集中学王校长亲自带车，不远千里来京运书。回去后，王集中学专门辟出两间教室，开了个“芬之书屋”，这是我为家乡学子们做的一件实事。

2012年上半年，我在安徽文艺出版社、中国书籍出版社和青岛出版社，先后出版了散文集、作品集和诗集，这三本书基本上涵盖了我大半生辛勤笔耕的精华，也是我刻苦勤奋、自学成才的最好见证。为了以自己的微薄之力回报故乡，也是为了用自己的作品向家乡父老乡亲做一次汇报，我决定出资购买自己出版的三本书六千册，全部捐赠给家乡安徽省灵璧县教育局所属的一百一十八所中小学。同时，我走访了我初中的母校——渔沟中学和上中专时的母校——现为宿州市职业技术学院，看望了当年的老师，赠送了我的著作。离京赴合肥的前夕，我给时任安徽省委书记张宝顺写了信，向他汇报了回乡捐书助学的事。张书记大为赞赏，亲笔为时代出版传媒股份有限公司写了贺信，信中说："时代出版传媒公司并张芬之同志，值此张芬之同志新书出版座谈会暨赠书仪式举行之际，谨致以热烈祝贺，并向大家表示诚挚问候！张芬之同志是从皖北大地走出来的知名报人，从事新闻工作四十余年，著述颇丰。此次捐书助学，回馈桑梓，充分表现出对故里、对后学的厚爱期望，对家乡、对教育事业的赤子情怀。在此表示衷心感谢。

作者 2013 年回故乡捐赠图书时，与同学陈大良在合肥看望郑淮舟、华云飞夫妇。

希望芬之同志一如既往关心支持安徽发展，方便时常回家乡看看。预祝活动圆满成功！并祝大家身体健康、工作顺利、阖家幸福！”

此次返乡捐书助学，乡情殷殷，行色匆匆。自北京到合肥，由合肥赴宿州，去灵璧，回故乡下楼镇小圩村，在近十天的行程里，晓行夜宿不觉累，一路深情一路歌。这是我退休后为家乡做的又一件很有意义的实事、善事，也了却了我多年来思念故里、回报家乡的一桩心愿。盼我的微不足道的这一点点努力，在不久的将来，在我日思夜盼的故乡，落叶生根，开花结果，生生不息，永放光芒。

最后，我想以一首小诗《故乡情》，表达对故乡的思念与期盼：

从小离故乡
转眼五十年
朝朝与暮暮
花开又花落
思乡的心啊
像风筝断线
似飞鸟离巢
千回百转
叩击心弦

大风刮起
想起故乡的茅屋

月朗星稀

忆起故乡的小路

逢年过节

思念起父老乡亲

心潮奔涌难平静

禁不住鼻尖发酸

流下豆大的泪珠

花老了容易凋谢

人老了常常怀旧

多少个白天

默默祝福

多少个夜晚

辗转难眠

盼家乡的山更绿

愿故乡的天更蓝

日思夜盼的乡邻啊

身板更壮实

笑容挂满脸

五谷丰登牛羊肥

日子越过越香甜

附录

文墨飘香桑梓情

——张芬之出书赠书亲历记

陈大良

感动如影随形，每一次亲历都是一种幸福。

为了出书赠书，我有幸做了一回昔日同窗、曾在京城当新闻官的张芬之先生的“随身秘书”，为他了却回报桑梓的心愿助了一把力。事毕后的这些天来，我一直在回味中激动并快乐着。

一

2012年春节前夕，我把我的一本文集《从容原色》赠寄芬之。他读罢，即在短信中赋诗一首向我祝贺，诗云：“松柏严冬绽嫩芽，杨柳迎春乱飞花。生活源头稍留意，笔走龙蛇成大家。——读老同学大良文集《从容原色》有感。大良重情重义，为吾同窗挚友，深感欣慰也。”随后，芬之又突发奇想，并打来电话征求我的意见，他意欲推掉和中国书籍出版社原来出书的约定，改在家乡安徽文艺出版社出散文集，征询我意。就这样，便有了后来发生的出书赠书的故事。

在年味浓浓的农历大年初三，我收到芬之从北京快递来的书稿，并嘱我在皖请一位大家写序。经过大脑一番“搜索”，我和芬之的老朋友，安徽报业集团党委书记、社长汪家驷先生很快“入围”。大年初四，得知家驷在单位值班，我与他通了电话，家驷二话没说便愉快地答应了。

农历正月十五刚过，杨飞秘书打来电话，让我去报社取序言。我当场一口气看完，啊！写得太好了，字字句句打动人心，字里行间充满真情，令我对家驷肃然起敬起来。我试探地问，杨秘书，这是你代笔的吧，文采飞扬啊！杨飞当即订正，不，不，那可是汪社长利用每天晚上10点之后的时间，看了书稿之后，亲笔写的啊！我给家驷打了感谢电话。家驷说，那是芬之兄的为人和作品感动了我，也是有感而发啊！随后，我将序言发给芬之，芬之对序言连声称好！

接下来我即联系为我出书的安徽文艺出版社。朱寒冬社长很快安排资深编辑周康担任责任编辑，并通过邮件告诉了芬之。巧合的是，周康也是宿州人，她的父母和我们上中专时的班主任老师，宿州市委原副书记薛兆普是原宿县农校的同窗好友。周康以一腔浓浓的乡情，愉快地接受了长达40万字书稿的编审任务。当她得知这本书是作者为家乡中小学赠书而出，同时还有两本一起出版的新书送往家乡时，顿为芬之心系家乡、关心后学的善举所感动，表示尽最大努力把这本书打造成精品，为作者回报家乡助力。从早春二月到盛夏八月，周康争时间，抢速度，精心编审，并随时向社领导汇报编审进度，与美术编辑协商设计封面、版式；朱寒冬社长与社里有关领导做好协调工作，促其快速、高质量地将书出版。七月下旬，安徽文艺出版社紧锣密鼓地完成了对《生死一步之遥》散文集付梓前的全部工作，旋即送印刷厂付印，八月中旬如期出书。

二

树高千丈，落叶归根；人过留名，雁过留声。这是芬之成名后的一贯思想。为了回报家乡，回报母校，回报养育他的江淮大地，芬之决定拿出十多万元，买下《生死一步之遥》《爱的心语》《文海拾贝》三部新著，共6000册，绝大部分赠送给家乡灵璧县所属118所中小学，并决定在合肥举行一个简单的新书出版座谈会暨赠书仪式，且请我代他联络、协调举行会议的各项准备工作。我深深地理解芬之的想法，为了了却他这桩思考已久的心愿，为了让三本书产生更大的实际效应，我以百倍的热情全身心地投入。这时，芬之想到了曾是京城新闻界同人的现任安徽省委书记张宝顺。宝顺书记在北京任新华社副社长期间与芬之交往较多，芬之想请他对赠书的事给予支持，并把这一想法告诉了我，我未加更多思考，便果断地支持芬之的想法。于是，芬之马上给宝顺书记写了封热情洋溢又诚恳亲切的信，并用快件寄给我。

8月20日上午10时，我携带芬之给宝顺书记的信和书来到地处省城长江中路的安徽省委所在地，省委总值班室刘齐主任热情地接待了我，并向宝顺书记做了汇报。宝顺书记当即为芬之写了一封热情洋溢的贺信，随后发给了时代出版传媒股份有限公司。贺信说："时代出版传媒公司并张芬之同志，值此张芬之同志新书出版座谈会暨赠书仪式举行之际，谨致以热烈祝贺，并向大家表示诚挚问候！张芬之同志是从皖北大地走出来的知名报人，从事新闻工作40余年，著述颇丰。此次捐书助学，回馈桑梓，充分体现出对故里、对后学的厚爱期望，对家乡、对教育事业的赤子情怀。在此表示衷心感谢。希望芬之同志一如既往关心支持安徽发展，方便时常回家乡看看。预祝活动圆满成功！并祝大家身体健康、工作顺利、阖家幸福！”落款：张宝顺。

宝顺书记的贺信，如一股炎夏里的清风，给抓紧准备会议的时代出版传媒公司、安徽文艺出版社及身在京城的芬之，带来了凉爽之气。我更是喜出望外，赶忙驱车来到时代出版传媒及公司安徽文艺出版社，会商落实邀请嘉宾和筹备会务等相关事宜。

时代出版传媒公司总经理田海明、省新闻出版局出版管理处处长查结联、安徽文艺出版社社长朱寒冬，齐聚时代出版传媒公司，召开“三方”会议，逐一落实会议准备事项。会后，我带着一张邀请嘉宾清单，买来并填好会议邀请函，带着芬之从北京快递的《文海拾贝》和印迹未干的《生死一步之遥》《爱的心语》三本书及邀请函，前往分布在省城各处的领导和嘉宾单位或宅上，逐一送达准备参会的人员。为确保万无一失，在仪式举行前夕，“三方”再次来到时代出版传媒公司会议室，细查会议准备情况，直到确认无误，大家才放心离去。

三

8月24日上午10时，“张芬之新书出版座谈会暨赠书仪式”在省城美丽的天鹅湖畔、时代出版传媒公司会议室如期举行。会上首先宣读了省委书记张宝顺及《爱的心语》《文海拾贝》两部书的出版单位发来的祝贺信。安徽省政府原副省长卢家丰，省委宣传部常务副部长叶文成，总政歌舞团著名皖籍词作家、少将贺东久以及安徽省新闻出版局局长郭永年、副局长刘飞跃，时代出版传媒公司总经理田海明，省作家协会常务副主席许辉，安徽文艺出版社社长朱寒冬，以及安徽省新闻出版局原局长龚存玲、副局长蒋正萌，拂晓报社社长解福来，灵璧县委宣传部副部长汤道之等40余人如约出席会议并讲话。

会议室内文墨飘香，情意浓浓。在热烈的掌声中举行了简短的赠书仪式。会议主持人田海明总经理向与会同志简要介绍了张芬之先生的业绩，及三本新书的丰富内涵，做了个极富诗意的开场白：

> 张芬之，1945年出生于安徽省灵璧县下楼镇小圩村一个贫苦农民的家庭，靠着个人的刻苦自学和顽强拼搏，成长为中国新闻界的知名报人，先后担任过《中国报刊报》常务副总编辑，《中国新闻出版报》副总编辑、总编辑。他从事新闻出版工作46年来，始终如一，笔耕不辍，先后发表1000余篇各种体裁的新闻和文学作品，已出版《笔耕路》《拾萃集》《人生是杯苦酒》《报苑随笔》等10本新闻及文学专著，曾被评为全国优秀新闻工作者、全国韬奋新闻奖提名奖。1993年被批准享受国务院政府特殊津贴，1997年加入中国作家协会，并被聘为中国传媒大学兼职博士生导师。

与会人士认为，张芬之新近出版的这三本新书，以饱含激情的文字，活泼清新的笔触，吐真言、诉真情、讲真话，不只是详细记录了他成长成才的足迹，而且全面展示了他在新闻与文学写作中多方面的才能。书中洋溢着逆境奋发、刻苦自学、风雨前行的信心与志气，包括他对人生境遇和做人做官的种种思考，通篇蕴含着丰富的人生哲理，给了人们许多联想与启迪，值得后人阅读与借鉴。

座谈会上，张芬之对家乡的各级领导和朋友给予的关注和支持表示诚挚的谢意，他动情地说："宝顺书记在百忙之中，写了热情洋溢的贺信，给了我鼓舞与激励，也是对捐书助学、造福后人这一善举的关怀与支持，令我甚为感动。"他表示，举办捐书助学活动的初衷，就是想以这种特别的方式，回报乡亲，回报母校，回报哺育他成长的江淮大地，以此激励后学，更好地为建设"美好安徽"和促进家乡建设发展做出更大贡献。

会议简约而隆重，大家评新书、叙友情，情浓故里。省作协常务副主席许辉先生，站在文学评论的角度对芬之的三本书用四个"有"字，即有情、有意、有量（信息）、有趣，进行了集中点评；原副省长卢家丰用三个"度"字，即思想有高度、理论有深度、借鉴有力度给予了评价。"四有""三度"对与会人员了解张芬之的新著，起到了画龙点睛、引导阅读的作用，受到大家的一致好评。

会议精彩而成功，了却了芬之一个心愿，也令我这个联络员兼"秘书"如释重负，大受鼓舞。会上主持人安排我发言，我满怀深情地回忆了我与芬之几十年的交情，从同学到战友，从宿州到京城，从年轻时代到花甲之后，同窗之谊、战友乡友之情，血浓于水……

四

芬之此次回皖出书赠书，行色匆匆，我也从合肥到宿州到灵璧一路陪同。几天中，从见面时的热烈拥抱，到分手时的依依不舍，情到浓处，心到诚处，溢于言表。我们时常彻夜长谈，毫无倦意，话题多多，无话不谈。从分手那一刻起，我就动意把这一切记录下来，让更多的人知道什么是友情，什么是真情，什么才称得上情感的历久弥新，什么是荣光与自豪，什么叫人生如酒、人生如梦……

我和芬之回味校园生活，青涩中带着甜蜜，在《爱的心语》一书中能找到他初恋的港湾、情感的营地。我们虽已是花甲之人，但我们觉得仍然像血气方刚、青春如火的男儿一样，富有激情和活力。芬之心目中的爱情偶像，成为他生活的美酒、生命的动力。她是谁，芬之对此毫不隐讳，一吐真言。几十年过去，仿佛就在昨天。尽管他对已故结发妻子仍然思念，尽管他对身边的爱妻高丽万般地体贴，但他仍然畅游在人间最美的情感天地里……有伤感，有喜悦，也有美丽的回味与思索……

芬之乃性情中人、知恩图报。几天中我与他一路形影不离，我感到他的家乡情结实在很重很浓。生者，他满怀敬仰之情登门看望；逝者，他饱含热泪献花墓地，虔诚祭祀。

在合肥，他利用会前仅有的半天时间登门看望了省人大常委会原副主任、当年的宿州老专员，现年96岁的郑淮舟先生；拜访了中央党校曾经的老学友、省委原副秘书长陈树德；看望了省出版局查结联处长、《人民日报》驻皖分社社长刘杰以及中国做人做官研究网总编辑吴玉叶等新老故旧……

在宿州，他看望了中专时的班主任老师薛兆普、裴凤侠夫妇；看望了多位在宿州的老同学；去母校——宿州市职业技术学院，看望了新老师长，察看了母校的校容校貌，关切地询问了母校近年的招生、教学、毕业生就业等情况；看望了年过九旬的宿县老县长李振兴。在故乡灵璧，他拜访了新书受捐单位县委宣传部、教育局领导，考察了灵璧三大文化公园（灵璧石文化园、虞姬文化园以及钟馗艺术文化园）。在细雨蒙蒙中，他到凤凰山公墓为恩人张耿信烧了“纸钱”，又去看望了张耿信的遗孀、亲爱的嫂子孙淑英。而后，他驱车百里回到故乡，回访了下楼镇政府、王集中学、渔沟中学以及小圩小学，看望了师长、乡邻和仍在家乡务农的同胞妹妹……所到之处，情深意长，忆旧话新，难舍难分。

临行前，他又来到几处墓园，祭奠了已故的父母和祖先；为 80 多岁的婶母买了礼物，留下了零用钱。

五

芬之是一位有情有义之人。在他的身上我悟出了如何做人做官的道理，从直观到内心，从改变到不变，从本我到本色……讲起本色，有几件事，我不得不怀着崇敬之情记录于后。

1996 年 6 月，在芬之就任《中国新闻出版报》总编辑不到半年时，就响应国家支持乡村中小学建设的号召，在单位资金十分拮据的情况下，决定拿出 30 万元在革命老区、当年张思德牺牲的陕北安塞县楼坪乡建立一所希望小学，为师生挖了一口水井，购买了 3.5 亩苹果园。在希望小学交付使用时，芬之千里迢迢从北京赶往陕北，并请时任中共中央政治局委员、国务委员李铁映为小学题写了校名。老区人民眼含热泪，载歌载舞，以最纯朴的乡音乡情，表达了对中国新闻出版报社全体员工的感激之情。

1996年，芬之已是正局级的新闻官，但他关心孤苦、乐善好施，从未间断。他曾先后三次驱车京郊，去看望躺在病榻上的单位原“编外”员工郝敏政……

1993年，妻子王翠华患脑溢血后遗症半身不遂，他白天忙工作，晚上忙家务，一次次搀扶妻子练走路，找医生为她针灸按摩，直到五年后妻子因尿毒症恶化，一周三次透析、病危，他仍然对妻子不离不弃，反复抢救，尽心尽责，直到妻子1999年4月16日病逝……

他了解到，吉林山区有一个贫困的失学儿童，他自愿报名救助，为其每年寄去学费，让其重返校园，直到小学毕业。女孩很感谢这位从未谋面的好人，还以为张芬之是女同志，在感谢信中称：亲爱的芬之阿姨……

1994年一个寒风怒吼的深秋，一天晚上9点多钟，芬之在离住处不远的花园边碰见一对冻得瑟瑟发抖的母女。听她们诉说，是母亲带着18岁的女儿来京找工作的，一周下来了，工作不仅没有找到，身上所带盘缠已用完，无法返家。芬之一听是安徽家乡口音（蚌埠五河县人），立即从口袋中掏出一张百元票子，交给眼前的母女。母亲感动得要女儿跪地给芬之磕头，芬之赶忙劝阻，目送她们母女上了去北京火车站的公交车，他才离去。

1991年夏，安徽发生了百年未遇的洪灾，芬之为家乡父老遭受的灾难寝食难安。他主动捐款1000元，又捐了十几件八九成新的衣服。当年初冬，新闻出版署再次发动义捐，并要求最好捐棉衣、棉被。芬之让报社办公室到市场上买了20床新棉被，自己捐了500元现金，又买了两床新棉被，还把留着作纪念的崭新的军大衣、棉衣棉裤连同报社同人的捐款和衣服一并送往署里，连夜发送安徽灾区。

四川汶川发生强烈地震时，芬之已退休。他从电视上看到灾区的悲惨画面后，心急如焚，立即向北京红十字会汇款1000元，在报社交了1000元“特殊党费”，又捐了些衣服。

当我问起芬之为何要这么做时，芬之动情地讲起了他对人生的看法：一个人活在世上，不管你官当多大，权位多高，有多少钱，也不管你身上有多少耀眼的光环，你我都是血肉之躯，也都要吃五谷杂粮，都要面对生老病死，都要历经春夏秋冬四季轮回，都要或迟或早地走向死亡。家乡有句俗话，猪架子大了，可以多杀点分量，多卖点钱。人如果架子大了，没有人情味，老百姓背后会戳脊梁骨。因此，不管你是年老年轻，不管你是富有，还是贫穷，都应当忠诚勤勉，与人为善，不畏艰险，勇往直前。

芬之是一本书，芬之是一首歌。一本让人读不完的大书，一首激励人奋发向上的颂歌。

谨以此文，献给善良热诚、心系家乡的老同学张芬之。在此，也祝芬之在人生之旅上有更多更好的新作问世。永远阳光相伴！永远健康平安！

（原载2013年9月《拂晓报》之《皖北晨刊》栏目）

三十九 本命年生日的欢聚

岁月无情长翅膀，转眼两鬓染秋霜，古稀之时生日宴，挚爱亲朋聚一堂。

2017 年 9 月 3 日，是我七十二周岁的本命年生日。十二年一个轮回，脚步匆匆，寒来暑往，这期间有多少往事值得追忆，又有多少亲朋好友应该相约欢聚。为此，我决意自己埋单，邀请一些老领导、老朋友、老同事，共同欢聚，庆贺生日，品茗聊天，共诉衷肠。

天公作美，当日上午，秋风送爽，阳光灿烂，气候宜人，我的心情极佳。从 10 点多钟开始，我站在酒店的大门外，十分欣喜地陆续迎来了八十高龄的国家新闻出版署原署长于友先夫妇，七十五周岁的国家新闻出版总署原副署长杨牧之，七十七周岁的中国记协原党组书记、常务副主席徐心华，七十四周岁的中国记协原书记处书记、中国关心下一代委员会副主任肖东升，六十二周岁的全国政协委员、中国编辑学会会长郝振省，七十五周岁的广西出版总社原副社长、闻名遐迩的接力出版社原社长李元君女士。我在任上接收的大学生、现为《中国新闻出版广电报》社长、总编辑的马国仓以及曾与我在报社一起工作多年的老部下、老同事周崇尚、周锡培也来了，真可谓高朋满座、蓬荜生辉、热情洋溢、其乐融融。人民日报社原常务副总编李仁臣和夫人何慧娴因当天乘机飞赴上海未能参加生日聚会，特意发来微信表示祝贺。国家新闻出版总署原署长、全国人大科教文卫委员会主任柳斌杰，因出差在外特意发来短信："祝贺芬之生日快乐，因出差无法当面表示祝寿，特以短信代之，也请转达对诸位老友的问候。"

知名女画家李明，当天起了个大早，倾情泼墨为我画了一幅色彩鲜艳、栩栩如生的寿桃配牡丹的写意画，匆忙送到我的寓所，我乘兴挥笔在画上写下了"富贵满堂　寿比南山"八个大字，为本命年生日留下了珍贵的纪念。

作者在自己的生日宴上笑容灿烂，左为徐心华。

画家李明（右一）为作者生日作画《牡丹寿桃庆生日》，中间为作者夫妇，左一为大女婿王跃峰。

这是一次古稀老人的欢聚，也是一次挚爱亲朋的欢聚。人逢喜事精神爽，多饮几杯也无妨。整个生日宴会，自始至终，亲切热诚，谈笑风生，使我沉浸在无比的兴奋和感动之中。因为在我担任《中国新闻出版报》副总编和总编辑的近二十年间，这些在座的老领导、老朋友、老同事，给了报社及我本人诸多关爱与支持。这些默默的、无私的、长时间的友情与厚爱，犹如潺潺溪水，一滴滴流入了我的心田，一声声叩响了我永难忘怀的回忆，也使我深切感悟到，社会主义的市场经济是竞争经济、实力经济、人才经济、信息经济，但在一定的意义上说，也是朋友经济、合作互赢的经济。俗话说，在家靠父母，出外靠朋友。当然，我们的这种朋友与友谊，是建立在真诚互助和对党的事业勤勉奉献的基础之上的，这里面没有半点的庸俗与私利。这些老领导、老朋友、老同事在我退休之后，仍像我在位时那样情深意长，亲切如故，这个生动的事实再一次证明：真诚无价，友谊长青；并非人走茶凉，人老无趣。

由此，我想到了在今年的清明节前，为在古稀之年亲眼看一看生我养我的故乡，见一见我日思夜盼的恩师、同学、同事、亲友，我携夫人高丽乘高铁千里迢迢来到我参军前工作过的安徽省宿州市，在远道赶来的老同学陈大良的陪同下，亲切看望了我上中专时的班主任老师、宿州市委原副书记薛兆普、裴凤侠夫妇，看望了我的老科长、宿州市广电局原局长王光寅，看望了老朋友宿州市原常务副市长武正宜，《拂晓报》老总编邵长富、原社长宋建国，还看望了几十年未见的老同学齐天荣、潘祥珍、高秋成、朱桂莲、侯家营、赵新田、陈翠珍、乔贵清，等等。

半个世纪前，我参加宿县地区新汴河工程建设，这一次回家乡，我专门与夫人高丽一起参观了美丽如画的新汴河夜景。我望着滔滔不绝、奔腾流淌的新汴河水，心潮澎湃，激动不已，那年那月艰苦奋战的挖河情景犹在眼前。

很遗憾的是，我的前妻王翠华，兄弟姐妹 8 个，她是老大，不知何故，竟按着老大、老二、老三的顺序，近 10 余年间相继故去。在以煤炭著名的淮北市，我与夫人高丽特意安排与王翠华的妹妹、妹夫和弟弟、弟媳一大家人共进午餐。饭后，我分别到妻弟和岳父、岳母的坟上拜祭，顺道还拜祭了我的表兄、《淮北日报》原文艺部主任张福致。尽管行色匆匆，来不

在恩师薛兆普、裴凤侠家里的客厅留影。

及与亲友有更多的相聚与交流，但那种血浓于水的情义都深深地印在脑海里。

在一个阳光明媚的日子里，我和夫人高丽在《拂晓报》总编辑华峰和侄儿张桂同及吴萍的陪同下，先是到灵璧县凤凰山公墓拜祭了我的恩人张耿信、孙淑英夫妇，而后来到我的故乡小圩村，在爷爷、父母、叔叔的坟上烧纸跪拜，表达了我们深深的感恩与怀念之情。接着，我看望了我九十多岁的婶母和六十四岁的妹妹及妹夫一家人，分别为他们留下了零用钱。中午，在下楼镇公所与镇领导、小圩村的一些老少爷们聚餐，喝的是家乡酒，饮的是故乡水，觉得格外亲切、格外香甜，浓浓的乡音乡情令我眼含热泪，流连忘返，也算了却了我多年来的一桩心愿。

人生苦短，人海茫茫，人生能有几回聚，此情绵绵无穷期。我殷切地期望在有生之年，如果身体健康，行走方便，我还想携夫人、子女和孙子，重回故乡，再看看家乡的新变化、新面貌，再见一见亲爱的老师、同学、同事及父老乡亲，愿我的目标能实现。

后 记

我总以为，我的经历很特殊，我的人生充满着传奇色彩。把我的大半生值得回味、值得追忆的东西写下来，留给青山留给后人，是有价值、有意义的。所以，撰写回忆录是我多年来的设计与心愿。前些年已草拟提纲，写了开头，但因为忙东忙西，迟迟未有动笔。今年春节期间，闲来无事遂捉笔写作，不承想一旦动起手来，六十多年前的往事居然像过电影一样，一幕幕一场场，活灵活现，历历在目。

真可谓，自己的经历烂记在胸，一朝回忆落笔在纸，犹如山涧中的溪水潺潺流淌，叮叮咚咚，一串串一滴滴水到渠成。

童年的苦难不堪回首，艰苦的自学铭心刻骨，新闻之路上的跋涉及任新闻官三十多年的顽强拼搏与风雨前行，确实值得回顾、值得反思，也值得梳理、总结与书写，这也算是雁过留声、人过留名吧。

自己的回忆录，说好写，是因为人贵有自知之明，自己有多大能耐，能吃几碗干饭，自己太了解太熟悉了。所以，自己给自己立传，自己给自己画像，总是比较逼真和生动。说难写，毕竟是半个多世纪的往事、乐事、悲事或烦心的事，要认真追忆，择其要点，颇有感悟又较有文采地书写下来，也不是那么容易。尤其是官场上的一些陈年旧账，一些委屈、误会和恩恩怨怨，又不能披肝沥胆、敞开心扉、直言不讳地写出来，还是要有所顾虑、有所选择、有所保留，言之不尽，适可而止，那就更伤神、更费心血了。

然而，我的决心已下，我的性格使然。自己决意要干的事，纵有千辛万苦也要咬定青山，一气呵成。这不，经过两个多月的谋篇布局，挑灯夜战，一部题为《出发——我的如谜人生》的二十万字的回忆录业已完稿。我可以用人格和党性担保，书中所写其事、所言其人，除了个别地方因时间久远，个别年月日或许不大准确，也有个别事例有意隐去了姓名、隐去了不便书写的一点内幕，其余所有事实与情节，包括现场对话完全是真实再现，有充分根据的。

如烟往事如实写，择其精华论人生，是这部回忆录的基调与主旨。但愿她的出版发行能给读者一些思考与启发，能给人生带来一点正能量，恳殷切地期望着。同时也怀着一颗赤诚的心，静候读者和友人的批评指正。

张芬之

书 评

催人奋进 发人深思
——读张芬之的自传《出发》有感

陈大良

我与芬之是同窗好友，他长我三岁，都是20世纪60年代中期考入安徽省宿县农业专科学校的农家子弟。我与芬之有着大体相同的人生经历，都来自农村，有着吃不饱、穿不暖的苦难童年，都在家乡当过农民，都有投笔从戎的军旅岁月，也都有新闻从业的阅历……芬之对于我，就像一根竖在人生路口的标杆，引领着我的人生方向。半个多世纪以来，芬之靠一支笔打拼，从一个贫农的儿子，和着汗水泪水一步步成长，一天天成熟，渐入人生的佳境，成为一名身在京城的正局级领导干部——《中国新闻出版报》总编辑。读《出发》可以知道，芬之是一个自强不息、自学成才的典范。他刻苦自学，勤奋笔耕，先后出书十六部，系中国作家协会会员。他曾被评为全国优秀新闻工作者，获得全国韬奋新闻奖提名奖，曾受聘担任中国传媒大学兼职博士生导师，从1993年起享受国务院政府特殊津贴，是一位值得尊敬的、资深的新闻出版人。

近些年，已过古稀之年的他，对自己的传奇人生颇有感慨，便着手回顾梳理，落笔成书，撰写了个人传记——《出发——我的如谜人生》一书，交由家乡安徽文艺出版社出版。用芬之的话说，这是雁过留声、人过留名，为的是以此激励和影响后来人。

在祭祀故人的清明假期里，我坐在电脑前，打开近三十万字的《出发》电子稿，忘记吃饭睡觉，一看就是十几个小时。尽管看得我老眼晕花，腰背酸痛，却心潮澎湃，不忍离开。《出发》字里行间充满了真情实感，洋溢着催人向上的力量。芬之以惊人的记忆力，把一段跨越七十多年的难忘经历，精准、流畅、饱含激情地记录下来，且写且叹且议，让人为之动容。多少次我停下手中的鼠标，抹去挂在腮边的泪水，再继续读下去。从苦难的童年，到命运的转机，再到“动乱”中入伍，而后毛遂自荐，转业进京，贤妻离世，仕途坎坷，芬之一路走来，风风雨雨，生离死别，恩怨情仇，天降大任，如数家珍，一一道来。有人问世间何为美！我以为真实最美，因为生命与生活的本源都离不开一个“真”字。文字是生活中跳跃出来的浪花，浪花有大有小，大的形成波涛，小的则荡漾出层层涟漪……读了芬之的《出发》，我的思绪仿佛随着文中的故事，穿越时光的隧道，回到了人生的各个时期，让我时而沉思，时而激越。七十年的漫漫岁月既在书上，更在眼前。读《出发》，芬之这位本来就令我敬佩、羡慕的老同学，越发让我为他骄傲起来。这里我想用三个“真”，即真实、真情与真理来概括我对《出发》的感想。

文字从生活中来，贵在一个“真”字。真实是生活与生命的本源，失去了真实一切就无从谈起。现实生活中，为何人们常常在“真”字前面加一个“求”字，这说明要践行“真”、落实“真”是不容易的，而芬之却身体力行地做到了。书中对“文革”时期的叙写，实事求是地写出了保护老校长黄维华的情景，客观真实，让人信服；书中对20世纪六七十年代淮北农村生活的描写也是不遮不掩，如实写来；还有对报纸创刊创业的描写以及与宗源署长的谈话，等等，芬之都深情回忆，真实记录。在他眼里，唯有真实的东西，才能反映半个多世纪的阳光、风雨以及个人的如烟经历，才有可读可思和存世的价值。当然真实的文字源自作者真实的生活，真实的生活源自作者真实的做人。《出发》无疑是作者大半生奋发进取最真实的回忆，也是对时代、对历史最美的概括与记录。

芬之天生是一颗知恩知爱的多情的种子，撒到哪里都会开花结果。他对生养他的父母，爱得刻骨铭心；他对老师、同学、同事、下属爱得细致而周到；他对家乡更是一往情深。在书中，芬之带着自身的情感，引领我走进了他充满情与爱的精神世界。乡情、友情、亲情无不让他魂牵梦绕。他忘不了自己在农村当会计时，力荐他到公社当文书的公社党委秘书张耿信及其爱人孙淑英，表现出“滴水之恩，当涌泉相报”的拳拳之情。他一直挂念着读书时的班主任老师，默念着只要有机会，总会前去看望。他在任时，工作繁忙，还曾三度驱车沙河，专程看望一位同在报社工作过的故旧老友，他深情地说：饱时给一斗，印象不深；穷时帮一口，终生难忘。他说：“尽管我的家乡还不富裕，甚至在某些方面还比较落后，但灵璧和宿州，毕竟是我的家乡，是我求学和工作过的地方。那里，有我的父母长眠九泉，有我的亲朋在劳作奋斗。作为离巢的鸟儿，谁不是血肉之躯？谁没有儿女情长？不管是白天还是黑夜，只要有可能，总要衔一口泥、叼一根草，回老家来，回宿州来，为垒巢建窝出把力。”当然，最让人唏嘘动情的还是他记述结发妻子，同样也是我的同窗的那一章节。他说写作此文时“的确泪流满面”，我读时也是几度鼻酸泪盈。在读到他为爱妻选择的华夏公墓又叫翠华山公墓，正好契合他夫人的名字时，他写道：“翠华山，翠华山，属于翠华的山！我的妻子名叫王翠华，而且属猴。我想，这不就是花果山、水帘洞，让王翠华‘占山为王’嘛！”天真幽默得一如孩童。

有人问世间情为何物？《出发》，给出了完美的诠释与解答。人与人之间，有了一个“情”字就有了爱的基础，就有了交往的动力，就有了无坚不摧的力量。人世间唯有真情，才能感化人、打动人。这一点，芬之做到了，而且做得十分出色。

读《出发》，重温芬之的传奇人生与那段漫长的难忘岁月，让同代人唤起美好深沉的记忆，让后学者明白诸多做人、做官与做事的道理，给人以启迪奋进的力量。《出发》通篇闪耀着人生哲思的真理光芒。

芬之来自淮北平原，是一个普普通通的农村苦孩子，他从未上过大学，从未学过新闻专业。从书中看他对其人生轨迹的简单勾勒，即能感受到个中的传奇。

然而，这“传奇”绝非“天外来物”，全是他一步一个脚印奋斗得来的。芬之自幼好学，20 岁上中专时就在《安徽日报》发表“豆腐块”，参军后仅三个月就在《解放军报》发表署名文章。他入伍时刚成家不久，妻子怀有身孕，然而他毅然投笔从戎，军营紧张训练之余，抓紧一切空闲读书看报，一门心思琢磨着写稿子。有天晚上步行十多里查哨归来，已是深夜一两点钟，看到《北京日报》上刊发的大白楼生产大队党支书王国福的先进事迹，满怀激情，奋笔疾书，写了篇《“万年劳”精神赞》的评论，一周后《北京日报》在四版刊登。凭着苦读勤写，他先后在报刊、电台发表了千余篇各种体裁的作品。在《中国新闻出版报》总编辑任上，他几乎天天伏案审签稿件，还经常为重要报道配写言论，基本上没完整地度过一个假日。在京城工作，没有大学学历曾让他倍感压力，年近不惑的他一边主持报社日常工作，一边坚持参加北京市高等教育自学考试。十二门课程，十几本教辅教材书，全凭业余自学。三年之后，他终于拿到了北京大学和人民大学颁发的大专毕业证书。他干新闻这一行，的确是闯出来的、干出来的、写出来的，他是从庄稼地里走出来的总编辑。

芬之的名字像女士，但他是一个自强不息的硬汉子，从不屈服命运的安排。芬之的人生经历，告诉人们一个简单而又深刻的道理：奋斗，只有奋斗，才能苦尽甘来，吃得苦中苦，方为人上人。从这个意义上看《出发》，确是一本催人奋进、教人向善向上的好书！

《出发》还告诉人们：一个人无论出身多么低微，所处条件多么艰苦，都不必妄自菲薄，失去自信。人穷不能穷志，个人成长与进步要树立在自力更生、奋发图强的基础之上，世界上没有坐享其成、福从天降的好事，成功和幸福只能从奋斗中得来。作者希望所有读过《出发》的后学及后辈，能从其不平凡的人生阅历中，受到鼓舞与启迪。那就是，无论你现在境遇如何，一定要有志向，一定要乐于吃苦，奋发向上。人生无志，空长百岁。从现在起，从今天起，努力读书，勤勉工作，唯有春华，方得秋实。

一方水土，养育一方人。芬之与所有文化人一样，都是有根基、有源头的。刘邦高唱《大风歌》回归故里是一种男子汉大丈夫的得意，《霸王别姬》的凄美故事发生在灵璧，彰显了人杰鬼雄的气概。灵璧，人杰地灵，文化深厚。在汉楚争霸的垓下古战场，在藏龙卧虎的灵璧大地，芬之度过了青少年时光，喝着淮河的水长大，这儿是他的根、他的魂。一般人只知道灵璧大地出了打鬼的钟馗，然而人们却很少知道钟馗曾是一个满腹经纶的文化人。热土灵璧深厚的文化底蕴，润泽并影响着这方水土上一代又一代的人，芬之正是在这里饱尝艰辛、得到熏陶，才一步步成长起来的。

不要因为走得太远，而忘记了为什么出发

刘 平

有一年春天，我在罗马乘古老的绿皮火车，慢慢行驶到一个名叫卡西诺的小城。沿途风景如画，我渐渐地靠在车窗上睡着。醒来时不知到了哪一个小站，窗外夜色已沉，寂静无声，只有一个亚裔女孩拖着巨大的行李走在月台，瘦弱的肩被包压得歪向一边。

新年年初，同事发来一本叫《出发》的稿子，二三十万字的篇幅。作者是张芬之老师，知名报人和资深的新闻出版工作者。不知为何，我却想起了异国他乡的那个画面。也许有些事、有些经历本是相通的。有些人可以从苦难中获得至宝，在庸常里奏响乐章，把风雨与嘈杂变成生活的一部分。张芬之老师已过古稀之年，平日负责我们的稿件质量终审，深受年轻编辑们的敬爱。他在自序中写道：人生实苦，要有吃苦耐劳的准备。苦读寒窗，金榜题名。这些老话古语，充满人生哲理，闪耀着真理的光芒。本想找个心静的周末慢慢读完，没想到拿起来就放不下了，一口气看完，抬头已是深夜。

《出发》从20世纪40年代走来，贫穷，父亲离世，饥饿，求学，参军……作者的童年及青少年经历与这些词紧紧联系在一起。在那个家家户户受饥荒折磨的环境下，母亲叮嘱不要赊账换豆腐吃，爷爷更常常很有兴致地讲

起古人寒窗苦读的故事，指着满天星斗说：希望你像古人那样头悬梁锥刺股，发愤读书，光宗耀祖。在那个只有最基础的生存指望的时代，母亲在饥饿和疾病中艰难维持生活，爷爷也不幸去世，但来自他们的朴素价值观，却为作者盖上了独特的印章，激励着作者出发，走向之后的求学与参军之路。

我这一代人常常会想，是不是贫穷中走来的人注定更多磨难？然而父辈，甚至祖父辈朴素的思想，却为作者在那个动荡的年代点燃了一盏灯。正如《出发》里所写，作者从未读过大学，也没有受过专业的培训，一生仅靠自学实干，就像一个口渴的孩子，贪婪地翻看着一本又一本的书，尽着微不足道的一点努力，最终一点一滴，落叶生根，开花结果。信念是灯光，即使它昏黄而微弱。

张芬之老师历经了风起云涌的大时代，应征入伍，走过“文革”和唐山大地震，在军营中摸爬滚打十六年，笔耕不辍采写发布了众多稿件，直至担任《中国新闻出版报》总编辑。晚年仍退而不休，捐书助学，发挥余热。《出发》中记录了其七十二年的不凡经历，有艰难坎坷，有成功辉煌，也有误解与摔打。尽管出身低微，却可以在艰苦环境里不断进取，奋发图强，改变命运；在顺境中，更保持清醒头脑，严于律己。

就像人坠地从来都是呱呱啼哭，世界上从来没有坐享其成的好事。苦尽甘来，是生活最朴素的道理。真正的勇敢，是认清了生活的真相之后，依然热爱生活。

《出发》的阅读过程十分顺畅过瘾，并无一点想象中的枯燥。写这篇书评的时候，我其实纠结很久，担心自己阅历太浅，涉世未深，无法把握这样一本回忆录的精髓。记得许知远说：“我想带着偏见看这个世界，打破大家思维中的惯性。我也会带着偏见出发，等待这些偏见被打破，或者再次印证。”抱着这样的想法，我试着从年轻一代的角度出发，去看待书中描写的父辈的生活和价值观,用文艺的声音去传达那些也许被我们忽视，却不会过时的朴素道理。

人生尽管不易，固然苦短，但吃得苦中苦，方得甜中甜，这是激励每个人不断前进的动力。在这个嘈杂的现实世界里，也要不断提醒自己，去诚恳对待生活和这个世界。诚望处于黄金时代的伙伴，抽暇去看看张芬之老师的《出发》吧。不要因为自己过于匆忙，以致走了太远，而忘却了自己当年为什么出发。

附　录

岁寒历尽自清芬

汪家驷

龙年春节的年味尚未散尽，远在京城的芬之兄就托人送来了他的一大包书稿，并修书一封，嘱我为其即将付梓的新书作序。芬之兄是我的新闻界同行，是我数十年的同乡故交，更是我十分敬重的一位兄长。他将有新作问世，我自然由衷祝贺，但要为之作序，却令我惶然：芬之兄从事党的新闻工作40余年，业绩显著，著作颇丰，广有口碑，我只能见贤思齐，何敢言序？反复读函，芬之兄说是想“留个纪念，见证我们几十年的友谊”，呵呵，如此说来，却之不恭，只好勉为其难了。

芬之兄是皖北灵璧人，幼年失怙，青年丧母，壮年丧妻，20岁前“连肚子都填不饱”，可谓命运多舛，艰辛倍尝。初中毕业后回生产队当会计。23岁入伍，在北京军区空军宣传部写新闻，一干就是15年。38岁转业，先后在《中国报刊报》《中国新闻出版报》当总编，曾荣获“全国优秀新闻工作者”称号，获韬奋新闻奖提名奖，享受国务院政府特殊津贴，堪称全国知名报人。

芬之兄乃勤勉之人。他从未上过大学，从未学过新闻专业，但仅从以上对其人生轨迹的简单勾勒，即能感到个中的传奇色彩。然而，这“传奇”

绝非“天外来物”，全然是他一步一个脚印奋斗得来的。芬之兄自幼好学，20 岁中专毕业时就在《安徽日报》发表“豆腐块”，参军后不满两个月就在《解放军报》发表署名文章。他入伍时刚成家不久，妻子怀有身孕，然而他立志自学成才，不顾军营训练紧张，抓紧一切空闲读书看报，天天琢磨着写稿子。有天晚上步行几十里查哨回来，已是深夜一两点钟，他还奋笔写稿投寄报社。凭着苦读勤写，他先后在报刊、电台发表了千余篇各种体裁的作品，至今已出版 8 本著作。在《中国新闻出版报》副总编辑任上时，他几乎每晚伏案审签稿件，基本上没完整地过一个假日。在京城工作，没有大学学历曾让他倍感压力，年近不惑的他一边主持报社工作，一边坚持参加北京市高等教育自学考试。12 门课程，二十几本书，全凭业余自学。41 岁上，他终于拿到了北京大学和中国人民大学颁发的大专毕业证。芬之兄说，他干新闻这一行，的确是“闯”出来的、“干”出来的、“写”出来的。掩卷之余，深知芬之兄甘苦！

芬之兄乃敬业之人。他忠诚于党的新闻事业，40 余年孜孜以求、痴心不改。初任《中国新闻出版报》总编辑时，报社十分困难，工资、奖金都靠东挪西借。上任伊始，他就在全社大会上表态：不改变报纸的亏损面貌，不把报纸办得像个样子，绝不罢休！他负重前行，不怕苦，不叫累，甚至在大脑供血不足，随时可能跌倒的情况下，也没有休息过。春秋四度，报纸终于柳暗花明。芬之兄写到一个感人至深的小细节：因为必须立即撤换一条稿子，他上午在中国记协开完会后，又饿着肚子忙了大半天工作，别人递给他一根火腿肠、一块面包，他连火腿肠上的塑料膜都忘了剥就塞进嘴里，结果一小块薄膜紧贴在喉咙里好几天。芬之兄不是那种“只顾埋头拉车，不愿抬头看路”的人。作为“报中之报”的总编辑，他有着高度的政治敏感和高深的专业修养。在《为了不可忘却的纪念》里，他记述了一桩曾经轰动一时的“新闻公案”。那是1986年8月，他在参加一次全国省报总编辑座谈会后，写出一篇会议消息《报纸登什么不登什么，应由报社自己定》。今天看来，这篇文章的观点不会再有什么问题了，然而，当时思想解放“乍暖还寒”，芬之兄的新闻敏感及其对新闻规律的尊重，让人心生钦敬。

芬之兄乃率性之人。他生性耿介，坦诚率直，说话不藏不掖，处世不吹不嘘，这不免让他得罪了一些人。他历经磨难，自有诸多人生感悟。这些感悟是他特殊经历的珍贵财富，是字字珠玑的人生箴言。他坦言：“我是A型血，生就的血气方刚、豪爽坦荡、直来直去。”“无论是皇上还是平民百姓，只要你幸运地来到世上，大概都要情愿或不情愿地食用五谷杂粮，也都要承受人间的一些欢乐与冷暖，亦都要或迟或早地走向死亡。”“一个人活在世上，不论是年老还是年轻，都必须珍惜上苍的赐予，都应当忠诚勤勉、与人为善、自我设计、勇往直前。”“做人与做官，相辅相成，息息相关。大凡忠诚勤勉、人品好、素质好、人缘好的人，既可做一个好人，也可成为一个好官。凡是品质恶劣、不学无术、两面三刀、心毒手狠的人，不可能成为好人，更不可能做个好官。即便混了顶‘乌纱帽’，大抵也是溜须拍马、阳奉阴违得来的。这样的官，当上不光彩，老百姓也不会拥护。论官运，恐怕是兔子的尾巴——长不了。因此，要想做个好官、清官，受到党的信任、人民的拥戴，首先要做好人，而后才能做好官。假若连‘人’都不是大写的，而是伪君子，怎么做好官、清官？”真如京剧《击鼓骂曹》

般骂得痛快、骂得解气！

芬之兄乃情笃之人。乡情、友情、亲情，无不让这位行伍出身的汉子念念于心、魂牵梦绕。他曾三度驱车沙河，专程看望一位退居乡里的故旧老友；他一直挂念着小时候的班主任，默念只要有了机会，一定前去拜望；他忘不了自己在农村当会计时，力荐他到公社当文书的公社党委秘书张耿信及其爱人，表现出“滴水之恩，当涌泉相报”的拳拳之情。他说：“富时给一斗，印象不深；穷时帮一口，终生难忘。”他说：“尽管我的家乡还不富裕，甚至在某些方面还比较落后，但灵璧和宿州，毕竟是我的家乡，是我求学和工作过的地方。那里，有我的父母长眠九泉，有我的亲朋在劳作奋斗。作为离巢的鸟儿，谁不是血肉之躯？谁没有儿女情长？不管白天还是黑夜，只要有可能，总要衔一口泥，叼一根草，回老家来，回宿州来，为垒巢建窝出把力。”当然，最让人唏嘘动情的还是他纪念结发妻子的那篇文章。他说写作此文时“的确泪流满面”，我读时也是几度鼻酸泪盈。在读到他为爱妻选择的华夏公墓又叫翠华山公墓，正好契合他夫人的名字时，他写道：“翠华山，翠华山，属于翠华的山！我的妻子叫王翠华，而且属猴。”“这不就是花果山、水帘洞，让王翠华占山为王嘛！”天真纯洁得一如孩童，止不住让人破涕为笑！

子曰：“岁寒，然后知松柏之后凋也。”苦难与困厄雕琢了他，逆境与野火淬炼了他，他在“不信邪、不服输”的苦斗中完成了人生的升华，可以说活得亮堂，活得实在，活得潇洒。在回忆自己的成长经历时，他说早逝的母亲教诲他记住“人穷志不能穷”。他记住了，而且志存高远，终于成长为一位具有奋发的进取精神、珍贵的民生情怀的党的新闻干部。苦难是人生最好的学校，这句话在自强不息的芬之兄身上得到了最好的验证，对如今的青年人颇有教益。

我与芬之兄同为报人，他所经历的我大多也经历了。我们以“九死其未悔”的精神攻坚克难办报纸，所为者何？那是因为新闻是激动人心的事业，值得为之献身。由于遥隔两地，我与芬之兄的过从不是很多，然而“君子交有义，不必常相从”，我仍然从芬之兄身上所学甚多。如今，芬之兄“退而不休，仍是‘上班族’”，我很赞同他在身体、精力许可的前提下，继续做些事，于己于人，皆不无益处。只是，凡事少些尽力而为，多些量力而行，须好自转轨调整。这方面，芬之兄比我达观知事，我就不多言了。

是为序。

（作者系中共安徽省委宣传部原副部长，第八届长江韬奋奖获奖者。此文是作者为张芬之先生的散文集《生死一步之遥》所写的序言，该书于2013年由安徽文艺出版社出版发行。）

出发，从北京回到原点

——张芬之回故乡签名赠书暨举行励志报告纪实

陈大良

文墨和着乡情，浸润着秋色浓浓的淮北大地。

2018 年 9 月 12 日中午 1：50 左右，从北京驶来的 G33 次高铁与从安徽省城合肥驶来的 G7452 次高铁先后停靠在京沪高铁上的宿州东站，笔者和老同学张芬之仅相差 3 分钟相继走出站台，握手相拥。

我们此次的宿州之旅，经过长达数月的精心安排，主要目的是为了芬之回故乡的母校签名捐书及做励志报告。

早在五六月份，芬之就与我商定，等他的个人传记《出发——我的如谜人生》一书在安徽文艺出版社出版后，即让我陪同他前往故乡的几所母校举行签名捐书、售书和个人成长励志报告。遵照芬之的嘱托，我立即与相关母校联系，沟通相关事宜。

我与芬之乃同窗好友，都是 20 世纪 60 年代中期毕业于宿县农业专科学校（宿州职业技术学院的前身）的学子。离校 52 年来，我俩曾多次返校看望师长，母校以我们的出色表现而骄傲，我们也为母校的发展壮大而自豪。岁月一直没有抹去我们对故乡的眷恋，浓厚的母校情结一直伴随着我们走到今天。

6 年前的 2012 年，也是一个金色的季节，芬之将自己新出版的三部著作《生死一步之遥》《文海拾贝》《爱的心语》计6000册，赠予母校及家乡灵璧县的100多所中小学。那一次我昼行夜宿，一路随行，感受到他赤诚而又火热的桑梓情怀。为此，时任安徽省委书记张宝顺还特地为芬之此举写了一封热情洋溢的贺信，称芬之“充满对故里、对后学的深厚期望，是一种对家乡、对教育事业的赤子情怀”。6年后的今天，芬之再次饱含激情，不辞辛劳，再行善举，的确难能可贵。我因此倍感欣慰，理当再次陪同，为之倾力。

9月上旬，芬之将他飘着墨香的《出发》一书，连同他拟好的个人励志报告书面提纲寄达母校宿州职业技术学院。同月下旬，芬之要求我回母校打一次前站，配合母校具体落实此行的各项事宜，以体现尊重和确保活动效果，同时将《出发》一书的最新发行动态、销售情况以及读者反响等信息向学校通报，还嘱我在可能的情况下配合相关媒体对《出发》做好宣传推介，以扩大该书的读者关注度和社会影响力。不巧的是我因突发冠心病，做了心脏支架手术，而影响了计划实施。当时我的心情很着急，担心给芬之回母校捐书、做励志报告带来影响。或许是因为受母校的真诚感化抑或是受到芬之善举的无声激励，冥冥之中，病情出乎想象地一天天好转，令我十分欣喜。于是我决定由家人陪同赶往母校与院领导见面。当时，在外地学习的夏莉院长十分重视，委托主持工作的陈东旭副院长在百忙中接待了我，并表示，届时学院将组织新老师生代表在大课堂听取老校友张芬之的励志报告，现场举行签名赠书，还要为我举行一个赠画仪式。把这一切安排妥当，我向芬之做了通报，并与他商定了行程日期，才一百个放心地返回合肥。

芬之此次回母校签名赠书和做励志报告，除了在宿县职业技术学院做了安排，还在家乡灵璧县四所中小学，下楼镇小圩小学、下楼镇中心学校、王集中学及渔沟中学做了安排。

9月12日下午，在我们驱车去灵璧时，芬之向我讲述了他在乘坐G33高铁途中所遭遇的惊险一幕。当G33次列车到达徐州东站时，芬之将站名听成了宿州东站，匆忙中拖着行李箱走下站台。穿越了几十个台阶的地下通道后，他猛然发现下错了站，当即拉着行李箱奋力往回奔跑。由于心急怕赶不上车，芬之快奔上站台时重重地摔了一跤，但他噌地爬起，在开车前30秒奋力冲上了列车。芬之上车后，发现自己的左腿关节处跌破，渗出了血迹，好在没有大碍。听到这里，我不由得惊叹：列车在徐州东站只停靠短短的4分钟，这一来一回地下车上车，距离并不短，对于年过72岁的芬之来说，是何其短暂又何其匆忙啊！

然而更让人难以置信的是，灵璧县教体局安排接站的驾驶员竟然也将领导说的宿州东站听为徐州东站，把汽车开到了徐州东站而空载返程！世上竟有如此巧合的事。芬之笑笑说："此乃天意也！60年前，我曾送母亲在徐州医院看病，十几岁时也曾骑自行车到徐州卖过粮食。这次回故乡，怎么也要到徐州落个脚，看一看啊！"想想，假如芬之那天将错就错出了徐州东站，竟然可以乘接站的小车回灵璧，岂不是错得可爱而又奇巧。

当天晚上，我和芬之在朋友的安排下，在下榻宾馆与灵璧县教体局尹传华局长以及退下来的县人大常委会原副主任冉金平、马厚华，县水利局刘孝成局长和老校友陈正学等亲切会面、聚餐，同时商定未来几天在灵璧县几所学校的活动日程。尹局长很动情地说，张芬之总编作为灵璧人，一直心系故乡，支持家乡的教育事业，这次他又回故乡捐书助学并做励志报告，我们一定全力配合，把这件好事善事做好。因工作繁忙，尹局长不能亲自陪同芬之去学校，他特地给有关学校领导打电话，做了嘱咐。

活动的第一站，是下楼镇中心学校。

中秋的灵璧大地，风和日丽，空气中飘荡着丰收的喜悦。距县城百余里的下楼中心学校，以整洁清新的面貌迎接我们的到来。教学楼正上方的电子屏幕上打出了“热烈欢迎张芬之总编辑到校签名捐书并做励志报告”的大幅标语。出差在外的校长王从明，不只是确定学校购买《出发》500册，还特意就签名售书和做励志报告等事宜做了具体安排。我们一行在赵副校长的热情陪同下，坐在几张桌子一字排开的主席台前，芬之兴致勃勃地面对坐在小马扎上的数百位师生代表，进行了捐书和签名售书活动，并做了半个多小时的励志报告，赢得了满场热烈的掌声。一小时后，芬之来到母校小圩小学，学校的电子屏幕上打出了红色标语，上面写着：昔日，您曾为母校骄傲，今日，母校因您而自豪。芬之在校长徐德文的引导下，先到学校会议室，与久等的乡亲们亲切会面，随后向全校580多名师生介绍了自己离开家乡之后50多年的奋斗历程及人生感悟。在长达一个多小时的报告中，天上飘起了蒙蒙细雨，但师生们全神贯注，安坐如钟，无不为老校友芬之先生的励志精神所感染，不时爆发出雷鸣般的掌声。

报告结束，芬之乘坐的汽车将要启动离开时，一群小同学飞快围到汽车旁，一拨接着一拨，纷纷将手中的笔与本子、纸张递到芬之面前，请求签名留念。芬之让车停下来，一一满足小学生们的要求。赶来的同学越来越多，由于时间关系，校长不得不劝同学们离开，可有谁愿意错过这难得的机会呢？芬之的手写麻了，眼睛也有点模糊了，可无论如何也停不下签字的笔。小学友们期待的眼神和争先恐后的场面把芬之感动得泪水盈眶……

中午时分，在乡邻们的簇拥下，芬之来到生他养他的小圩村。老村支书张荣军向他介绍了村子这些年来发生的变化以及新农村建设规划，并在村政务服务中心文化广场前合影留念。芬之置身花园般的小圩乡村街道，感慨改革开放带给家乡的巨大变化。他指着街口一块“幸福小圩”的村名牌匾，深有感触地说：“在小圩前面加上‘幸福’二字真是名副其实啊！”在当天的午餐上，父老乡亲与芬之忆旧事，谈未来，话发展，话题多多，乡情殷殷，有说不完的心里话，道不尽的阔别情。芬之的初中同学张桂荃回忆起昔日为芬之带窝窝头回家孝敬母亲的事，眼含热泪，感慨不已。结束时，芬之用年少时在家乡为乡邻们唱过的大鼓书《花木兰从军》中的一段唱词，为大家即兴演唱，依然是那么情切意切，字正腔圆 ，乡亲们神情激动，连声称赞。正可谓，小圩村的一顿午餐，仿佛一次“历史性的约会”，血浓于水，肝胆相见，让大家难舍难分。

王集中学的励志报告也精彩感人。全校 24 个班级 1000 多名师生，整齐地列坐在教学大楼前的广场上，期待着分享芬之老乡友的励志事迹。校长田永恒在报告前，满怀深情地介绍了芬之的人生简历，对芬之回家乡捐书、做励志报告的善举表示衷心感谢和热烈欢迎。芬之感慨万端地说：“50年前，我从王集一个贫苦的农民家里走出，在没有背景、没有后台、没有大学学历的情况下，靠着党和人民的培养，靠着个人的刻苦自学、拼搏进取走到今天，成为身在京城的正厅级领导干部。我的进步与成功可以证明，逆境催人奋发，自学可以成才，幸福和成功只能从奋斗中得来！希望同学们从现在起，立下志向，勤奋读书，为创造不平凡的人生不懈努力。”芬之的报告使师生们产生了强烈的共鸣，一阵又一阵的掌声在现场响起。

在王集中学，该校初二（1）班女同学张烁影手捧《出发》，随着一声清脆的报告走进了校长办公室，请求在此休息的芬之为她签名留念。我问她为什么要独闯校长办公室请芬之签名，张烁影真诚地说：“我在网上查阅了张芬之先生的履历，并阅读了电子版《出发》和他的其他著作，我十分崇拜张芬之先生，想请他签名留个纪念。”

9月14日上午，我们一行驱车来到当年芬之读初中的灵璧县渔沟中学，学校的领导们在校门口热情迎接，学校教学楼的电子屏幕上同样打出了“热烈欢迎张芬之总编辑回母校捐书讲学、做励志报告”的标语。进入校园，在校长吴恒卫等校领导的陪同下，我们参观了学校体育文化广场、学校花园以及整洁干净、颇具规模的教职工生活小区。得知母校这些年获得了诸多荣誉，成为远近闻名的一所中学，芬之对母校的发展变化十分赞赏。他说，今天的学校和我当年上学的情形已不能同日而语了，作为从这所学校走出的学子，我感受到了家乡教育事业的飞速发展以及社会的繁荣进步，为母校的巨大变化感到欣慰。芬之希望有生之年能看到母校取得更大的发展，获得更多的荣誉！之后，芬之走进学校实验大楼三楼报告厅，向600多名师生代表做了精彩而又感人的励志报告，并现场举行《出发》签名赠书活动。校长吴恒卫在总结发言中充满敬意地用了三个“震撼”表达自己对此次活动的感想——他对张芬之先生的精彩报告感到“震撼”；对张芬之学友历经艰苦自学所取得的成就感到“震撼”；对张芬之个人传记的出版成功，能拥有这么多好的评价感到“震撼”。同时他对张芬之先后三次回母校赠书由衷敬佩。

17日上午，雨后初晴，碧空万里，地处宿州市北城的宿州职业技术学院宁静祥和。学院巨大的电子屏幕上“热烈欢迎本校优秀校友张芬之”的标语光鲜夺目。在三楼会议室，夏莉院长首先向张芬之一行介绍了学院这些年的发展变化，随后由副院长陈东旭、党委副书记李玉峰陪同来到学院图书馆大课堂，为等候在那里的700多名师生做报告并签名赠书。芬之神采奕奕，在师生们的热烈掌声中以饱满的激情向校友们汇报了离校50多年来的个人奋斗历程。师生们聚精会神，听得仔细认真，不时爆发出掌声和唏嘘声。笔者应邀讲话，重点对芬之的励志事迹做了补充介绍，并将个人为《出发》写的书评与大家分享。寄望同学们能静下心来，认真阅读老校友的这本传记，从中汲取营养，受到教益，进一步规划人生，咬定青山，一往直前，闯出不平凡的人生之路，不负时代、学校与家长的培养教育！

报告会之后，笔者将个人的一幅六尺山水画作品，赠送给了母校，夏莉院长主持了简短的赠画仪式，并与芬之一行共进午餐。

18日，宿州多家新闻媒体，《拂晓报》、宿州教育网、宿州电视台等分别以“回馈父老，启发后学”为题，对芬之回母校捐书及做励志报告的活动做了报道，在当地产生强烈反响，为此次颇有意义的活动画上了圆满句号。

这里还有一个插曲，让我事后听说仍出了一身冷汗。9月18日上午，芬之和我圆满完成了回乡捐书和做励志报告的光荣之旅后，我俩分头返家。芬之去宿州东站乘高铁，因亲友送的家乡土特产多，分量较沉，他带着大包小包登上东站内徐徐上升的滚梯时，突然一包东西倾斜，芬之一下子跌倒在滚梯上。滚梯不停，芬之倒在梯上往下滑，迟迟站不起来。他的右臂被滚梯齿轮擦出了五道血印，屁股上也扎出了六处血点。幸亏一位小伙子冲上去关掉电源，把他扶起，才避免了一次严重事故。芬之从滚梯上站起来，好在没有摔伤筋骨，行走自如。此时，离开车还有 5 分多钟，他顾不上掉落的土特产，拉起行李箱，快速奔向即将启动的列车。女乘务员见是一位老同志，立刻让他把沉重的物品交她看管，保证到站请“小红帽”帮忙送下车，芬之连声道谢，来到列车最前面的一等座车厢就座休息。

当天下午 3 点多，列车到达北京站后，一位“小红帽”笑脸相迎，帮着他推行李和物品，一直把芬之平平安安送到接站的亲人面前。

细想想，芬之此次回乡，前后两次跌倒，一次比一次惊险。但 70 多岁的老人，居然经受住了摔打，一次又一次化险为夷。这只是偶然的幸运，只是身康体健吗？不是，这是应了那句人们耳熟能详的至理名言：好人有好报，好人一生平安。

附：2018 年 9 月 18 日《拂晓报》二版有关此次活动的新闻报道

回馈家乡父老　激励启发后学

——张芬之回乡签名赠书暨举行励志报告

本报讯 9 月 13 至 17 日，年逾古稀的灵璧籍中国新闻出版界著名人士张芬之从北京回到故乡和母校，先后在下楼中心小学、小圩小学、王集中学、渔沟中学及宿州职业技术学院举行签名赠书暨励志育人报告。连日来，计有 4000 余名师生聆听报告。

张芬之是灵璧县下楼镇小圩村人，于 1964 年离开家乡，求学、参军、工作，一路出发，风雨前行，在党和人民的培养下，靠自己的辛勤笔耕，从一个生产队会计逐步成长为正厅级领导干部，先后担任《中国报刊报》常务副总编辑，《中国新闻出版报》副总编辑、总编辑。1981 年被评为全国优秀新闻工作者，1995 年获得全国韬奋新闻奖提名奖，1993 年被批准享受国务院政府特殊津贴，1997 年被评为高级编辑，同年加入中国作家协会，并被中国传媒大学（原北京广播学院）聘为兼职博士生导师。他曾连续 16 年担任中国新闻奖评委，连续 8 年担任国家新闻高级职称评审委员会委员。

张芬之从事新闻出版工作 50 余年来，写作了大量新闻报道、评论、散文等作品，先后结集出版《笔耕录》《敬业走笔》《人生是杯苦酒》《做最好的党员》《生死一步之遥》《伏案拾萃》《文海拾贝》《爱的心语》等书。今年 6 月，他在安徽文艺出版社出版了自己的回忆录《出发——我的如谜人生》。该书以质朴的文字、白描的手法讲述了自己逆境奋发、风雨前行的奋进历程和成长成功的足迹，同时该书也浓缩了共和国60年来翻天覆地的巨大变化。全书催人泪下、发人深思，通篇闪耀着做人、做事、做官、做学问的人生哲理。

据悉，张芬之在2006年退休后便将1000余册藏书捐赠给王集中学，2012年又向灵璧县100多所中小学捐赠个人三本新著6000册。此次回故乡和母校捐赠《出发——我的如谜人生》，做励志育人报告，是他第三次为家乡父老乡亲做好事实事，被称之为“爱心之旅”。

（陈大良）